天《てん》の軍団《ぐんだん》

都甲 まさし

Masashi Tokô

文芸社

梗概

およそ千三百年前、大和三山を望む飛鳥の地は、政権を握る蘇我氏《そがし》が様々《さまざま》な人間ドラマを織りなす舞台となっていた。

渡来人の知識・文化を巧みに取り入れて、これを後盾《うしろだて》とした蘇我馬子《そがのうまこ》は父稲目《いなめ》の後を継いで、実に五十年以上も大臣《おおおみ》の職に就いていたのである。

聖徳太子が十九歳の時、馬子は崇峻《すしゅん》天皇を暗殺した。太子も蘇我氏の血を享《う》けている。その伯父に当る崇峻天皇を謀殺した馬子は、姪《めい》の炊屋《かしきや》姫を立てて推古天皇とした。わが国最初の女帝である。かくて蘇我氏の陽動による血みどろの権力闘争が展開される事になる。

聖徳太子が亡くなると、その遺孤山背大兄王《やましろのおおえのおう》は次期天皇の有力な候補となったが、蘇我蝦夷《そがのえみし》の推す田村皇子と皇位を争って敗れた。しかもその後古人大兄《ふるひとのおおえの》皇子の擁立を目論《もくろ》む入鹿《いるか》の兵に襲われ、斑鳩《いかるが》寺で妻子と共に自殺する。

皇位を巡る争いは、そのいずれもに蘇我氏が絡んでいたのである。

しかし皇極《こうぎょく》四年（六四五）に、中大兄皇子《なかのおおえのおうじ》と中臣鎌子《なかとみのかまこ》（鎌足《かまたり》）の共謀によって権力者の入鹿は暗殺された。しかも翌日には父親の蝦夷を自殺に追い込み、さしも強大を誇った蘇我氏も遂に滅びた。クーデターは成功したのである。

これで血なまぐさい事件も終止符を打ったかに見えたのだが——

権力というものは、人の精神をこれ程までに歪めてしまうものなのか。入鹿の暗殺にも功労のあった蘇我倉山田石川麻呂《そがのくらやまだのいしかわのまろ》は、讒訴《ざんそ》を受けて自殺に追い込まれてしまう。

また孝徳帝の遺孤有間皇子《ありまのみこ》は、狂気を装《よそお》い皇位争いから逃がれんとしたが遂に果さず、中大兄の意を受けた左大臣蘇我赤兄《そがのあかえ》によって紀伊ノ国で刑死する。かくて障害となる人物は次々に消されていった。すべては、中大兄と鎌子（鎌足）の策謀であったろう。

だが此《こ》の間に「天の助け」とも言うべき大きな力が動き始めていた事は誰も知らない。

紀伊ノ国藤白坂《ふじしろのさか》で刑死したはずの有間皇子《ありまのみこ》は、不思議な一団に助けられて生きていた。

また一方、百済《くだら》救援の為に日本から差し向けられた半島派遣軍は、陸戦に於て連戦連勝であったにも拘らず、百済王豊璋《ほうしょう》の愚かなる作戦によって、錦江河口の白村江《はくすきのえ》に待ち受ける大唐・新羅の艦船群と、水上の決戦を強いられるに至ったのである。

結果は、全滅に近い大惨敗を喫して我が方の船団は潰滅した。

世に謂う「白村江《はくすきのえ》の敗戦」である。

だがその夜、勝利の美酒に酔い痴れる新羅の艦船群に凄まじい夜襲を敢行して、敵将に「恐るべし。倭の軍団！」と唸らせた一団があったことを知る者は少ない。

そして終《つい》に、日本占領を目論《もくろ》む大唐・新羅の連合軍が、一千余艘の大船団を組んで来寇したのである。

正に未曾有の国難であった。

響灘《ひびきなだ》の海に、そして小月港の沖に彼我攻防の修羅場が展開される。

一方では、天皇暗殺を狙って大陸・半島からやって来た忍《おし》の技人《てびと》の一団が、大和へ向けて東上して行く……

これら全ての事件に、天の軍団が介在していたのである。

そして、ことごとく敵を潰滅に追い込んだ天の軍団は、やがて戟《ほこ》を収めた。

この後、どのような動きを見せるのか……

もくじ

660年頃の朝鮮半島

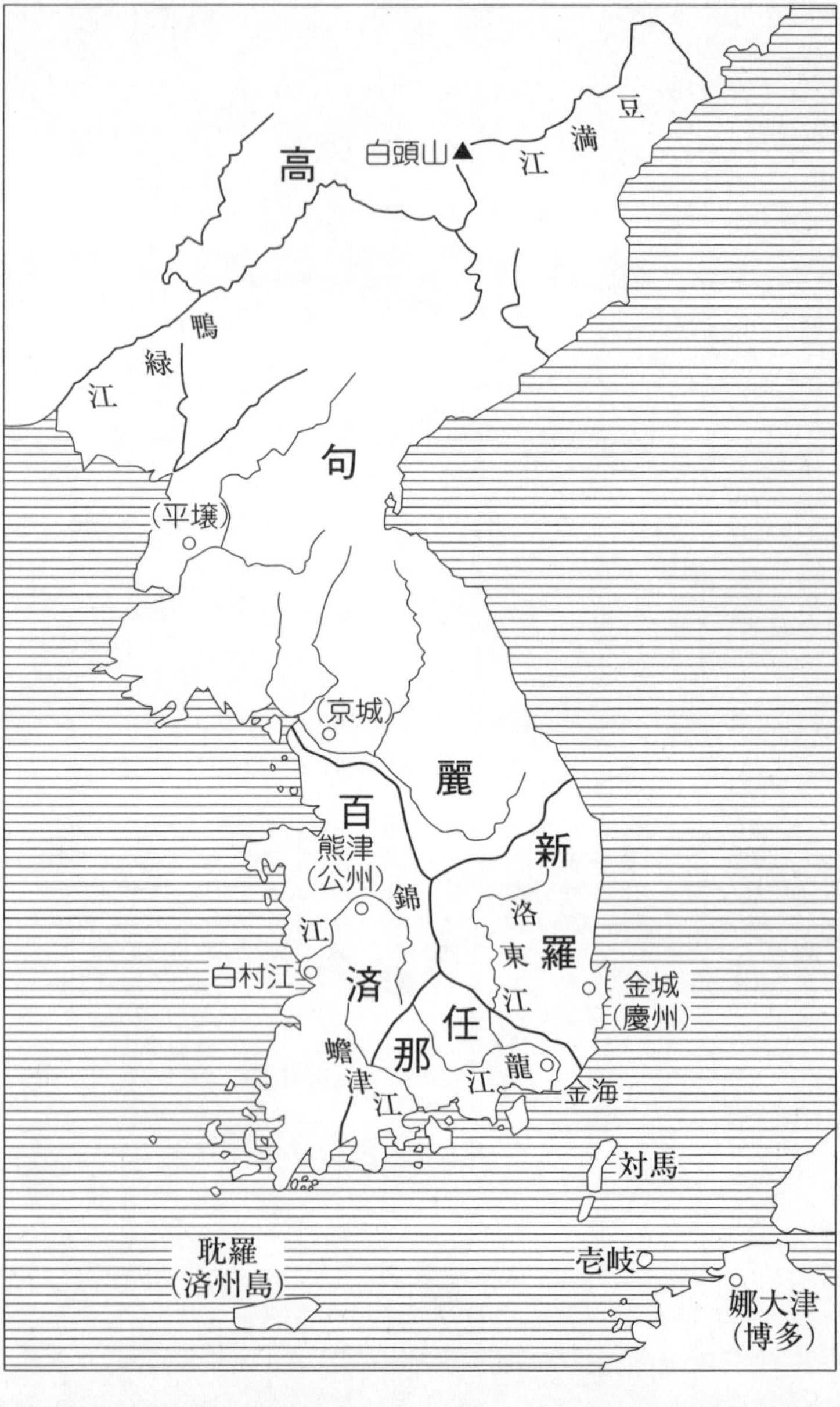
高
句
麗
白頭山
豆
満
江
鴨
緑
江
(平壌)
(京城)
百
済
新
羅
熊津
(公州)
錦
江
白村江
洛
東
江
金城
(慶州)
任
那
蟾
津
江
龍
江
金海
対馬
耽羅
(済州島)
壱岐
娜大津
(博多)

1　有間皇子《ありまのみこ》

なだらかな丘の色濃い陵線が、青空の下に流れている。初秋の風が微かに動いていた。

丘の外周は嶮《けわ》しい山の連なりである。

この小盆地だけが人の居住を許しているかのように、せせらぎの辺《ほとり》には十数軒の風変りな家が点在して邑《むら》を形成していた。

百済風《くだらふう》の建物が大半ではあるが、唐破風《からはふ》を戴《いただ》く家も散見され、すべて瓦屋根の集落には異国の情緒をすら感じさせる。

それらを見下ろす位置に三層の天守を持つ城構えの邸があった。庭も広い。

楠《くす》・樫《かし》・欅《けやき》などの大木を自然のままに配置して、森閑とした気を漂わせている。

緑蔭の中に、ひときわ濃い紅色の小邑《こむら》を形づくっているのは鶏頭《けいとう》である。

この花は、時に驕慢とさえ思える表情を、見る人の心に映す。

それは、然るべき家に生まれ育った誇り高い子女の雰囲気を湛《たた》えて、時には照りつける日射しを物ともしない勁《つよ》さをも感じさせるのだ。

しかし、朝《あした》の風と夕《ゆうべ》の雲が涼気を漂わせ、叢《くさむら》にすだく虫の音が秋の到来を思わせる頃になると、さしもの勁《つよ》き紅《くれない》もその光彩が薄れてどことなく、疲れた感が漂い始めるのは已《や》むを得まい。

盛りを過ぎた向日葵《ひまわり》も肩をすぼめて、白秋の時を迎えようとしている。

「今年の夏も、はや終りか」宵闇の迫る庭に独り佇んで弓月君《ゆづきのきみ》がつぶやいた。

白髪は銀色に輝き、白髯《はくぜん》も尺に近い。が、涼やかな目は若者のように張りがある。身に纏《まと》う絹の光沢が茜色《あかねいろ》に映えていた。

と、その時、庭の一隅に亭々として聳える楠の根方でカサリと音がした。

「赤卑狗《あかひく》か」

予期していたように振り返った弓月の眼前に、ツツツと黒い影が近づき片膝ついた。

「只今、戻りました」

「うむ、苦労であったな」

陽に焼け旅の垢にまみれて、蓬髪《ほうはつ》を夕の風になぶらせた男の貌《かお》がまっすぐに主《あるじ》の顔を見上げた。

赤卑狗はこの主の年齢《とし》を知らない。まったく予想もつかない。

祖父の熊置《くまぎ》が子供の頃に見たのも、今のままの姿であったそうな。

熊置は亦《また》、畏敬の念を込めて言う。

「弓月君の方術《ほうじゅつ》は、今や神仙の域に達しておられる。我等も怠らず励もうぞ」

その場に居合わせた父親の蛙蘇《あそ》も深く頷《うなず》いていたことを思い出す。

しかし赤卑狗は主の方術を一度も見たことがない。ただ、弓月君の傍に居ると、慈父のような深い温かさを感じるのである。

その敬愛する主が、ヒタと赤卑狗を見つめている。低い声ではあったが彼の報告は、主を瞠目させるほどの内容であった。

「なに、都を遷《うつ》す？」

「はい、大和へ移るべく、群臣百官は昨夜からその準備に忙殺されて居りまする」

「して、帝は？」

「はい……」赤卑狗は言い淀んでそのまま俯《うつむ》いた。

「そうか。都を遷す事を矢張りお諾《き》き入れにならぬのじゃな」

「はい。そのような噂で……廟堂《びょうどう》の高官達のひそひそ話、恐らくは真であろうと」

「うむ。ならば帝はそのまま難波津《なにわつ》の都にお留まりになるであろう」

「はい」

「二つの都か……」

茜色の夕焼雲を仰いだ弓月がつぶやいた。

「皇極四年（六四五）の政変から既《すで》に五年の歳月が流れた。大極殿に於て誅された入鹿《いるか》の後を追って、父親の蝦夷《えみし》も翌日中大兄皇子《なかのおおえのみこ》の軍に攻められて自害した。無常というべきか。あれほどの権勢を誇った蘇我《そが》氏が、たった二日で亡びるとは……」

弓月は四十年前、初めて会った馬子《うまこ》の姿を思い出していた。

権力の座にある者の尊大さはあっても、彼は渡来した今来技人《いまきのてびと》たちの知識と技術を、高く評価し優遇してくれた。

渡来人たちの首長であった弓月君には冠位まで与えて廟堂に入れようとしたが、これは弓月の固辞にあって果す事は出来なかった。

用明二年（五八七）、馬子は姪の炊屋姫《かしきやひめ》（後の推古天皇）を奉じて物部守屋《もののべのもりや》を討ち、実権を我が物にした。

一方美貌の炊屋姫に附き纏《まと》って姫を悩ませていた穴穂部皇子《あなほべのみこ》は、頼みの守屋が殺されて馬子討伐の兵を挙げんとしたが、事前に察知されて討たれた。

馬子は一旦泊瀬部皇子《はつせべのみこ》を立てて崇峻《すしゅん》天皇とした。この方は悲運の帝と呼ばれる。老獪な馬子と、同じ血を引く炊屋姫の共謀によって、崇峻帝は徐々に孤立化して、諍《あらが》いの出来ぬ立場に追い込まれていった。炊屋姫が先帝敏達《びだつ》の妃であったこともその一因であったろう。東漢氏《やまとのあや》の直駒《あたいこま》が馬子の命を受けて、崇峻帝を殺害したのは五九二年、わずか五年足らずの在位である。兵を集めて炊屋姫と馬子等を除かんとする企てあり！ というのが殺害の理由であった。

それから馬子は大車輪の活躍を始める。

まず我が国最初の女帝を立てて、摂政には厩戸皇子《うまやどのみこ》（後の聖徳太子）を推すと共に、自らは摂政の陰にあって思いのままに政《まつりごと》を取り仕切った。名よりも実を選んで蘇我氏六十年の大計を実現に結びつけたのである。

百済《くだら》より渡来の仏教を大陸の文化としてとらえた馬子は、半島経由の文物に対して様々な保護優遇策を打ち出したのである。この点馬子は国外にも視点を置いた大政治家であったと言える。

六二六年に馬子が没して蝦夷《えみし》が大臣《おおおみ》となってからも、渡来人を祖に持つ蘇我氏と弓月とは、よくウマが合った。

いや、弓月の策が功を奏したと言った方が良いだろう。

今来技人《いまきのてびと》として権力者に一目置かせるためには、新しい知識と技術の力を見せつけねばならぬ。しかもそれが政治に役立つ処方箋ともなることを理解させれば、渡来人への認識を高めることになる――

大陸の進んだ文物を、弓月は一度にぶちまける事なく、奥行の深さを匂わせながら少しずつ権力者たちの耳目《じもく》に訴えていった。

弓月が半島から連れてきたのは、自己の治める領邑《りょうゆう》の住民だけではなかった。

時の政府に容れられず不遇の嘆《たん》を託《かこ》つ学者・政治家や、治水・土木・農産・造船などの技術者たちをも、その中に紛れ込ませていたのである。

百済だけでなく新羅・高句麗、それに中華の地からも、新知識を身につけた人材が弓月の傘下に入っていた。

これらの専門家達を、どのようにして集めることが出来たのか?

それは弓月以外に知る者はないが、旱《ひでり》が続けば雨乞いの祈り、火事や洪水の災害に喘《あえ》ぐ民草《たみくさ》には緊急の食糧が、朝廷の名に於て即座に届けられる。政《まつりごと》を司《つかさど》る蘇我氏の人気はその都度《つど》高まった。

もちろん朝廷に人が居ない訳ではない。祈禱師も大工も人夫も、陣容は整っていた。しかし役所の判断を待っていては急場の間に合わぬことが多い。

そんな時、弓月の采配は迅速かつ適切で、一度も誤ることは無かった。

しかも功績はすべて蘇我氏に譲り、名を捨てて実を取る弓月の手法は、今来技人《いまきのてびと》たちの地位を段々と引き上げていった。

政権を握る蘇我氏といえども弓月君には一目も二目も置かざるを得なかったのである。


「赤卑狗《あかひく》よ」

よく通る渋い声が、夕の風に乗った。

「鹿女《かめ》は変りないか」

「はい。額田女王《ぬかたのおおきみ》にお仕え申してはや二年、どこへ行かれるにも御供を仰せつかり、目をかけて頂いて居るようでございます」

「うむ。額田殿は神に仕える女官じゃ。邪《よこしま》な心の輩《やから》が、神の声を聞くことの出来る女性《にょしょう》に、いつ危害を加えぬとも限らぬ。じゃが、鹿女が侍女として居るからには懸念《けねん》する事もあるまい」

「恐れ入ります」

「其方《そなた》、明日まではゆるりと骨を休めて、ご苦労じゃがの、明後日いま一度、難波津の都へ発《た》ってくれぬか」

「はい。中大兄皇子《なかのおおえのみこ》様でございますな」

「うむ。此度《こたび》のこと恐らくは中臣鎌足《なかとみのかまたり》あたりの策謀であろう。遣唐船の発遣に最後まで反対された孝徳帝の存在が、そろそろ目障《めざわ》りになってきたに違いない」

舒明《じょめい》二年の遣唐船派遣から既に二十余年の歳月が経っていた。

先進国たる唐の文物制度を範として組み立てられた新しい政《まつりごと》も、二昔《ふたむかし》の時の流れには抗すべくもない儘、随所に老化のきしみが聞こえるようになっていたのである。

二十年余の時が過ぎて更に発展しているであろう唐の文明を、直接吸収する為にはどうしても遣唐船を派遣せねば——と、これは再び伸びる時期を迎えんとする日本の押さえきれない呻きであったかもしれない。

国を挙げての大事業であるが故に、帝はもとより全ての朝臣官吏の賛意を得ておきたかったのだが、孝徳帝は時期尚早として最後まで反対の立場を通されたのである。

そもそも即位の時から中大兄皇子に無理矢理推《お》されて飾り物の宿命を負わされた悲しき帝であった。中大兄に正面きって反対されたのも恐らく初めてであったろう。

その結果、帝はわずかの侍臣と共に難波津の都に残る事となった。

それを見捨てるかのように、群臣百官はすべて中大兄皇子に附いて大和へ遷《うつ》り、役所も悉く移ったので、難波津は名ばかりの都となり果てた。孝徳帝も完全に政《まつりごと》から切り離されてしまったのである。

それは白雉《はくち》四年（六五三）の霜月も終ろうとする頃……すべては弓月の予測した通りであった。

群臣百官のみならず、妃の間人皇妃《はしひとのきさき》も兄の中大兄皇子に附いて大和へ遷ってしまい、かくて帝の御身の回りは次々と彩りを失っていったのである。

白雉五年の正月を独り淋しく迎えた孝徳帝のわずかな侍臣達と共に神の声を聴く額田の姿があった。三人の侍女の中に、厳しく警護の眼を配る鹿女《かめ》の顔も見える。

寂《さび》れゆく難波京《なにわのみやこ》にあって、額田は久しぶりに落ちついた気持を味わっていた。

昨年生まれた十市皇女《とおちのひめみこ》は、侍女たちの手ですくすくと育っている——

額田が身重《みおも》になっていることが誰の目にも判るようになった頃、宮廷内では秘《ひそ》やかに、父親のことが取り沙汰された。神の声を心に映す特殊な女官が身ごもったのである。

相手は中大兄皇子と大海人皇子《おおしあまのみこ》に絞られて宮廷雀の何人かは、座談に事寄《ことよ》せて父親の名を聞き出そうとしたが、そんなとき額田は謎の微笑と共にこう言うのだった。

「さあ、私にも判りませぬ。神の声を聴きながらふと微睡《まどろ》んだ時はございましたが、その折だったのかも知れません……」

答えにはなっていない。だが額田の口を通して聞くと、不思議にすんなりと納得できるのであった。そして、以前と較べて額田に対する人々の態度は、一段と鄭重になっていた。

父がどちらの皇子であろうと、高貴な妃となる可能性を秘めている——それに、額田ならば神の精を宿すことも不思議ではない、という話も真《まこと》しやかに宮廷の一部では囁《ささや》かれていた。それだけの神秘的な雰囲気を、この宮廷第一の美女は持っていたのである。

大海人皇子が馬を駆って、飛鳥から難波京まで週に一度は顔を見せるのは、帝の御機嫌伺いと称して、額田に逢いたい一心であることは誰の目にも明らかであった。

だが当事者の額田にとっては迷惑であったに違いない。

大海人の逞《たくま》しい腕に抱かれた時も、額田の眸は神の心を見つめていた。

――我が心は神のもの、たとえ躰《からだ》を委《ゆだ》ねても人を愛し人を慕うことは出来ない。此の一線を越えぬ限り、私はこれからも神の声を我が心で聴き、歌に詠《よ》むことが出来る……額田はそう信じていたのである。

大海人には、この額田の気持は分からなかった。逃げもしなければ拒みもしないが、腕の中にありながら何処《どこ》か遠くに心を遊ばせている、そのような女の顔を覗き込んで大海人は訊く。

「額田は俺が嫌いか」

「いいえ、そんな事はございません」

「汝は俺のものだ。なぜ飛鳥に来ぬ？」

「私は詔《みことのり》によって神の声に耳を傾けながら帝の御心を詠まねばなりません。帝のお傍を離れる訳にはゆかないのです」

「しかし俺の子まで生《な》したものを……」

「女であれば誰にでも子は生めましょう。現に貴方様の御子がまた一人増えたではございませんか」

妃尼子娘《あまこのいらつめ》が生んだ高市皇子《たけちのみこ》のことを額田は言っている。

心の中で神に仕える女官という意識はあっても、大海人の胸に抱かれれば額田も女、白い肌が桜色に染まる陶酔からは逃げられなかった。しかしその美しい桜色が、炎のような朱色にならぬよう自戒に努める心の葛藤が、大海人の眼にも、他《ほか》の女とは違う神秘的な影を宿していたのである。

やがて十市皇女《とおちのひめみこ》は飛鳥へ移され、大海人の女官に育てられることになった。掌中の珠を奪われたように歎く三人の侍女たちに、幼児《おさなご》は愛らしい笑顔を振りまき、輿《こし》に乗った。迎えに来た二人の女官と数人の舎人《とねり》が附き添って、暖い日差しの中を行列はゆっくりと小さくなっていった。

この間、額田は一度も顔を見せず神の前にひれ伏していた。吾子《あこ》の無事と幸せを祈念していたのであろうか——侍女たちが館へ戻ってきた時も母の祈りは続けられていた。

——難波津から二艘の遣唐船が出航した後、難波京はひっそりと静けさに包まれた。

半島からの文物を受け入れ易い海港として、仁徳天皇高津宮《こうづのみや》に礎《いしづえ》を置いたこの難波京にも、そろそろ終焉《しゅうえん》の時が近づいていた。

都であって都にあらず！　落ちゆく夕日の光が消えて、宵闇の空に瞬《またた》いていた独《ひと》つ星が、一瞬白い尾を引いて南の海へ流れた。

病の床にあった傷心の孝徳天皇が身罷《みまか》ったのである——

孝徳帝の先妃《さきのきさき》であった小足媛《おたらしひめ》が腹を痛めた一粒種の御子の有間皇子は、従兄であり伯父でもある中大兄と共に飛鳥の地にあったが、「父帝の病篤し！」の報を受けるや、直ちに馬を飛ばして父君の下《もと》に赴き、枕頭に詰めていた。

新政の指導者たちも、さすがに棄ててはおけず、間人皇后《はしひとのきさき》を初めとして公卿《くげ》達が相次いで孤独な天皇を見舞ったが、中大兄と大海人が駆け付けた時、既に難波京は女官達の号泣に包まれていた。

十五歳の有間皇子は気丈にも涙ひとつ見せず、弔問の公卿たちに応待していた。

その健気な姿に瞼を熱くする女官たちの後《うし》ろで、じっと見守る四つの眸があった。中臣鎌足と中大兄皇子である。

「しっかりした皇子様でございますな」

「うむ」

「亡くなられた帝の心をそのまま受け継いでおられるのは、あの方でございましょう」

「うむ」

「難波京にひとり残され、群臣百官は言うに及ばず、御妃様まで……」

「言うな。其方の献策だったではないか」

「はい。その通りでございます。ですが宮廷の同情が有間皇子様に集まっている今の状況から観《み》て、孝徳帝の後《あと》をすぐ継がれるのは、如何なものでございましょうか」

「それは吾も同じ思いである。同情に包まれた悲しみは、いつしか怨みとなろう」

「はい。新政の基礎を固めるため、もう暫《しばら》く時日が必要かと存じます。ここは御母堂様にもう一度お願いするしかないと存じますが、如何でございましょう」

「なに、母上にか？」

中大兄の母君は宝皇女で第三十五代皇極《こうぎょく》帝である。中大兄と大海人の生母であると同時に、亡き孝徳帝の姉君でもある。

大化の政変の後、功績第一等の中大兄皇子に御位を譲ろうとされたが、中大兄はこれを固辞し、元老の重鎮であり母君の弟御でもある軽皇子《かるのみこ》を推して第三十六代孝徳天皇としたのである。

その孝徳帝が亡くなられた今、後《あと》を継ぐのは当然中大兄皇子と、誰しもが思ったのであるが、第三十七代の皇位に即《つ》いたのは中大兄の生母である皇祖母尊《すめみおやのみこと》であった。

大化の政変時の皇極天皇が重祚《ちょうそ》という形をとって第三十七代斉明天皇となられたのである。

世人の思惑に反して皇位に即かれた女帝は既に六十歳であった。中大兄皇子は三十歳、正に働き盛りの年齢に達していた。

どう考えても中大兄が即位を憚《はばか》らねばならぬ理由はない。その不自然さに、巷間様々《こうかんさまざま》な噂が乱れ飛んだ。

「何か大きなことを皇太子はやろうとしているらしい。皇太子のままで居なければ、その何かが出来ぬから、六十歳になった母君に頼み込んで重祚《ちょうそ》して頂いたのだ」

「いや、そうではない。先日出帆した二艘の遣唐船、その安否が皇子の即位を躊躇《ため》わせているのだ。考えても見よ。

第一船は、大使に吉士長丹《きしのながに》、学問僧としては道厳・恵施《えせ》・覚勝・定恵《じょうえ》等、このほか学生《がくしょう》として巨勢臣薬《こせのおみくすり》・氷連老人《ひのむらじおきな》等総勢百二十一人。

第二船には、高田首根麻呂《たかたのおびとねまろ》を大使として、学問僧道福・義向《ぎきょう》等、これも総勢百二十人。どうじゃ。これで判ったろう。唐土《もろこし》への途次、あの南海の大波浪に耐えて、どちらか一艘が辿り着いてくれればそれで良いのじゃよ。どうせ二船とも無事に着く事はあり得ない、という考えがありありじゃ。薄情とは言わぬが、どうも釈然とせぬのう」

「いや、そうではなかろう。中大兄皇子がいま即位されたら一体だれが皇太子になるのじゃ。大海人皇子ならば文句をつける者は誰も居まいが、在位が十年二十年と続いてみよ。今は幼い皇子様たちが成長して一人前になれば、実の子に皇位を継がせたいと思うのが人情であろうよ……」

「ならば大海人皇子に皇位を継がせるお考えは無い、という事か」

「いや、数年以内に不測の変があれば衆目の見る所、大海人皇子になる事は間違いない。暫くの間は、弟といえども鄭重に遇せられる事、これも疑いないが扱いを誤れば、火山の如く爆発して、最大の協力者が最強の敵と変ずる恐れもある。中大兄皇子が皇太子の席を空けられぬ訳じゃよ」

「有間皇子はどうじゃ?」

「ううむ。他の事は考えずに皇太子の人材を求めるならば、年齢といい血筋といい、正にうってつけじゃが、飛鳥へ戻られてから誰《だあれ》も寄り付かぬようになったのう」

「そうじゃァ。まさに孤独の皇子よ」

「皇太子どころか、此のままだと動乱の口火にもなりかねまいぞ」

「山背大兄王《やましろのおおえのおおきみ》の二の舞か」

「あれは入鹿がやった事じゃろう」

「いや。中大兄皇子は全てを知りながら、見て見ぬふりをしていたらしい」

「あれは皇極二年（六四三）じゃったな」

「うむ。聖徳太子の御子を煙たく思っていたのは、蘇我氏だけではなかったのじゃ」

「しかし入鹿の暴挙を座視しておきながら、その後わずか一年半で当の入鹿を誅《ちゅう》したお方じゃからのう」

「今度は慎重な鎌足も附いて居るし、年若ではあるが有間皇子も聡明な方だけに出過ぎた真似はなさらぬじゃろう」

「だが判らぬぞ。よもやとは思うがの……」

噂の有間皇子は、病と称して館に閉じ籠《こも》ったまま誰にも逢おうとしなかった。

宮廷人たちも中大兄や鎌足の眼を恐れているのか、訪れる者も居なかったが、額田女王《ぬかたのおおきみ》だけは時折美しい姿を見せて、十七歳になった先帝の遺孤を慰めていた。


有間皇子は難波京に居た頃、よく歌を作って額田に見せてくれた。

その歌の幾つかは、額田をハッとさせるほど天性の閃きを感じさせる優れた作であった。

それが飛鳥に移ってからは、まったく披露しなくなった。

「皇子《みこ》さま。御歌が出来ていれば見せて頂きとうございます」

「いや、額田に見てもらうほどの歌は、今のところ無い」

「難波京では、幾度も見せて頂いたではございませんか」

「あれは、まだ私が子供だったから、歌とも言えぬものまで……」

「いいえ、額田は楽しゅうございました。もう一度あの頃のように、皇子様の御心に触れとうございます」

「うむ。そのうちにな。少しましなものが出来たら、額田にも見てもらうよ」

有間皇子が歌に託して、心の綾をどこかに書き記《しる》していることは想像できるのだが、額田にはそれ以上踏み込むことが出来なかった。


飛鳥の都造りは遅々として捗《はかど》らなかった。どういう訳か、宮殿の建材として選ばれたものが次々に、腐ったり雷の被害を受けたりしたのである。

加えて斉明天皇が住まわれる予定の板蓋宮《いたぶきのみや》が出火のため全焼し、帝は隣接する川原宮《かわはらのみや》に移られる事になった。斉明天皇の元年十月のことである。

新宮殿の造築工事は一時中止となり、民衆は一息つくことが出来た。

しかし翌年秋には、新宮殿となる岡本宮《おかもとのみや》の造営工事が本格的に始まり、狩り出される民の溜息が絶える事は無かった。

飛鳥の地を壮大な京《みやこ》たらしめる為に、鎌足と中大兄は心を砕いていた。

高句麗・百済・新羅からの朝貢使節団を、正式に迎えねばならぬ――

一方阿倍臣比羅夫《あべのおみひらふ》を将とする遠征軍が成果を挙げて、漸く服属してきた北の蝦夷《えぞ》、西の隼人《はやと》などが貢物を献じる為にやってくる。彼等には威信にかけても、朝廷の力を見せつけねばならぬ――民衆の間に多少の不満が起ころうとも、都造りは急がねばならなかった。

だが年の暮も押し迫った頃、新しい宮殿の一角から火を噴いて、紅蓮《ぐれん》の焰《ほのお》は飛鳥の空を染めた。

現場とはかなり離れた築山の一隅で、燃え上がる宮殿を見つめる二つの影があった。

「放火でございましょうな」

「うむ。これで二度目だ。間違いない。神の怒りだと言う者も居る」

「はい。先帝を蔑《ないがし》ろにした祟《たた》りだと言う者も居ましたが、こちらの方はすぐに消えましょう。噂にもなるまいと存じます」

「何故だ？」

「はい。有間皇子さまが、お怪我をなさいました」

「なに、有間が？」

「お逃げになる時に、階《きざはし》を踏み違えられたとか、頭と肩を打たれた由にございます」

「そうか。先帝の祟りであれば、有間が怪我をする筈はないという訳だな」

「はい。有間皇子様にはお気の毒でしたが、これで噂の一つは立ち消えになりましょう。あとは宮殿の再建と、犯人の探索が急務でございますな」

「うむ。但し犯人が分かっても暫らくは捕らえるな。今は時機が悪い」

「心得て居ります……」

燃えさかる焔を見ながら、築山の密談は漸《ようや》く打ち切られた。

有間皇子が狂われた！　声は忽ち宮廷内外を走り、額田は取るものも取りあえず皇子の館に参上した。

畝傍《うねび》・耳梨《みみなし》・香具山《かぐやま》を西に従え、北側には巻向《まきむく》・三輪山《みわやま》、南は遥か多武峰《とうのみね》を望む壮大な飛鳥京の何に見入っているのであろうか。沈黙の皇子は額田に背を向けていた。

「皇子さま」

長い時間そのままの姿勢で動かぬ有間皇子に、恐る恐る額田が声を掛けた。

「む、誰だ？」

ゆっくりと振り向いた有間皇子の顔を一目《ひとめ》見て額田は息を呑んだ。

いつもの凛々しい面影はどこにも無い。

髪は乱れ、どす黒い狂気がゆらゆらと立ち昇っている。顔を此方《こちら》へ向けてはいるが眼は額田を見ていない。意志を持たぬ空虚《うつろ》な眸が宙に浮いたまま戸惑っている。

「おいたわしや。何故このような事に……」

額田女王《ぬかたのおおきみ》の見分けもつかぬらしい。皇子は再び緑の山々へ顔を向けて、そのまま動かなかった。

もはや常人の姿とは見えぬ。

しかし額田はどうしても皇子の発狂が信じられなかった。

皇位継承については、自分を候補から完全に外《はず》してほしい……有間皇子がそれを心から望んでいても、中大兄皇子にとっては休火山のような存在であることに変りはない。

自分の身を守る為にも、狂人になってしまえば皇位の問題など、水泡の如く消えてしまうであろう――そう思われての狂態に違いない。額田には若い皇子の胸中が痛々しく、哀れに思えてならなかった。

しかし、世の人すべてが皇子の物狂いを信じても、ただ一人、それを信じぬ人物が居ることを額田は感じていた。


数日後、額田は侍女の鹿女《かめ》を供にして、亡き孝徳帝を大坂磯長陵《おおざかしながのみささぎ》に訪ねた。

冬とは思えぬ暖い日ざしが、御陵に額ずく二人をやわらかく包んでいた。

「狂われた心と身体を養う為、有間皇子様は牟婁《むろ》の温泉《いでゆ》に行かれます」

帝の御霊《みたま》に訴える如く、額田の静かな声音が奥津城《おくつき》に沁み渡る。

「これは私が中大兄皇子様にお願いしたことでございますが、すぐにお聞き届けくださいました」

鹿女が額田の背に向かって、

「それは宜しゅうございました。有間皇子様も工事の喧騒から離れて、牟婁の湯でのんびりされたら、きっと病も快くなられる事でございましょう」

額田が鹿女を顧みた。

「何も起こらなければの」

「は?……」

鹿女は美しい主《あるじ》の顔を見上げた。

「牟婁の温泉は都から遠い。いつ何が起こるか分からぬ」

「額田さま」鹿女は絶句した。

「有間皇子様の侍女で、難波京からお仕えしている侍女は二人、新しい者は中大兄皇子様の息がかかって居る。三人の舎人《とねり》については私には判らぬ。皇子さまの敵なのか？　味方なのか……」

「牟婁の湯へ出立あそばすのは？」

「三日後、鹿女も同行出来るように御願いしておきましたよ」

「畏《かしこま》りました。委細は心得て居ります」

「其方《そなた》には苦労を掛ける事になりますね」

「何を仰せられます。この鹿女が皇子さまを必ず無事にお連れ戻し致します」

突然、垣の陰からバサバサッと大きい羽音が二人を驚かせた。

「ああ、びっくりした」

「鴉《からす》でございますね」

その時、有るか無きかの微笑が鹿女の頬を掠めたことは、誰一人知る由もない。


有間皇子一行の宰領は、土師《はじ》直馬手《のあたいうまて》が務める事になった。

黒い剛毛の顎鬚《あごひげ》が顔の半分を蔽って、いかつい感じではあるが、目には人の好さが表れている。

平和な一行の宰領には打ってつけの人物と見えた。

「皇子《みこ》さまァ。まっこと良《え》え日和でござりますなあ。輿《こし》に乗るより初めのうちは歩かれた方が宜しいのではございませんか」

「うむ。そうするよ」

鹿女はオヤッと思った。皇子の顔に明るい微笑が浮かんでいる。久しく見られなかった表情である。ひょっとして馬手とは顔馴染《かおなじみ》であったのか？

「早いものでござりますなあ。皇子様の御供をして飛鳥と難波京を往来《ゆきき》した頃は、ほんに碌《ろく》でもない事ばかり続きましたのう」

「馬手、めったな事を！」

稍慌《ややあわ》て気味に皇子が遮《さえぎ》ろうとすると、

「いやいや、御案じには及びませぬ。此処に召し連れましたる舎人《とねり》たちは何《いず》れも我が腹心、ご信頼あって然るべき者共にございます。じゃが侍女の方たちにつきましては、難波京以来顔馴染《かおなじみ》のお二人以外は、まだ調べが行き届いて居りませぬでのう」

大きな鬚面《ひげづら》が女たちの顔を順にのぞき込んでゆく。思わず顔を背ける女も居る。

「馬手、止《や》めぬか。此の者たちもそれぞれの主《あるじ》より選ばれし者、気遣いは無い」

「ははッ。それでは、此のむくつけき髭面との対面も済んだところで、いざ出発すると致しましょう」

天性の明るさか、それとも一見磊落《らいらく》そのものの態度に隠された緻密な思慮か？　ともあれ馬手の闊達な言動によってお互いの緊張はほぐれ、和やかな雰囲気が漂い始めたことは間違いない。

牟婁《むろ》の温泉《いでゆ》までは四日三晩の道程である。山また山の杉木立が空を隠すように聳え、時に九十九折《つづらおり》の坂をも交えて輿をかつぐ舎人達にとっても楽な道ではない。

西の方、大普賢岳を望みながら、北山川の清流沿いに南へ下れば紀ノ国へ入る。

「馬手よ」

「はッ」

「普賢とは仏の御名ではないか。土地の者が名づけたのではなかろう」

「はい。詳しい事は存じませぬが二十年ほど前から、修験道の行者や仏行僧たちが増えましての。道標《みちしるべ》を立て、村人と共に橋を架け、山を拓いて田畑を作る業を伝えた後、いつの間にか姿を消した由にござります。

そして、近隣の主な山にこれ亦《また》いつの間にやら名が附いていたようで……」

「その僧や行者たちはもう居らぬのか」

「はい……いえ、飛鳥京を取り巻く山々の幾つかは、修験道の霊域とされて居るやに聞いて居ります。今でも行者たちが樹の枝を飛び回って居るとか……」

「ほう、人間業《わざ》ではないの」

「さようで。推古天皇御治世の折に百済の僧観勒《かんろく》が、暦本・天文・地理などの学問と共に、遁甲《とんこう》・方術を我が国にもたらしたと聞き及んで居りますが、恐らくはその流れではないか、と思われます」

「ほう、遁甲・方術をか。その者たちに一度会うてみたいものだな」

馬手が慌てて手を振った。

「ご冗談を！　そんな事になりましたら、この馬手の身体、幾つあっても足りませぬ」

「はっはは……」

「ホッホホ……」

明るい笑声が湧いて杉木立の中を山間《やまあい》へ流れてゆく。

どこかで鴉《からす》が一声鳴いた。


牟妻の湯と山の気、そして海の香りが皇子の身体に適《あ》ったのか、青年らしい若々しさと体力を有間皇子は徐々に取り戻していった。

流れるように五十日余の時が過ぎて、もうそろそろ飛鳥へ戻られても宜しかろうと、医師も笑顔で保証してくれた。

次の日のことである。

薬草を摘みに山へ入った鹿女《かめ》の姿を待ちかねていたように、一羽の鴉がピョンピョンと跳ねて近づいてきた。

四囲《あたり》をそれとなく見回した鹿女が、手近な切株に腰を下ろすと、鴉の姿は一瞬薄墨色の靄《もや》に包まれた。

夕間近の山の斜面に靄は像を結んで、黒衣の忍び装束が現れた。黒卑狗《くろひく》である。

鹿女の父の赤卑狗《あかひく》とは兄弟であり、鹿女には叔父に当るのだが、兄と七つ違いの黒卑狗は鹿女を妹のように可愛がった。叔父でありながら兄者《あにじゃ》と呼ばせている。

方術の業も、黒卑狗から習得したものが多かったかも知れない。鹿女にとって敬愛する術者であった。

「いよいよ動いて来たぞ、鹿女」

「襲って来るでしょうか?」

「いや、それはあるまい。舎人《とねり》は一人も姿を見せず、二人の隼人《はやと》と八人の山者が仕事を始めた」

「仕事?」

「うむ。どうやら飛鳥までの途次、幾つかの罠《わな》を仕掛けて事故を装う心算《つもり》と観《み》た。落石・崖崩れ・路肩落とし……有間皇子様は余程目障《めざわ》りになる存在らしい」

微かに笑いを浮かべた黒卑狗を見る鹿女の目は真剣そのものであった。

「兄者《あにじゃ》、場所は皆お判りか?」

「ああ、落石と崖崩れについては案ずるな。高い所は鴉の持ち場よ。じゃが路肩落としには用心が要るぞ。道の下に木を組んで補強してある処が三ヶ所ある。いずれも谷に面した場所で、この足場を払われると道は陥没、人も馬も谷底じゃ」

黒卑狗が鹿女の顔を覗《のぞ》き込んだ。

「じゃがのう、鹿女」

「はい」

「昨日まで何の動きも見せなんだ奴等が何故今日になって、慌てて仕事を急いでいるのか、そこの処がどうも解《げ》せぬ。其方達の動静が筒抜けになって居るようじゃ」

「……」

「昨日なにか変った事は無かったかい」

「ええ、変った事といっても……御医師殿から、もう飛鳥へ戻られても宜しかろうと、お許しが出た事ぐらいで……」

「それだ！　矢張り間者《かんじゃ》が居ることは間違いない。ひとつ燻《いぶ》り出してみるか」

小さく頷《うなず》いた鹿女が木洩れ日の中にスッと起ち上がった。眉野《みの》と漢女《あやめ》の姿が遠くに見えたのだ。

二人とも難波京の頃から有間皇子に従っている侍女である。鹿女は手を振りながら二人の方へ駈け下りていった。


その夜、女たちはゆっくりと湯に浸りながら月を眺めていた。

馬手《うまて》からの連絡で明朝卯の下刻に出立する事になり、最後の湯浴《ゆあ》みを楽しんでいるのである。

「眉野さま、遅うございましたわね」

鹿女の問いかけに眉野が微笑で応《こた》えた。

月の光に白い女の躰《からだ》が艶《つや》やかに映えて、すぐ湯煙の中に沈んだ。

鹿女が山を見上げる。

ホー、ホーッ。梟《ふくろう》が二声鳴いた。

一日目……二日目……までは何事もなく、三日目の朝、川上村を出発した一行は、昼前に白川ノ渡《わたり》に着いた。

千石山を源《みなもと》に、岩の間を走り抜ける中奥川が本沢川と合して、この白川ノ渡《わたり》から吉野川となる。豊かな水量が山間《やまあい》を疾《はし》り、五社峠の切通《きりどお》し辺りから川幅も広がって、流れもゆるやかになる。道の近くに村落も点在している。

問題は五社峠までの道程である。その道は山また山の連なりが深い谷を抱えて、急流の白い飛沫が遥か下の方に見える。崖が崩れたら一《ひと》たまりもない。

馬手は六人の舎人を、すべて先行させていた。崖の斜面を鷲の眼で調べる六人の苦労もさることながら、行列の最後尾まで目を配る馬手の心労も並大抵ではない。

鹿女《かめ》が昨夜、黒卑狗《くろひく》からの情報を馬手に伝えた時、この黒髭の大男は、鹿女に向かって深々と頭を下げた。

「忝《かたじけな》し、鹿女殿。これで皇子様は無事に飛鳥へお戻りになれる」

「馬手様、それはまだ……」

「いや、仮に吾が襲う側に立つならば、崖を崩すか、路肩を外《はず》すか、矢張り此の何《いず》れかを選ぶであろう。上の方を鴉殿が見て下さる、となればどれほど助かることか。あとは此の馬手にお任せあれ。みごと防いで見せましょうぞ！」

たのもしい馬手の言葉であった。

その言葉通り、六人の舎人は鷲の眼で路肩崩しの箇所を美事《みごと》に見つけ出した。

道を支える大丸太が、無残に鋸で切られている。旅人一人の重量なら持ち堪《こた》えられようが、数人以上の重さが掛かれば蟻地獄のように崩れ落ちる巧妙な仕掛けである。

馬手も背筋が寒くなる思いであった。

「いやあ、お主たち、ようやった。ようやったぞうッ」

舎人たちをねぎらう馬手の大声がまだ終らぬうちに、ドドドオッ……と地響きをたて、大小の岩石が土煙をあげて、十数間前方の道に転がり落ちた。

度胆を抜かれた一行が見守る中を、濛々《もうもう》たる砂塵の向こうから、数個の人影が繋がって下りてくる。

「兄者……」

鹿女が小さくつぶやいた。

薄れゆく土煙の中から、数珠つなぎにされた男たちの姿が影絵のように現れた。その後から縄尻を持って黒卑狗の姿が身軽く斜面を下りて来た。頭上を十数羽の鴉が舞っている。

「おお、これはこれは……」

駈け寄って黒卑狗を迎えたのは馬手と鹿女である。その後から有間皇子もゆっくりと歩み寄った。

皇子の前に丁寧な拝礼を施した黒卑狗が、片膝ついて徐《おもむろ》に口を開いた。

「皇子様はじめ皆さまには、お怪我も無《の》うて何よりでございました。鴉と申します」

「其方の働きで吾等九死に一生を得た。礼を言う」

皇子の謝辞と共に一行の者が皆頭を下げた。

「とんでもございません。すべては宰領たる馬手殿の采配に依るもの、私はそのお手伝いを致したに過ぎませぬ」

「何を言われる、鴉殿。其許《そこもと》の支え無かりせば、吾等一同岩石に打たれて皆殺しになっておったわ。さてもさても憎《にっく》き此の者たちよ。一人残らず首をはねてくれようぞ」

こみ上げてくる怒りに堪えられなくなったか、馬手が猛気と共にギラリと剣を抜いた。並み居る者たちがハッと息を呑む。数珠つなぎに引き据えられた男たちは覚悟の前か、うなだれたまま微動だにしない。

ひと声、鴉が鳴いた。崖の上である。また一声鳴いた。今度は谷底から聞こえる。

ふと黒卑狗の方を見やった馬手は思わず目をむいた。今の今まで其処に居たはずの鴉殿が消えている。首をかしげながらも剣を握り直して男達の方へ近づいた時――

「待て。馬手よ」

張りのある若々しい声が馬手を留めた。

「その者たちを放してやれ」

繋がれた男達の頭が一瞬ピクリと動いた。

「何を言われます、皇子様。貴方さまの御命を縮めんとした此奴等《こやつら》を……」

「しかし吾は生きている。一行の中にも怪我をした者は居ない」

「皇子様、あれを御覧《ごろう》じなされませ。鴉殿のお働きなくば、我等はあの岩の下敷きになって居りましたぞ」

「判っている。だが馬手よ。この者たちは、命令されて動いたまでじゃ。今ここで全員の首を刎《は》ねても、吾の生命を縮めんとする企ては無くなるまい」

「はあ、それは……」

「ならば無益な殺生をせず放してやれ。生きるも死ぬも吾の運命《さだめ》、この者たちの家族に、悲しい思いをさせとうはない」

どこかで鴉が一声鳴いた。

「相解《あいわか》り申した。皇子様のお情《なさけ》で、この馬手も嫌な事をせずに済みまする。それッ、縛《いまし》めを切ってやれ」

六人の舎人がホッとしたような顔つきで、手際よく縛めを切りほどいてゆく。

「おい、よかったのぅ」

「よかったよかった……」

小声で囁きながら手を動かす舎人たちの表情にも喜びの色が表れている。

その時……ザワザワと異常な動きが、山一面に感じられた。

驚くべし。山肌から湧き出たように十数名の人影が、叢の斜面から忽然《こつぜん》と現われ、路上に座って拝礼の形をとった。

その中心にある白髪の翁が恐らく頭領であろう。一膝二膝進み出た後、更に深く拝礼して漸《ようや》く口を開いた。

「山岳党の頭領耆老《きろう》にございます。只今は、皇子様の温情あるお計らいまことに忝《かたじけの》うございます。なれど、飛鳥への御報告はどのように為される御所存にござりましょうや？」

有間皇子と馬手が不審げに耆老を見つめる。

「この者たちを御許し頂いても、これほどの不始末を惹き起こせしからには、責任の所在を明らかにせずばなりますまい。その節には何卒私めを此の企ての張本人としてお連れ下さりませ。老いぼれの首一つで事が丸く納まるならば、些《いささ》かも怨みには存じませぬ」

皇子がニコリと笑みを浮かべて、馬手を見ながら小さく首を振った。

その顔を、これ亦《また》微笑と共に見返しながら馬手がゆっくり頷いた。

「飛鳥への道すがら、馬手よ。何か異変があったか」

「はあて、何もございませなんだが、そう言えば我等が通り過ぎた後に崖崩れがあったようで……村人たちにも幸い怪我人は無かったとの事、恐らく地盤がゆるんでおったのでございましょうな」

「耆老とやら。こういう事じゃ。案ずる事はない。それよりも——吾《お》は其方たちと顔を合わせるのは初めて故、何も知らぬ。見る通り、勉学中の弱輩者じゃ。此処で会うたのも何かの縁《えにし》、差し支えなければ其方達の事、吾に教えてくれぬか」

「皇子様！」

耆老の声が潤んだ。

——責任の所在など気にするな、とはいえ、我が生命を賭けての申し出を余りに軽くあしらう形では、耆老の頭領としての重味が薄れよう。ここはひとつ話題を自然な形で変えるに如《し》くはなし、との皇子の思いやりが以心伝心、耆老に伝わったのであろうか……

やおらして顔を上げた白髪の頭領は、淡々とした口調で語り始めた。

「我等は紀伊・伊勢・伊賀・鈴鹿の山岳に栖《す》む山者でございます。日頃は箕造《みづく》りと猟に明け暮れる生業《なりわい》なれど、時には頼まれて戦闘《いくさ》の加勢をする事もございます」

「頭領殿、飛鳥の現況など詳しくお耳に入って居りましょうか」

馬手が尋ねた。いつの間にか言葉つきも改まっている。

「いささか――」答えはすぐに返ってきたが、苦渋を含んだ声音であった。

「ただ、我等の耳に入るは一本の細糸のごとく、それも虚実の判断すら出来ぬ儘《まま》に信ずるよりほか御座りませなんだ」

聞き入る一同が等しく頷《うなず》く。

「恐れ多き事ながら、有間皇子様は難波京《なにわのみやこ》に於て淋しく身罷《みまか》られた先帝の遺孤、その遺志を継いで必ずや事を起こされるに違いない。謂わば天下騒乱の火種となる存在じゃ。

聡明なお方ゆえ、此度《こたび》の物狂いも真偽の程は判らぬが、牟婁の湯へ行かるるは千載一遇の好機である。天下萬民の為、将来の乱れの因《もと》を断ち切るに如《し》くはなし――と。一昨日我等が聞かされた話は、こういう事でござりました」

聞き入る皆の溜息が午《ひる》さがりの風に消えた。

「なれど見ると聞くとは大違い。争いを好まれぬ皇子様のお気持は、先ほどの温いお言葉で我等にも解ります。このようなお方がどうして国家騒乱の因になりましょうぞ！　此度《こたび》の私共が軽率な振舞《ふるまい》、改めてお詫び申し上げます……」

その時、鋭い声が人々を驚かせた。

「眉野《みの》さま、なりませぬ！」鹿女《かの》である。

守り刀の短剣を我が胸に突き立てんとした眉野の手を、鹿女がしっかと押さえている。そして鹿女の手に力が加わると、眉野はたまらずポロリと短剣を取り落とした。

「あああッ、私は、私はァ……」

咽《むせ》び泣く眉野の肩を鹿女が優しく抱いた。

「解って居ります、眉野さま。あの舎人《とねり》は、貴女の想い人だったのでございましょ？」

「私は、私はただ軽い気持で出立の事を」

馬手が近寄って短剣を拾い上げた。

「眉野殿、解って居る。其方《そなた》は別に何《なあん》も悪い事をした訳ではない。安んじて今後も皇子様に仕えて下され。頼みましたぞ」

涙を拭って頷いた眉野に、クルリと背を向けて馬手は吠えた。

「ホーレ、出立じゃあッ」

輿に移る皇子に目を遣《や》りながら、つかつかと耆老《きろう》の許《もと》へ歩み寄った馬手は、片膝ついて同じ視点で白髪の翁に相対した。

「頭領殿、後はよしなに……」

「心得ました。お気遣いなく……」

どちらからともなく差し出された手が固く握られ、見交わす眸の奥底に静かな光が宿っていた。


斉明天皇の四年、皇孫建王《たけるのみこ》が薨《こう》じた。

中大兄皇子と造媛《みやつこひめ》の間に生まれた此の皇子は不幸なことに口がきけなかった。

蘇我入鹿を暗殺した時、鎌足に口説かれて一役買った蘇我倉山田石川麻呂は、造媛の父である。

常に舞台の陰にあって演出を司《つかさど》る鎌足は、正に策謀家であった。

右大臣に昇格した石川麻呂の四角四面な性格が邪魔になってくると、当の石川麻呂の異母弟である蘇我日向《そがのひむか》をそそのかして、右大臣石川麻呂に謀反の企てあり——と讒訴《ざんそ》させたのである。

真面目人間の石川麻呂は自刃した。

こうして中大兄皇子の対抗馬は、一人、また一人……と姿を消していったのである。

鎌足作戦は正に順調な足どりであったが、思わぬ所から縫い目が綻《ほころ》びてきた。

父の自刃を苦に病んで、悲しみの日々を送っていた造媛《みやつこひめ》が亡くなったのである。

自殺の噂も流れた。

残された建王《たけるのみこ》は口がきけない。

斉明女帝はこの不幸な皇孫を、自ら手許に置いて可愛がられた。

天皇が政務に忙しい時は、身近に居る姉君の大田皇女《おおたのひめみこ》と鸕野皇女《うののひめみこ》が面倒を見たのだが、口をきくことが出来ないだけに、若い皇女《ひめみこ》達には重荷であったろう。

建王《たけるのみこ》も老女帝にはよくなついていただけに、仮初《かりそ》めの風邪が因《もと》で小さな生命が消えたとき、老女帝の悲しみは此の上なく大きかった。
魂の去った小さな亡骸《なきがら》を抱いて一晩中泣き明かされた、という……

今城《いまき》なる　小丘《おむれ》が上に　雲だにも
　著《しる》くし立たば　何か歎かむ

今城の丘に独り眠るいとけなき皇子のために、せめて雲の姿でも傍《そば》にあれば、わが心も少しは慰められる。あの可憐な面影を偲んで朝な夕なに嘆き悲しむ事もないであろうに。皇子《みこ》よ、皇子《みこ》よ。嗚呼《ああ》……

最愛の皇孫を亡くして悲嘆にくれる老女帝は幾つもの悲歌を詠んだ。果ては群臣に詔《みことのり》して、自分の死後は皇孫の霊を今城の丘から移して、己《おの》が陵《みささぎ》に合わせ葬るよう命じたのである。

そして十月——。
秋の風が渡り始めた頃、王宮内はすっかり淋しくなった。斉明天皇の牟婁《むろ》ノ湯行幸に、多くの女官・侍臣達が同行したのである。
留守を預かる左大臣蘇我赤兄《そがのあかえ》が、有間皇子の館へふらりとやってきた。

「皇子様ァ。暇で困って居ります。遠乗りにお附き合いくだされませぬか」

半白の頭に丸顔の村夫子然《そんぷうしぜん》とした風貌《ふうぼう》は、とても飛鳥王朝の左大臣とは見えない。

「要職にあるお方が、王宮を留守に為されて宜しいのですか」

「いやいや。帝をはじめ主《おも》だった方々がみな紀ノ国へ行かれましたのでな。やつかれなどさっぱり仕事がございません。役所内で欠伸《あくび》ばかりして居るのも如何《いかが》かと存じましてな」

「はは……して、何処《いずこ》へ？」

「はい。阿騎野《あきのあた》辺りで秋草を賞《め》でるも一興と存じますが、如何でございましょう」

「それは良い。参りましょうか」

それぞれの舎人《とねり》が二人ずつ供に附いて一行六名が阿騎野ヶ原に到着した時は、陽《ひ》がまだ中天に高かった。

「ホーレ、其方達も草の上に寝ころがって、天を仰いでみよ。馬も放してやれ。仕事を忘れて暫し楽しむがよいぞ」

赤兄の砕けた物言いに、舎人達も童に返ったように嬉々として、なだらかな高原を駈《か》け下りていった。その後から、馬がゆっくりとした足どりで附いてゆく。

ゆるやかな傾斜に身を委《ゆだ》ねて、透《す》き通るような秋の空に目を遣《や》った有間皇子は、大きく息を吸い込んだ。

壮大な阿騎野ヶ原に今を盛りと萩や葛《くず》の花が咲き誇っている。間近にある桔梗《ききょう》の葉陰にふわりと何かが動いた。

黄色い秋の蝶である。

「其方、まだ生きておったのか」

皇子の小さなつぶやきに耳をすます如く、蝶はそのまま動かなかった。

「皇子様ァ。宮殿の工事に働く民の姿をどう御覧になりましたかな」

赤兄の声に皇子はハッと現実に引き戻された。さすがに為政者は何処にあっても、政《まつりごと》を忘れぬものらしい。

板蓋宮《いたぶきのみや》の全焼に続いて、これ亦《また》失火の被害を受けた新宮殿は工事半ばの状態であり、多くの男達が賦役人《ふえきにん》として働いて居る。その中に女の姿も混《ま》じっていた。

稲の収穫時《とりいれどき》には何とか休みが与えられたものの、否応なく狩り出される賦役がもう三年も続いている。

皇子は馬上から目にした民の姿を反芻《はんすう》していた。土を運び石を担《かつ》ぐ力仕事の男達は半裸で、指図をしている者もよれよれの短い筒袖だった。女は貫頭衣《かんとうい》のような袖無しを身に纏《まと》い、藁履《わらぐつ》を穿《は》いてはいたが、腰紐《こしひも》は縄のようであった。陽だまりにうずくまる老人の、物欲しげな眼差しが今も瞼に残っている。

「民は疲れている」

思わず口をついて出た言葉であった。

その時、赤兄の眼がギラリと光ったが一瞬光は消えて、また元の茫洋たる村夫子《そんぷうし》の表情が次の言葉を待っている。

いつの間にか二人は起き上がって、座談の形をとっていた。

皇子が沁々《しみじみ》とした語調で言う。

「吾は一度狂気に冒《おか》された身です。政《まつりごと》を語る資格は無いが、今日のような民の表情を見ると、つくづく無力な自分を情なく思います」

「先帝も、新政について反対の立場を採られた事があったようでございますな」

亡き孝徳帝の話になると、有間皇子の面に一瞬苦渋の色が走って答えは無かった。

やおらして、皇子は再び仰向けになり大きく息をついて秋冷の空を仰いだ。

話の接《つ》ぎ穂を失った態《てい》の赤兄も同じく身を倒して、無言のまま目をつぶった。


その翌日のことである。

〝有間皇子さま御謀叛！〟信じられぬ声が雷光のごとく飛鳥京《あすかのみやこ》を飛び交った。

「そんな馬鹿な！　あの皇子様が……」と言いかけた人々も次の報を知るに及んで、申し合わせたように口をつぐんだ。

〝皇子と共に謀叛を画策した守君大岩《もりのきみおおいわ》・塩屋連鯯魚《しおやのむらじこのしろ》・坂合部連薬《さかいべのむらじくすり》等が逮捕された〟

「共謀者が居たとなれば噂は矢張り……」

人々の思いも微妙に変ってくる。

背後に中大兄皇子と中臣鎌足の意思が働いていたとしても、左大臣赤兄の老獪な作戦であった。

しかも中大兄だけでなく、斉明天皇も不在の間の出来事であってみれば、疑念の鉾先を向ける所がない。矢継ぎ早に紀ノ国へ騎馬の使者を走らせてはいるが、留守を預かる赤兄の処置は迅速果断、水際立っていた。

そんな中で、逮捕者たちは全て飛鳥京から姿を消したのである。

2 血闘藤白坂《ふじしろのさか》

有間皇子《ありまのみこ》の逮捕から四日経ち、五日目の朝を迎えた。

紀ノ国の海岸線をゆっくりと進む異様な群《むれ》があった。輿《こし》が一つ、馬が二頭、あとは徒歩《かち》の者共である。大半は武装した兵であるが、別に物々しい雰囲気は感じられない——これが有間皇子の護送隊であった。

輿《こし》に乗る皇子はもとより、徒歩《かち》の大石《おおいわ》たちにも別に縛《いまし》めは無い。宰領の倭 直《やまとのあたい》弓光《ゆひか》の計らいで縄は解かれたのである。

飛鳥京を発つ前夜、弓光は親友土師 直《はじのあたい》馬手《うまて》の来訪を受けていた。

「剣は馬手、槍《ほこ》は弓光！」と、並び称せられる間柄である。

「弓光よ。辛い御役目を仰せつかったのう。じゃが有間皇子様の御頸《くび》に、白絹は掛けさせせぬ。この馬手が必ずや皇子様の御身柄を貰い受ける。そうなれば、お主とも戦わずばなるまい」

馬手の野太い声がまだ耳に残っている。警護の責任者である弓光に、堂々と皇子奪取を宣言した馬手に対して、好感以上のものを覚えた弓光であった。

しかし与えられた任務は、むごかった。

――貴人に刃《やいば》を加うるは恐れ多し。

白絹を以て、縊《くび》り奉れ！

余の者は、斬罪に処すべし。

場所は、紀ノ国藤白坂《ふじしろのさか》と定める――


「白絹は掛けさせぬ！」と言い放った馬手《うまて》の顔。任務を与えた後しばらく弓光《ゆひか》の目を覗き込むように窺った蘇我赤兄《そがのあかえ》の冷酷な表情。それが頭の中で交錯し、乱れて浮揚している。最終的には宰領たる弓光自身の決断しかない――


一行は岩代《いわしろ》の浜に差しかかった。

海からの颪が強いのか、這松《はいまつ》が多い。休息には手頃な場所である。弓光は此処で中食《ちゅうじき》を摂《と》らせることにした。

輿から降りた有間皇子が、砂地に腰を下ろして木簡に何やら認《したた》めている。どうやら歌が出来たらしい。

一人の兵が弁当を捧げて皇子に近づいた。小柄ではあるが敏捷《びんしょう》な身のこなしは額田女王《ぬかたのおおきみ》の紹介で、急遽人数に加えた小亀である。

――「弓光殿、此の者を供にお連れ下さい。異変が起きた場合、きっとお役に立てると思います……」

弓光には、どういう事か判らなかった。この目ばかり大きく色の黒い小男が、さして役に立つとは思えなかったが、神の声を聴く女性《にょしょう》の言葉を無碍《むげ》にも出来ず、言われる儘に小亀を供の中に加えたのである――

有間皇子は木簡を小亀に預けて弁当を受け取った。椎の葉にくるんだ握り飯である。

「皇子様、お懐しゅうございます」

何処からか女人の声が聞こえた。不審げに辺りを見回したが、誰も居ない。再び小亀の顔に視線を転じた皇子は驚いた。

小亀がぱくぱくと口を動かすと、女の声が聞こえてくる。

「先ごろ牟婁《むろ》へお出ましの節、漢女《あやめ》や眉野《みの》と共に御供致しました鹿女《かめ》でございます。憶えていらっしゃいますか」

皇子はまじまじと小亀の顔を見つめた。

黒い顔、げじげじ眉、どこから見ても男である。その小亀が木簡に目を走らせてげじげじ眉をちょっと曇らせた。

磐白《いわしろ》の　浜松ヶ枝を　引き結び
真幸《まさき》くあらば　また還り見む

岩代の浜に生えている這松の枝先を戯《たわむ》れに結んでみた。もし身の潔白が証明されて再び此の浜を通る時があれば、また結び枝を見ることも出来よう。しかし其のような日が本当に来るであろうか……

木簡を両の手で捧げ持った小亀が、深々と頭を下げた。優しい鹿女《かめ》の声が沁み入るように聞こえてくる。

「御案じあそばしますな、皇子様。最後まで望みを捨ててはなりませぬ」

目の前の小亀はクルリと皇子に背を向けて小走りに弓光《ゆひか》へ近づき、片膝ついて件《くだん》の木簡を手渡した。

磐白の　浜松ヶ枝を　引き結び
　真幸くあらば　また還り見む
小声で歌を詠み上げた弓光の面上にサッと緊張の色が流れた。

これは辞世の歌ではないのか?……

自らの運命を悟った十九歳の青年が、歌に託した純な心を弓光はいとおしく感じた。

兵たちは思い思いの場所で中食を摂っている。潮の香を乗せた浜風が快い。

この中に間者《かんじゃ》が居る。弓光が左大臣から与えられた命令を果すか否か、最後の最後まで監視の眼は光っているであろう。何奴《どやつ》だ! 弓光は、それとなく兵たちの姿を視野に入れながら考えていた。

――有間皇子の館が長槍の林に囲まれた日、夜になって二人の侍女がしおしおと重い足どりで館から出てきた。

「眉野《みの》さま、これからどうなさいます？」

「漢女《あやめ》さま、貴女は？」

行先も考えられないほど、全くそれは突然の出来事であった。

ともかく、大勢の兵士達から少しでも離れようと、よろめくように歩を進める女たちの前に一人の壮漢が立ち塞《ふさ》がった。

「待て。漢女ではないか」

「ああッ。兄上！」

それは兄の倭 直《やまとのあたい》弓光《ゆひか》であった。思わず取りすがる漢女《あやめ》にとっては、正に地獄で仏の思いであったろう。

「皇子様から私たち、お暇を出されました」

「難波京の時代から、五年もお仕え致しましたのに……」眉野《みの》も傍から涙声である。

「皇子様は、其方たちに迷惑を及ぼしたくなかったのだ。有難いことではないか」

「でも、兄上……」

漢女が更に何かを訴えようとした時、

「弓光、その女子《おなご》たちは？」

咎めるような物言いで、一人の男が近づいてきた。今宵の指揮をとる物部朴井連鮪《もののべのえのいのむらじしび》の声である。

弓光はこの鮪《しび》が嫌いであった。狐のように吊り上がった目は狷介《けんかい》そのものであったし、細い唇から出される金属的な高い声は、どうにも好きになれなかった。

しかも左大臣蘇我赤兄《そがのあかえ》にべったりの腰巾着ときては、武人として弓光が尊敬できる要素は何ひとつ無かったのである。だが、上官である以上、その命には従わざるを得ない。

「はッ。此の者はやつかれの妹にして、いま一人はその友にございます」

「ホウ、有間皇子様の御館に仕えていたのは其方達か。たしか漢女《あやめ》と眉野《みの》とか申したな」

何でも知ってやがる……弓光は心の中で舌打ちした。

その時、雲間に隠れていた半月が顔を出して、女達の顔を照らした。

「ホ、これは二人とも美形じゃな」

その声に二人は思わず弓光の背に隠れた。

「其方たち、どうじゃ。左大臣様の御館にお仕えする気はないか。もし良ければ此の鮪《しび》が口を利いてやるぞ」

間も置かせず弓光の声が遮《さえぎ》った。

「お断り致します」

そして一歩進んだ。何か言おうと口を開きかけた鮪《しび》だったが、弓光の気魄に押されたか其の儘クルリと背を向け、黙って館の方角へ去っていった。

その後姿を睨《にら》んでいる弓光の周りを、いつの間にか腹心の膳《かしわでの》小梨《おなし》をはじめ、数人の部下が取り巻いていた。

「彼奴《きゃっ》は執念深い。弓光様、この儘《まま》では済みませんぞ」

吐き棄てるように小梨が言った。

「うむ。左大臣殿に美しき女性を取り持って己《おのれ》を売り込む肚《はら》であろうが、そうはさせぬ。したが一旦目をつけられた以上、この二人を安全な場所へ移さねばなるまい……小梨、思案はないか？」

暫し答えはなかった。だが、一呼吸置いて考えがまとまったのか、ニコと笑った小梨が弓光の耳に口を寄せた。

「ううむ、それは良い。さてもさても智恵者じゃなあ」

「今頃お気付きとは、情ない」

二人は声を立てて笑った。

その笑い声に、女たちも訳は分からぬ儘《まま》ホッとした表情を見せた。

翌日の午過ぎに、弓光は小梨と二人して、額田女王《ぬかたのおおきみ》の館を訪ねた。

昨夜二人を連れてきた小梨は一応の面識があるが、弓光は額田と顔を合わせるのが初めてである。

「昨夜は突然の御無礼、まことに申し訳ございませぬ」

「いいえ、牟妻の湯以来のお仲間ですもの、ようこそお連れくださいました」

大海人皇子の愛人であり、中大兄皇子からも想われているという額田の美しい微笑の前に、弓光は多少固くなっていた。

暫く世間話が交されたあと、額田が一膝《ひとひざ》乗り出した。

「時に、弓光《ゆひか》殿。此度は有間皇子様を紀ノ国へお連れなさいますとか……」

「えッ。いえ、やつかれは何も聞いておりませぬ」

額田が微かに頷いた。

「今朝ほど物部《もののべの》朴井《えのいの》連《むらじ》鮪《しび》殿が左大臣殿と話しているのを偶々《たまたま》耳にしたばかり。護送の任について、鮪《しび》殿がきつーく貴方を御推挙のように聞こえましたが……」

弓光は唇を噛んだ。誰しも嫌がる護送役を、煙たい弓光に押し付けようとする鮪《しび》の魂胆を察して、思わず眉をしかめた。

そんな弓光の表情を、じっと見ていた額田が小さく手を挙げると、庭に面した階《きざはし》に一人の小柄な男が現れて片膝ついた。それが小亀だったのである――

弓光は見るともなく小亀の姿に目を遣《や》っていた。有間皇子に呼ばれて、また木簡を受け取っている。二首目の歌が出来たらしい。

兵たちは中食《ちゅうじき》を済ませて、思い思いにくつろいでいる。

弓光も最後の一口を頬張り、笹の葉で手をこすっているところへ小亀が片膝ついた。

水で湿した手拭を差し出してニヤリと笑う。

うむ、とうなずいた弓光が、両手をきれいに拭き改めて木簡を手にした。

家にあれば　笥《け》に盛る飯《いひ》を

草枕　旅にしあれば　椎の葉に　盛る
　家に居れば、ちゃんとした食器で食べられるものを、こうして旅にある身は、手近にあった椎の葉に飯を盛って食べねばならぬ。侘びしい旅よ。早く終らぬものか……

弓光の面上に、感動の色が一刷毛サッと流れた。しかし言葉には出さず、ゆるりと身を起こして片手を挙げる。

「出立じゃあッ」

小梨の大声が響き渡った。

「小亀、待て！」

走ってゆこうとする小亀を、鋭い声で弓光が呼び止めた。怪訝《けげん》そうに戻ってきた小亀の目を覗き込んで囁《ささや》く。

「よいか。これから先は其方が輿の傍に附け。皇子様を、お護りするのじゃ」

一瞬弓光を見つめ返した小亀が、すぐに大きく頷《うなず》いた。

薄紫の藤袴《ふじばかま》が乱れ咲く山の斜面に、海の風が急ぎ足で昇ってゆく。

旅はいよいよ最後の行程である――

藤白坂《ふじしろのさか》と呼ばれる此の一帯は、楢《なら》や櫟《くぬぎ》などが点在しているが、杉・檜《ひのき》は見られない。なだらかな斜面の上部は、人の背丈を超える尾花が生い茂り、中程から下の方にかけてはこれまた腰の高さまで伸びた藤袴が、薄紫に染まった秋の彩りを誇示するように群生していた。

上り坂あり、下る路あり。原野の中に人馬の踏み固めた跡が、わずかにそれらしき道を形成しながらも、遠目には一条の筋でしかなかった。

——貴人に刃《やいば》を加うるは恐れ多し。

白絹を以て、縊《くび》り奉れ！

余の者は、斬罪に処すべし。

場所は、紀ノ国藤白坂《ふじしろのさか》と定める——


左大臣蘇我赤兄《そがのあかえ》の令は簡潔であった。

有間皇子が本当に謀叛を策したのであれば否も応もない。だが帝と共に皇太子中大兄皇子《なかのおおえのおうじ》も不在の折であった。にも拘らず赤兄の措置は驚くほど素早《すばや》いものであった。まるで、予《あらかじ》め予定されていた事のように……

その上もうひとつ。何故藤白坂でなければならぬのか？　場所を指定した別の理由があるのではないか……

とつおいつ考えを巡らせながらも、弓光は駒を止めた。目の前に藤白坂がある。

同じく騎馬の小梨《おなし》が近づいてきた。彼だけには命令の内容を告げてある。

どこかで鴉《からす》が二声《ふたこえ》鳴いた。

そのとき坂を登りきった第一の峠に、騎馬の武者が続々と現れた。

約三十騎は数えられよう。武装したこれだけの騎馬兵をすぐに動員できるのは、恐らく政府の高官であろう。左大臣か？……

そう思った時、数騎がゆっくりと坂を下りてきて弓光勢と向かいあった。

何と先頭にあるは物部朴井連鮪《もののべのえのいのむらじしび》である。例によって金属的な高い声が、いつものように弓光の眉をひそめさせた。

「倭直弓光《やまとのあたいゆひか》。此処は藤白坂であるぞ。これ、汝《いまし》は左大臣殿の御命令を何と心得ておるか。有間皇子様と罪人たちを、此の場所で処刑するのが汝の役目ではなかったのか」

初めて内容を知った兵達のざわめきを背に弓光の男らしい声が応《こた》えた。

「藤白坂はまだ続いて居る」

「言うな。左大臣殿の御命令を蔑《ないがしろ》にする汝の振舞い、さては謀叛人共の同類と見た。此処で吾《あ》の処断を受けよ」

「は、は……肚《はら》が見えたぞ、鮪《しび》。これだけの手勢を準備して居《お》った、ということは最初《はな》から我等を鏖《みなごろし》にせむ、と謀ったものであろう。どうじゃ、相違あるまい！」

「ホウ、気概は勇ましき限りじゃのう。だが多寡《たか》が十人ほどの小勢で、三十を超す騎馬隊に勝てるかの？」

その時、三人の兵が弓光の後からバラバラと走り出し、鮪勢《しびぜい》の背後に隠れた。

「ホホゥ、また減ったではないか。弓光、やめておけ。如何に汝がヽヽヽ槍の弓光と異名を取る強者《つわもの》でも、多勢に無勢という事を知らぬか」

「剣の馬手も此処に居るぞ！」

突然野太い声が上の方から聞こえた。

剛毛の黒い顎鬚《あごひげ》が四人の舎人を連れて背丈を超す尾花を掻き分けて現れた。

稍《やや》たじろいだ態《てい》の鮪《しび》が、後方を振り向いて合図を送ろうとした時、

「ガアア、グヮアッ」と異様なざわめきと共にザワザワザワッと不気味な音が山上にどよもし、第一の峠で待機していた騎馬隊に異変が起こった。

何と！　馬が鴉に襲われている。

黒い風が四方から間断なく吹きつけるように、鴉は馬の目を狙って飛び掛かっている。その数は数十羽を超えるであろう。

目を突かれた馬たちは、悲鳴を挙げて棹立《さおだ》ちになる。乗り手を振り落とし、狂奔状態で走り回る。蹄に掛けられた兵たちが其処彼処《そこかしこ》にのた打ち回っている。

鴉は、今度は兵の目を狙い始めた。

馬蹄の重圧と鴉の攻撃からようやく逃れた兵たちは、喚きながら争って坂道を駈《か》け下りてくる。

弓光は此の機を逃さなかった。

「鮪《しび》、覚悟ッ」

凛烈たる声と共に、手慣れた槍《ほこ》が白い光となって、逃げようとする鮪《しび》の背を貫いた。

供の三騎のうち一人は馬手《うまて》の豪剣に腹を割られて、血を噴きながら馬から落ちた。

残る二騎が坂の上へ逃げようとしたが、先を行く一騎は小亀が放った短弓の矢を背に受けて、声

も無く馬上にのけぞった。と見る間に、宙を跳んだ小亀が残る一騎の背に立って、サッと乗り手の咽喉を掻き切った。一瞬の早業である。馬はたたらを踏んで止まった。

一方、坂の上に居た騎馬隊は全滅した。鴉の攻撃と、狂った馬の蹄から逃れてようやく坂を駈け下りて来たものの、突如として草の中から湧き出た異形《いぎょう》の一隊に、悉《ことごと》く討ち取られたのである。

それは正に異形《いぎょう》の男たちであった。

転げるように駈け下りてくる兵達の前にスッと現れ、鋸《もり》に似た矛《ほこ》で無造作に突き刺す。狼狽して剣を抜く兵の足許から、別の一人がスックと起って、山刀で迅雷の一撃を首に浴びせる。

短袴《みじかばかま》を穿《は》いてはいるが、蓬髪を束ねただけのいでたちに、素早い動きは山犬のごとく、サッと現れては草に消える。

黒風一陣、アッという間に鮪《しび》の騎馬隊を倒した異形の一隊は、再び草の中に沈んだ。

弓光も馬手も、そして小亀も兵たちも、この一瞬の惨劇をただ声もなく見守るばかりであった。

血臭漂うその原野に、忽然と三つの人影が現れた。

「おおッ。耆老《きろう》殿」

馬手が走り寄ってその手を取った。輿《こし》を後に、有間皇子も懐しげに近寄ってくる。

耆老は片膝ついて、ピタリと拝礼の形をとった。後に従う二人は、両の手をついて平伏している。

「皇子様、この二人に見覚えがおありでございましょうか」恐る恐る二人が顔を挙げる。

耆老の言葉に、皇子と馬手が等しく視線を当てた途端、

「おおッ、其方たちは？……」

「はい。過ぐる日、牟婁《むろ》の湯から飛鳥へお戻りの途次、五社峠の前で皇子様を襲い奉りし不埒者《ふらちもの》にございます」

恥しさに居堪《いたたま》れぬ風情で、二人が顔を伏せた。肩をすくめている。

「この二人だけでなく、本日召し連れましたるは皆あの時の輩《やから》にござります。馬手殿が剣を抜かれた時、一番近くに居て真っ先に首をはねられる筈の二人で……」

「耆老殿、もう言うてくれるな。顔から火が出そうじゃ」

「ほう、馬手の顔から火が出るところを一度見たいものよ」

笑いながら弓光が茶化した。

「うるさい！　あの場に居合わせなんだ奴に、そのようなこと言われる筋合いはないわい」

と、むくれてみせた馬手であるが、尾花の陰に居るはずの男たちに、であろうか、叮嚀《ていねい》に辞儀をして、

「そうかあ、あの時のなあ……　情は人の為ならず！　と謂うが、今度は我等が救われたのじゃなあ。忝《かたじけな》い。この通りだ」

再び深々と、草原に向かって一礼した。

有間皇子は耆老に近づき、自分も片膝ついて極《ご》く自然にその手を取った。

流石《さすが》の耆老もうろたえた。皇子の手に触れるなど、あり得べからざる事である。

「皇子様、勿体ない……」

有間皇子に握られた自分の手を押し戴くようにして、耆老が声を震わせた。

「否《いな》とよ。この日、皇子の有間は死んだ。此処に居るは、新しき生を享けた別人である。耆老よ。其方《そなた》は私の生命の恩人なのだ」

「勿体ないお言葉ながら、それはもう一人の功労者に下《くだ》し置かれませ」

錆《さび》のある耆老の声が一際《ひときわ》高くなった。

「坂の上に居た騎馬隊が、もし無傷のまま馬で駈け下りて来たならば、我等とてその全《すべ》てを倒すなど、とても出来ぬ事でございました。鴉の群に騎馬隊を襲わせて、馬の力を未然に拉《ひし》いだ大業《おおわざ》は、到底我等ごときには真似《まね》の出来ぬこと。皇子様のお生命を御救いしたは鴉殿にござります」

「それは違うぞ。耆老殿」

天空から声が降ってきた。

数間《けん》離れた櫟《くぬぎ》の樹上から、一個の黒い影が、ヒラリと舞い下りた。

「皇子さまはじめ皆様には、お怪我も無《の》うて何よりでございました」

それは紀ノ国五社峠の下で、皇子と初めて顔を合わせた時の言葉と全く同じであった。

「やつかれは鴉こと、黒卑狗《くろひく》と申します」

有間皇子がゆっくりと頷いた。

「只今は耆老殿の奥床しき言辞に胸打たれましたが、鴉の働きが戦勢を左右した訳ではございません。たとえ数十頭の馬に悉く手傷を与えた、としましても、武装の兵たちがそのまま徒歩《かち》で駈《か》け下りて来れば、十名足らずの御味方が何条《なんじょう》防ぎ得ましょうや。たとえ剣の馬手、槍《ほこ》の弓光、のお二人が居られようと、三倍以上の敵に襲われれば苦戦は必定、皇子様の御生命も或は……」

ここで黒卑狗はちょっと言葉を切って皆の顔を見渡した。一同寂《せき》として声も無い。

「お味方に一人の怪我人も出なんだは、正に奇蹟と言うべきでございましょう。これも偏《ひとえ》に、山岳党の方々のお働きに依るもの、改めて御礼申し上げます」

黒卑狗の言葉と共に、弓光も馬手も、居並ぶ人々が等しく膝をついて頭を垂れた。

耆老の後に控える若者二人が肩を震わせていた。嬉し泣きである。

無理もない。狩猟に明け暮れる傍《かたわ》ら箕《み》造りや籠《かご》作りなどで、漸《ようや》く糊口《ここう》を凌《しの》いでいる山者たちを、巷では人間扱いしてくれなかった。白い眼で一段も二段も下に見る風潮が、彼等を卑屈なまでにおどおどした態度にさせていたのである。

それがどうだ。此の人たちは地位も身分もありながら、俺達を対等に扱ってくれる。同じ人間として見てくれている……

二人の若者だけでなく、あちこちの尾花が微妙なそよぎを見せていた。

「さて皇子様、この後《あと》新しき御生命《おいのち》をどのようになされます?」

耆老が恐《おそ》るおそる尋ねた。

「分からない。もう吾一人の生命《いのち》ではないような気がする」

「皇子様、やつかれもそう思います。此の場に居る全《すべ》ての者が、有間皇子様と一蓮托生の運命《さだめ》にあると存じます」

低いがよく透る声は弓光のものである。

「しかし吾は此れほど皆の世話になりながら、一片の恩賞すら与える力も無い」

「皇子様ァ。恩賞などと、そんな事を考えて居る者は誰《だあれ》も居りませぬぞ」馬手である。

「皇子様のお気持は分かります。なれど此の世の中には、損得など一切考えぬ純粋な心の持主も数多《あまた》居る事を、何卒ご記憶下さりませ。ところで今後の事については、黒卑狗殿に何か思案がお有りと見ましたが……」

さすがに耆老である。状況を観《み》るに敏なること、正に年の功と言うべきか。

頷《うなず》いた黒卑狗が、

「馬手殿に弓光殿、及びその一党の方々も、今さら飛鳥へ戻る訳には参りますまい。この黒卑狗にお任せ下さらぬか」

「よしなに……」二人が声を揃えた。

「皇子様も、暫くはゆるりとお考えになる時と場所が必要でござりましょう。幸《さいわ》い、一時捕らわれの身となられた守君大石《もりのきみおおいわ》殿ならびに塩屋連鯯魚《しおやのむらじこのしろ》殿、坂合部連薬《さかいべのむらじくすり》殿も居られるのでお話相手には事欠きますまい」

三人が立ち上がり、黒卑狗に向かって拝礼した。このような時、地位も身分もさっぱり役には立たない。

「私はもう一仕事残って居りますので、これから先は鹿女《かめ》、其方が案内《あない》申し上げよ」

「はい。心得ました」

美しい女の声に一同ギョッとなった。

色の黒いゲジゲジ眉の小男に、皆の視線が集まった。有間皇子だけが笑っている。

「鹿女、途中の谷川で男化粧を落とせ。まるで化け物でも見るような皆様の目つきじゃ」

「そんな……」

咄嗟《とっさ》の羞《はじら》いが一瞬女を感じさせた。

「黒卑狗殿」弓光が声を掛けた。

「先ほど、もう一仕事と言われたが、お手伝いする事があれば……」

「いやいや。準備は既に出来て居ります」

そう言って黒卑狗は顎《あご》をしゃくった。

戦を前にして弓光の許《もと》から逃げ出した三人の裏切者が、首うなだれて据えられている。

「飛鳥への報告は此の者どもにさせますが、余計な事を言わぬように『魂変《たまが》え』を施しておきます」

「魂変えとは?」馬手が尋ねた。

「此の場所で起こった全ての事を忘れさせ、代りに新しい出来事を覚えさせるのです」

鹿女が説明するその言葉に間も置かせず、黒卑狗の朗々たる声が風に乗る。

「有間皇子様及び他の三名を飛鳥より護送してきた倭 直弓光《やまとのあたいゆひか》殿の一行は、藤白坂に待ち受けた騎馬隊三十数騎と戦って、全滅致しました。騎馬隊の損害も大きく、馬はその大半が傷ついて漸く一息入れた時に、土師直馬手《はじのあたいうまて》殿率いる別動隊が突入、再び烈しい戦が展開されました。結果は相討ちに等しい状態で、私どもが生命を得て此処に在るのは、我ながら不思議な気が致します」

ここで黒卑狗は少し声を落として、

「飛鳥への報告はこんな筋立てで、如何なものでしょうな?」

有間皇子が大きく頷いた。

「忝《かたじけの》うございます。では皆様は何卒ご出発下さいますように。鹿女、頼むぞ」

皆立ち上がった。馬手と弓光が大股で耆老の傍へ歩み寄り、代《か》わる代《が》わるに手を握り合って別れを惜しんだ。

「耆老殿。吾は弱輩なれど、何卒これからも馬手共々宜しくお附き合い下されこの弓光、新しき心の朋友を得た気が致します」

「これは御丁寧なるお言葉。当方も同じ思いにござります。お互いに今後は連絡が肝要と存じますが、鈴鹿の峠に手前の弟耆伯《きはく》なる者が茶屋を出して居ります。以後は、この店を繫《つな》ぎの場所に使っては如何かと……」

馬手が莞爾《かんじ》と微笑んだ。

「忝《かたじけな》い。吾等も今のところは目的地も分からず、鹿女殿に附いてゆくだけじゃ。その茶屋が役に立てば良いがのう」

「いや、恐らく鈴鹿からさして遠からぬ所ではないか？　そんな気が致します」

この耆老の推測は見事に的中していた。

3 弓月君《ゆづきのきみ》

白髪は銀色に輝き、白髯《はくぜん》は尺に近い。が、涼やかな目は若者のように張りがある。人品卑しからざる風貌《ふうぼう》ながら、その年齢を知る者は誰も居ない。夕闇迫る庭の一隅に、弓月君は佇《たたず》んでいた。……と、木《こ》の下闇《したやみ》から滲《にじ》み出るように、薄蒼い靄《もや》が大きくなって、片膝ついた人の形となった。

「戻ったか」

「はい。只今……」赤卑狗《あかひく》である。

「すべて順調に事が運び、有間皇子《ありまのみこ》様の一行は鹿女《かめ》の案内で、明日の午過ぎには到着されると存じます」

「うむ。目的地が此処であることは、伏せてあるのじゃな」

「はい。誰にも」

「む、それでよし。途中で逃亡する者が出るやも知れぬでな。魂変《たまが》えの方は？」

「は、馬手《うまて》殿の突入により双方相討ちとなって、生き残りし者、わずかに三名……と」

「うむ、飛鳥《あすか》への報告はそれで事足りよう。して、中大兄皇子《なかのおおえのおうじ》様の方はどうじゃ」

「はい。事件の前日に牟婁《むろ》の宿で、鎌足《かまたり》殿と話して居られるのを洩れ聞くことが出来たのですが、矢張り御推察通りでございました」

――「有間皇子《ありまのみこ》様御一行が藤白坂《ふじしろのさか》に掛かられるのは、明日でございますな」

「うむ。考えてみれば有間も不憫《ふびん》な奴じゃ。先帝の皇子として生まれなければ、もっと長く生きられたものを……」

「左大臣殿のこと、お手配に抜かりはございますまい」

「それよ。連鮪《むらじしび》とか申す男の献策で、処刑に立ち合った者すべてを抹殺すべく、三十騎の別動隊を派遣するそうな」

「ほ、それはまた……で、お許しあそばしましたか」

「吾は留守じゃ。左大臣の思う通りにやれ、と言うておいた」

「成る程、鮪《しび》の手の者を加えれば、四十騎に近い数となりましょう。これで又ひとつ障害が消えた訳でございますな」――

赤卑狗《あかひく》の報告は終った。

「そうまでして政権の座に就《つ》きたいものかのう。まあよい。今に始まった事ではないわ。天皇御一行も数日中には牟婁を発たれるであろう」

「数日中に、でございますか」

「うむ。北方の蝦夷《えぞ》が蠢動《しゅんどう》を始めた。陸奥《みちのく》へは阿倍比羅夫《あべのひらふ》殿が向かわれたが、第一報が入るにはまだ間があろう。それよりも三度目の遣唐船発向の準備が大幅に遅れて居る。筑紫海辺の防備も更に増強せずばなるまい。有間皇子様の件が片附いたとなれば、いつまでも牟婁の湯で身を養める訳には参らぬじゃろうて」

赤卑狗《あかひく》は心中舌を捲いていた。

此の辺鄙《へんぴ》な甲賀《こうか》の地に在りながら、飛鳥はもとより陸奥《みちのく》から筑紫の海辺まで睨んでいるのである。或は海の向こうの出来事も確実に把握しているかもしれない。

五十六億七千万年後に降臨すると言われる弥勒菩薩《みろくぼさつ》の像を、百済から鹿深《こうか》の臣《おみ》が持ってきたのは七十年前（五八四）である。それ以来甲賀《こうか》の里は、容易に他の出入を許さぬ郷《くに》となった。僅か七十年の間に、である。

五十年前（六〇二）には暦本・天文・地理などと共に、遁甲《とんこう》・方術《ほうじゅつ》が百済の僧観勒《かんろく》に依ってもたらされている。甲賀《こうか》の方術に、更に磨きが掛かったことは容易に想像できる。

「有間皇子様御一行が到着なされたら、絶対に余人の目に触れぬよう心掛けねばならぬ。慰礼城にお入り頂くのじゃ。警護の任に当るのは熊置《くまぎ》と蛙蘇《あそ》がよかろう。其方から二人に伝えてくれ」

百済《くだら》建国の本拠となった韓《から》半島帯方郡にある慰礼城の名が、此処にもあった。尤《もっと》も城と呼ぶには小さすぎるが、三層の白壁櫓《やぐら》まで備えた宏壮な建物である。

祖父の熊置《くまぎ》と父親の蛙蘇《あそ》ならば、二人とも老練な術者であり、警護には適任であろうと赤卑狗も思った。

その年は間もなく暮れて、甲賀《こうか》の里にも新しい春が訪れた。

有間皇子は、大石《おおいわ》や鰶魚《このしろ》達と共に山の気を吸いながら歌作を楽しむ日々を過してはいたが、ふとした拍子に、物思いに耽《ふけ》る孤独の顔を見せる時があった。

この世に生きることを許されない、皇子としての立場を、宿命として諦めるには余りにも若すぎた。とは言うものの、此処まで追いこんだ彼の人に対して、復讐《ふくしゅう》の炎を燃え立たせる事の無意味さも自分なりに解っているつもりではある。

だが悶々とした思いは消え去るどころか、日毎に深まってくる。自分ではどうしようもない。これが業《ごう》というものなのか?……

自己の背負った宿命の重さに耐えられなくなった時、彼は大声で叫びたかった。

友人の大石《おおいわ》たちに、此のような思いを打ち明けても詮ないこと、まして武人の馬手たちには尚更のことである。

亡き母への思慕が如何に空しいことであるかを知りながら、いま母を想う皇子は無意識のうちに女性の優しさを求めていたのかもしれない。

そんな時——パッと陽が射したように皇子の顔が明かるくなった。

あの漢女《あやめ》が現れたのである。

「皇子《みこ》様ァ。お変りも無《の》うてェ……」

顔を見た途端、漢女はもう涙声である。

「有間皇子様御謀叛⁉」の譏《そしり》が走って、皇子の館が長槍の林に囲まれた夜、無理矢理に暇を出されて、眉野と共に泣く泣く館を後にしてから既に半歳の月日が流れている。

皇子の姿が消えてから、都では誰もその事を口にする者が居ない。斉明天皇も中大兄皇子も。中臣鎌足《なかとみのかまたり》は勿論のこと大海人皇子《おおあまのみこ》ですら、この世から姿を消した若い貴人の事に、一言も触れようとはしなかった。

宮廷の誰もが口を閉ざしている中で、漢女《あやめ》も悲しく諦めざるを得なかったのである。

それが、生きている皇子の姿を目のあたりにして、どっと涙が溢れたのは無理からぬ事であった。

日頃の慎しみも身分の違いも、もう念頭にはなかった。身体をぶつけるように駈《か》け寄って皇子の胸に顔を埋めたのである。その柔かい躰を皇子もひしと抱き締める。

身分の差を超えた人間同士の、ほとばしる感情の発露がそこにはあった。

そして数日後……甲賀《こうか》の郷《くに》の最高権力者である弓月君と有間皇子が、初めて対面することになった。

甲賀《こうか》入りして半歳余の月日が既に経過している。対面が此のように遅くなったのは弓月の意向に依るものであった。

「生死《しょうじ》の境を行きつ戻りつした直後に、人の心が安定を取り戻すには暫くの時が必要であろう。皇子様の御顔がすっかり落ち着きを取り戻されてから……お会いするのは、それからで良い」

その言葉通り、不安と寂寥《せきりょう》感の中で独り喘《あえ》いでいた皇子の表情に、数日前から温い落ちつきが見られるようになった。

慰礼城の大広間に、七人の男女が顔をそろえた。本来ならば南に面した上座に皇子の席がしつらえてある筈だが、其処には敷物が無かった。東西に向き合う形で席が設けられていたのである。東側には土師直《はじのあたい》馬手《うまて》・倭直《やまとのあたい》弓光《ゆひか》・漢女《あやめ》が着座し、西側には赤卑狗・黒卑狗の兄弟が端座している。有間皇子を鹿女《かめ》が案内《あない》してきた。

初めての席に戸惑いもなく皇子は定められた座に着く。鹿女は西側の末席に坐って漢女《あやめ》と向かい合った。

皇子の前の座には誰も見えない。いや、梅の小枝がいつの間にかそっと置かれている。初めから其処にあったものか？　一同の視線が等しく集まった時……驚くべし!!　小枝がクルクルと回りながら上昇を始めた。

薄桃色の風車のように回転を続けながら、天井近くまで昇っていった花が、七人の視線の中で白煙と共にパッと消える。

そして皇子の前には、拝礼を為す白髪の翁の姿があった。

東側の席にある四人が目を瞠《みは》り、声もなく見守る中、弓月の声が響いた。

「此の地を預かる弓月にござります。皇子様には、身も心もお健やかになられたる態、まことに喜ばしく存じます。

一旦は生死《しょうじ》の瀬戸際に立たれたる皇子様の事ゆえ、もう何を聞かれても動揺なさる事はござりますまい。本日は私も遠慮なくお話し申し上げる心算《つもり》にて、御無礼の言辞がありましても何卒御容赦の程、前もってお願い申し上げまする」

有間皇子がニコと頷いて口を開いた。若々しい声である。

「此度《こたび》は一方《ひとかた》ならぬ御世話になり、改めて厚く御礼申します。皇子の有間は藤白坂で死にました。此処に居る吾は、新しき生を享けた一人の若者です。どうぞ何事も腹蔵なくお話し下さい」

我が意を得たり、という面持ちで弓月が大きく頷いた。

「それでこそ有間皇子様、いや、今日からは有間さま、それで宜しゅうございますか」

「はい」

有間のはっきりとした返事が、漢女《あやめ》の涙を誘った。鹿女《かめ》の唇も歪《ゆが》んでいる。

「さて有間様。今わが国に居る渡来人の数をご承知でございましょうか？」

唐突な質問である。有間は弓月の目を見つめたまま、黙って首を横に振った。

「かく言う私も、その昔百済から領民を引き連れて参った渡来人でございます。蘇我《そが》氏をはじめ葛城《かつらぎ》・巨勢《こせ》・和珥《わに》・紀《きの》氏など現朝廷を取り巻く有力豪族は皆、元を正せば渡来人なのです。いや、渡来人などという言葉を使うと、却って真実から離れてしまいますな」

弓月は軽い苦笑を浮かべた。

「大陸・半島から新しい文化と共にやってきた人間が、土着の人間と融合して造り上げたのが今の我が国の実態なのです。新しい民族の誕生とも言えましょう」

ぼんやりと感じていた事ではあるが、弓月から、今、はっきりと言葉に出して言われてみると、聞く者にとっては新しい驚きであった。

それから一刻《とき》の間、弓月の話は朝鮮半島から中華大陸の現状にまで及び、該博な知識と新鮮な情報が一同を惹き付けたが、折り目を付ける為に話の続きは明日、ということになった。皆の疲労を配慮してのことであろう。

有間皇子・馬手・弓光《ゆひか》と漢女《あやめ》の四人は、別室に移ってくつろいだ。

大石《おおいわ》や鰤魚《このしろ》達は昨日から居ない。泊りがけの狩猟に誘われたのである。案内役の胡馬《こま》と荷持役の奈魚登《なおと》が供をしてくれる事になり、暇をもて余していた三人は、すこぶる上機嫌で出掛けたまま未だ帰っては居ないようだ。

障子が静かに開いて、丁寧な会釈と共に現れた赤卑狗が意外な事実をもたらした。

「有間様を此処まで追い込んだ筋立《すじだて》の中で、あの三人は重要な役割を果して居りました」

四人が息をのんで赤卑狗《あかひく》を見つめる。

「これを御覧《ごろう》じ下さりませ」

有間皇子に対する赤卑狗の丁重な言葉遣いは、些《いささ》かも変っていなかった。

懐《ふところ》から取り出して卓の上に置いた赤い物に四人の眸が集まった。

三寸ばかりの綾紐《あやひも》である。片方に結び目があり、中に芯が入っているのか重味を感じさせる細工物である。何のことか分からぬままに、四人の視線が赤卑狗に注がれた。

「藤白坂から鹿女が皆様を御案内しました時、行先については何も申しませんでしたな」

男三人が頷いた。

「ところが、物言わぬ赤い紐が結び目で方角を示し、此の地への案内役を務めていたのでございます」

「大石《おおいわ》たち三人が此れを……」

呻《うめ》くような口調は馬手である。

「はい。各人が五本ずつ持って居りました。左大臣から直接渡された物にて、もし何かの手違いあって皇子様御存命の場合は、絶対にお傍を離れず、その行先を吾等に伝えるのが其方達の役目じゃ。うまく為し遂げれば昇進も栄達も望みの儘ぞ。と……」

「彼奴等《きやつら》の逮捕は見せかけであったのか」

今度は弓光が呻《うめ》いた。

「それにしても、その紐がよくまあ貴方様の手に……」漢女《あやめ》が感嘆の声を挙げた。

初めて口許に微笑を浮かべた赤卑狗が、

「藤白坂を立ち去られる時、黒卑狗が魂変《たまが》えの事を、お話し致しましたな」

「赤卑狗殿。貴方はあの場に居られたのか」

目を丸くして馬手が訊ねた。

「はい。居りました。もしも有間様の御身に新しい異変が起こった場合、それに対処するのが私の役目でした」

四人はもう何も言えなかった。一度も姿を現さず、二段三段の手配《てくば》りが為されていた事に、改めて熱い感謝の念が湧き起こったのである。表情も変えずに赤卑狗が言う。

「藤白坂を皆様が出立為《な》された後、黒卑狗と私は、飛鳥へ戻る三人の兵に魂変《たまが》えを施してから跡を追ったのです。二筋に分かれる地点には必ず此の紐が置かれていました」

「赤卑狗《あかひく》殿。あの三人は、此のことを自分の口から白状したのですか」

今まで黙っていた有間が尋ねた。三人の事が未だ釈然とせぬ心境に違いない。

「ご尤《もっと》もなお尋ねと存じます。実は、三人の供を致しました胡麻《こま》と奈魚登《なおと》は魂探《たまさぐ》りの術者なのです」

魂探り？　何の事であろう？　四人の怪訝《けげん》そうな表情に、微笑を以て赤卑狗が応《こた》えた。

「この術に嵌《は》まりますと、心の底にあるものを全部吐き出してしまわないと、気分が悪くなったり腹痛を覚えたりします」

有間が、納得したように大きく頷いた。

翌日、大広間に再び八人の顔がそろった。

「有間様。昨夜はよくお寝《やす》みになられましたかな」弓月の問いに若い笑顔が答えた。

「はい。余計な諸々《もろもろ》が消えて、心地《ここち》よい朝を迎える事が出来ました。良い歌が出来そうな気分です」弓月は一瞬有間の顔を見つめてそれからゆっくりと頷いた。

――母なる大地の何処《どこ》かで人間はかならず争いを続けている。

半島に於ては、夫余《ふよ》系の騎馬の民《たみ》が帯方郡の旧領に慰礼城を築き、馬韓《ばかん》五十四国のうち伯斉国を中心にして百済《くだら》の国を造り上げた。

既に辰韓《しんかん》の地方は新羅《しらぎ》の国によって統一されている。弁韓《べんかん》は辰韓《しんかん》と混合しているようにも見えるが、南端の海に面した主要地域は倭《わ》の勢力下にあり、倭は海を隔てた筑紫国《つくしのくに》をも支配して、端倪《たんげい》すべからざる力を持っている。

倭というのは国名ではないが、百済や新羅だけでなく北鮮の高句麗《こうくり》からも次々に人が流れ込み、また中国本土からも多くの漢人がやってきて住みついたとなると、これはこれで一つの国が形成されることになる。

言わば多民族集団による一つの国家がつくられたことになろう。

その倭が非常の秋《とき》を迎えた。

新羅が高句麗と結び、まず百済の慰礼城が陥落して王は高句麗の捕虜となったのである。

半島における倭の中心任那《みまな》（弁辰）の府にあって、統治しているのは王の仲彦《なかつひこ》と妃の息長姫《おきなが》であった。筑紫の地から八千の兵が到着すると、妃は王を説き伏せて任那には相応の守備隊を残し、軍団の主力を筑紫に移動させた。

「任那は我等が祖先の尊き祭祀の場所じゃ。この地を戦塵にまみれさせる事は出来ぬ」

妃の言葉が大勢を決したのである。

そして三年――この間に充分の力を養った妃の軍団は、愈々《いよいよ》懸案の東征に向かうこととなった。事あるごとに妃の重荷となっていた夫の仲彦《なかつひこ》は、筑紫平定戦の途次に矢を受けて亡くなり、名実共に妃は倭の王となったのである。筑紫の蛮族も全て平定し、治安も万全のものとなった。

かくして、倭人の東征を妨《さまた》げるものは全く無くなったのである――

長門豊浦《とゆら》の蒼い海が、船、船、船で埋まっていた。沖合には半島の海から来た百済船・新羅船など大きな構造船の群が見える。

この大船は、外海の荒波には思わぬ脆《もろ》さを露呈する時もあるが、内海の航行では三十頭の馬と兵二百余名の積載力がある。

船倉は三層に分けられており、その堂々たる姿は無言の圧力となって敵を畏怖させよう。

港内には蒙衝《もうしょう》と呼ばれる中型船がおとなしく碇泊しているが、いざとなれば兵六、七十人を乗せて暴れ回る海戦の花形である。

すいすいと水すましのように海上を走り回る走舸《そうか》は、小型とはいえ二十名ほどの兵を乗せて、獲物に喰らいつく鮫のように大型船を襲う。接近戦になれば、花形は寧《むし》ろ此方《こちら》かも知れない。


松林の中の漁師小屋に主《おも》だった将軍《いくさのきみ》たちが集まっていた。出港前の評定である。

その席に現れた妃の姿に一同は瞠目した。

髪を角子《みずら》に結いなし、短甲に戟《ほこ》を手にした男の扮装《いでたち》で現れた妃は凜々しかった。

将軍達を席に就かせ、自らは立ったままで一同を見回し、徐《おもむ》ろに口を開いた。

「吾《あ》が信頼する将軍《いくさのきみ》たちよ。愈々《いよいよ》東征の秋《とき》が来た。これから始まる戦は、我等の国を創《つく》る大事業であるぞ。今茲《ここ》に事を起こすに当り、妾《わらわ》は王として皆に約束する！

もし此の大事業が失敗に終れば、妾《わらわ》がその責任をとる。未だ曾《かつ》て女子《おなご》がそのような立場に立った例は無い。故に妾《わらわ》は、男の扮装《いでたち》を借りて汝等《いましら》と共に戦おうと思う。

戦に勝つ事が出来れば、それはすべて汝等《いましら》の功である。もし敗れる事あらば、妾《わらわ》一人の罪である。汝等《いましら》よ。総力を挙げて新しき国を目指そうではないか！」

「おおッ！」一斉に雄叫《おたけ》びの声が挙がり、そぼ降る雨に消えていった。演説は尚続く。

「聞くならく、大和の国は瀬戸の海涯《はて》に山なす金銀を秘め、秋ともなれば稲穂がたわわに実り、山には獲りつくせぬほどの鹿が群れなして居るという。しかも此の大きな陸地《くがち》は、涯しなく続いて居る。騎馬軍団には正に絶好の舞台ぞ！」

「おおッ」再び雄叫《おたけ》びの声が挙がった。

「これほど大きな陸地《くがち》を天が我等に与え給うのじゃ。享《う》けざるは此れ神意に背くものぞ。

大和への途次、周防・吉備・針間の国々には全《すべ》て倭の里を置くのじゃ。山を拓き荒地を耕して緑なす国を造り上げよ。これは息の長い仕事になる。大船三十艘に六千の女・子供と道具類を載せたはその為である。よいか。東征は武力だけではないぞ」

　この壮大な計画に一同等しく感嘆の吐息を洩らした。筑紫の地に在りし時、心利きたる物見を諸方へ遣わしていた姫の深慮遠謀に、いま思い当る将軍達も多かった。

「其方達も知っての通り、我等の遠ツ祖先《みおや》は天駈《か》ける日の神である。故に此度《こたび》の東征にも神々の助けを得られるよう、妾《わらわ》は今宵誓言《うけい》して明日の陽の出を待つ。もし厚き雲に遮《さえぎ》られて天暗き儘ならば、出立を延ばして日の神のお許しを戴くまで祈りを捧げる心算《つもり》じゃ。

また、明朝この海が東雲《しののめ》の光に染まれば、神々が嘉《よみ》し給うた証《あかし》である。その時は直ちに帆を上げて出発しようぞ。神々への誓言《うけい》の事、兵の一人ひとりに至るまで伝えて給《たも》れ」

翌朝暁暗《ぎょうあん》の中で、各船ともゴソゴソと人の蠢《うごめ》く気配がする。神のお告げが気になって、眠っては居られない兵達の気持が船を微かに揺らしていた。

「母上様」

「おお。其方《そなた》もう起きていやったか」

筑紫の地で生まれた伊奘沙別王子《いざさわけのみこ》である。

「寝ては居られませぬ」

にっこり笑ったのであろう王子の白い顔に近寄り、手探りで小さな身体を抱きしめる。

「寒くはないかえ」

「いいえ。あッ星だ……」

王子を抱きしめたまま妃も空を見上げる。

いま雲を払ったばかりであろう。銀色の星が二つ、瞬《またた》きながら顔を出していた。

黎明《れいめい》が忍び寄っている。眼下の海が乳白色の靄《もや》に蔽われ、それが徐々に薄れていった。

やがて海の彼方に一条の光が疾った。天に向かって放たれた黄金の矢であった。

続いて燦然《さんぜん》たる光が波を煌《きら》めかせ、幾千本の矢が金色に海を染めた。

船という船から兵達の大歓声が湧き起こる。

その中を、姫の座乗する大船は真紅の旌旗《せいき》を掲げて、静かに動き出した。

かくて、西の海から倭人の東征が始まったのである。

転戦数星霜、緑なす大和の国に倭の王朝が諸豪族を制圧して、鬨《とき》の声と共に誕生した。

しかしそのとき男装の妃は馬上に矢を受けて既に亡く、王子伊奘沙別《いざさわけ》の時代に移っていたのである――

4　紫の霧

弓月《ゆづき》の長い話は終った。

暫くの間、誰も口を開く者はなかった。

鶯が鳴いて広間の空気が和《やわら》ぎ、鹿女《かめ》と漢女《あやめ》の二人がそっと席を立った。白湯《さゆ》でも出して皆に一息入れさせる思いがあったようだ。

入れ違いに二人の男が入ってきた。

塩屋連《しおやのむらじ》鯯魚《このしろ》等三人に「魂探《たまさぐ》り」を施して、赤い紐の謎を解いた胡馬《こま》と奈魚登《なおと》である。

「二人を呼んだ理由《わけ》は皆様に後で申し上げまする。失礼の段は御容赦の程を……

さて現在の状勢ですが、正に一触即発と申しても過言ではございません。新羅が大唐と手を結ぼうとして居ります。

まず百済を攻めて此れを滅ぼし、返す刀で高句麗をも……と。これが新羅の胸算用でありましょうが、相当の見返りが無ければ大唐は動きますまい。ここ暫くは新羅との駈《か》け引きが烈しくなるでしょう」

「我が国はどちらを?……」

土師直馬手《はじのあたいうまて》が口をはさんだ。

「分かりませぬ。が、すぐに百済を救援する動きを見せる事はありますまい」

「しかし弓月様。先ほどからのお話に依れば、大和王朝の淵源《えんげん》は百済ではございませぬか。その百済が窮地にあるというのに何故《なぜ》兵を送らぬのでしょう?」

「はい。理由は二つあります。一つは食糧！ 万を超える救援軍の食糧を、百済一国だけでは到底賄《まかな》えません。せいぜい三ヶ月足らず、というところでしょう」

「しかし三ヶ月あれば……」

「否！ 新羅・大唐の連合軍が此方の皮算用通りに、容易《たやす》く敗けてくれるとは思われませぬ。もし……もしですぞ。我が方の派遣軍が敗退して百済が滅びた場合、その余勢を駆って新羅・大唐の連合軍が我が国に押し寄せるとなれば、正に存亡に関わる大国難です」

「我が国の防備は如何様《いかよう》に?……」

倭《やまとのあたい》直弓光《ゆひか》が訊《たず》ねた。真剣な声音《こわね》である。

「はい。いま朝廷は筑紫・長門の地に相当数の防人《さきもり》を派遣して居ります。しかし長門には満足な水城《みずき》もなく、船も少ない。攻めて来られれば一《ひと》たまりもないでしょう」

一同寂《せき》として声も無かった。

有間皇子《ありまのみこ》は、安座した膝の上に固く握った拳《こぶし》を置いて弓月の口許《もと》を見つめている。

馬手と弓光は腕組みをして、二間先の薄縁《うすべり》を睨んでいた。其処には瞑目した儘の赤卑狗《あかひく》と黒卑狗《くろひく》が座っている。

その静寂《しじま》を破るように弓月の声が響いた。

「策はございます」

一同の眼がパッと弓月に集まった。

「半島の状勢は一触即発といえども、それは飽くまでも半島の中のことです。新羅が如何《いか》に巧言を弄しても、国と国との交渉は簡単に片附くものではありません。提示された条件を検討して相手国への返事をまとめるにしても、使者の往復など思わぬ日数を要するものです。大唐が腰を上げるとしても、まず一年から一年半は掛かりましょうな」

ホッとしたような空気が座に流れた。

「先ほど申された策というのは？……」

畳みかけるように馬手が訊ね、弓月が此れに大きくうなずいた。

「今の防人《さきもり》に代わる義軍を結成するのです」

すぐには理解出来なかった。笑みを含んだ弓月の声が、その真意を説き明かしてゆく。

「ご承知の通り防人《さきもり》の大半は東国からやって来た農家の壮丁です。家を離れ妻子を置いて二年も三年も兵役に従事させられるのです。

また一度《ひとたび》外国の兵が上陸すれば一番被害を受けるのは、戦場と化す土地に住む老幼男女である事は間違いありません。これら無辜《むこ》の民草《たみくさ》を苦しみから救う為の義軍とご承知ください。防人《さきもり》の事はその一例に過ぎません」

武人である馬手・弓光の眼が輝いてきた。

「弓月様。その義軍の名は？」

「天の軍団！」

打てば響くように弓月が答えた。

「これから十年、或は十数年の間、我が国にとって大きな出来事が次々に起こります。

宿命の大きな流れを変えることは出来ませぬが、未来の事は、人の努力によって変えられる部分が必ずある。座視する事なく、自己の運命をも賭してやるべき事が今あるのではないか！　人の誠が通じれば、未来といえども創り得るもの、と私は考えますが、皆様のお気持は如何でございましょう？」

「同感です」

間も置かせず、馬手の声が広間に響いた。

弓光も大きくうなずいて膝を進める。

「なれど弓月様。我等には、何をどうやれば良いのか全《まった》く判りませぬ。お指図は戴けるのでございましょうな」

弓月が満足そうな笑みを浮かべた。

「お二人ともよくご承知のように、戦に勝利を得んとすれば、優れたる戦略と応変の戦術が必要となります。不肖《ふしょう》弓月が、精魂込めて戦略を練り上げますゆえ、馬手殿と弓光殿には戦術面を引き受けて頂きたい。赤卑狗兄弟が此れを補佐致します」

無言でうなずく二人の面《おもて》に烈々たる気迫が感じられた。赤卑狗兄弟に視線を送って互いに会釈を交わす。

「政治《まつりごと》というのは不思議なものです。初めの内は民《たみ》の意を尊び、民の幸せを念頭に置いて執り行われるのですが、いつのまにやら民の喜びが二義的なものとなってしまう。政権を取り巻く一握りの権力者たちが、政治《まつりごと》という名の化物に振り回されてしまうのです」

弓月の語調が一段と強くなった。

「いま未来へ立ち向かわんとする我等の目的は、民が平和な家庭を築き、土に親しむ事が出来る普通の世の中を作り上げることです。

もし目的と相反する動きが現れたならば、たとえその相手が時の政府であっても、また強大な力を持つ外敵であっても、断乎として戦う力を持たねばなりません。神々の御意思を服膺《ふくよう》する天の軍、団！　これこそ平和を願い民を救う理想の集団ではございませんか」

火を吐かんばかりの弓月の熱弁であった。

「じゃが……」

弓月の口調が少し柔《やわら》かくなった。

「やるべき事は戦《いくさ》だけではないのです。その昔、私は百二十郡《こほり》の民を率いて此の国に参りました。一族は蚕《かいこ》を養い絹を織り、それを調《ちょう》として朝廷に納めて参ったのです。

柔らか作りの絹と固織りの縑《かとり》が宮廷の倉庫に堆《うずたか》く積まれるようになり、一族は秦氏《はたうじ》と呼ばれて禹《う》豆麻佐《ずまさ》（利を積む）という氏姓まで戴いたのです。兵の戎衣《じゅうい》を引き受けるようになると、機織《はたおり》の作業場もどんどん増えてきました。葛城《かつらぎ》・山城《やましろ》（背）・針間《はりま》…吉備《きび》、そして竹斯《つくし》までも手を広げるようになったのです」

その時、漢女《あやめ》が何かに気附いたように、口を半開きにして弓月を見た。

「漢女《あやめ》殿。どうぞ言うて下され」

「はい。あのォ、天の軍団の費《つい》えはその秦氏が引き受けて下さる、という事でしょうか」

「その通りです」

弓月が力強く肯定した。

漢女《あやめ》と並ぶ三人の男達は今初めて分かったらしく、ア、……と顔を見合わせる。

頭を掻きながら馬手が言う。

「いやァ、何で秦氏《はたうじ》や禹豆麻佐《うずまさ》の話が出てきたのか解らなんだ。漢女《あやめ》殿は頭がええのォ」

「そんな……」

頬に紅を散らして漢女《あやめ》がはにかむ。

深く考えずに聞き流していた有間も弓光も苦笑いである。

「さて、それでは戦の準備について申し上げます」弓月の声に厳しさが加わった。

「軍団は三つの集団に分かれます。第一軍は馬手殿、第二軍は弓光殿を将として、それぞれ騎馬一千を以てその根幹と致します」

鶯がまた鳴いた。春の気を含んだ山の風が広間にやさしく舞い降りる。

「有間さま」弓月の呼びかけが聞こえた。

「はい」

「貴方様には別にお話し申し上げたいことがございます。それは後ほど……」

丁寧に会釈した後、弓月は首を横に回して赤卑狗たちを顧みた。

「さて第三軍じゃが、これは遁甲《とんこう》・方術の技を持つ忍軍じゃ。赤卑狗が将となり、黒卑狗は副将として之《これ》を扶《たす》けよ。

方術の得意技はそれぞれ異なるが、内容については他人に知られたくないものじゃ。

しかしそれを知らねば将として束《たば》ねは出来ぬ。

胡馬《こま》と奈魚登《なおと》は、それを探り出して報告せよ。相手も忍士、気を弛《ゆる》めると味方といえど手痛い目に遭うぞ。心して掛かれ」

一変して厳しい弓月の口調であった。

「忍軍は飽くまでも陰の動きを以《もっ》て本分とすべし。目立ってはならぬ！

鹿女《かめ》は再び額田女王《ぬかたのおおきみ》にお仕えするのじゃ。黒卑狗と共に宮廷の動きを探れ。よいな」

鹿女が目を光らせて頷く。弓月は再び正面に顔を向けた。

「御両所の麾下《きか》には、一千の騎馬隊以外に山を栖み処《すか》とする山岳党と、瀬戸内の海を我が家とする白龍党が従います。なれど表に立つは飽くまでも御二人のみ、宜しければこれからは天の馬手・天の弓光と名乗って下さりませ」

「数々の御配慮、痛み入ります」

弓光が答え、馬手と共に頭を下げた。

「さて有間様。お待たせ致しました」

ここで弓月は真正面に向き直って、慈父のごとき温容になった。

「貴方様は、類稀《たぐいまれ》なる歌の才能をお持ちでございます。生きとし生けるものの魂に触れ、詠む人の心を揺り動かすほどの歌を、どうぞこれから数多くお作り下さいませ。それらの御歌は、必ずや人の世を潤す大きな力になると存じます。願わくば、この歌の道を大成して頂きたく、漢女《あやめ》殿とお二人で……如何なものでございましょう」

有間が両手をついた。その道こそ彼にとって曙光《しょこう》輝く最高の道である。

「有難く御礼申し上げます。なれど、一旦は死んだ者が、動き回っても宜しいのですか」

「あ、その儀ならば御心配なく。お顔を少し変えてさし上げます」

弓月がサラリと言ってのけた。

「さて話はこれで終りましたが、皆様に私から或《あ》る贈物を差し上げたいと存じます。恐れ入りますが遠出の支度をして明払暁《ふつぎょう》、慰礼城の正面にお集まりください」

その言葉通りに集まった一同が、慰礼城を出発したのは暁闇《ぎょうあん》の中であった。

弓月は歩くような辷《すべ》るような、不思議な動きで行列の先頭を行く。

徐々に夜が明け、四囲《まわり》を取り巻く山々の頂《いただき》が現れて岩肌も見えるようになった。杣道《そまみち》を辿って山巓《さんてん》に立った時、人々は瞠目《どうもく》した。眼の下に緑色の湖が、ひっそりと現れたのである。小さな滝も見える。清澄な水が蒼味を帯びる滝壺となって、遥か下から人々を迎えた。

「此の地へ何の為にお連れしたのか、その訳をお話し致しましょう」

さわやかな風が吹き抜ける尾根に立って、弓月は斜面に在る一同を見下ろした。

「馬手殿はたしか三十歳、弓光殿は一つ下の二十九歳でしたな」

「はァ」不得要領の顔と返事で見上げると弓月がニヤリと笑った。

「二十年経つと、お二人とも五十路の坂を歩くことになりますな」

「人間である以上、仕方ございますまい」

些《いささ》か憤然とした口調で馬手が応《こた》えると、

「さ、そこじゃ。天の軍団の幹部は今の力を二十年後も保って頂かねばならぬ。方術の技も同じこと、年齢《とし》の衰えを感じさせるようでは物の役に立たぬ。その為には年齢《とし》を取らぬようにすればよいのじゃ」

「そんな事が本当に出来るのですか」

年若の奈魚登《なおと》が不思議そうに訊ねた。

「出来る。この吾を見よ。二百八十年の歳月を生きてきた此の吾を見よ！」

峻烈な弓月の語調が奈魚登《なおと》を平伏させた。

「昨日お話し致しましたように今後十数年の間は、次々に大きな出来事が起こって参ります。そこで二十年間は皆様の若さと力を、今のまま保持して頂く為に此の地へお連れ致しました。この弓月の申す事を忠実に履行して下されば、二十年の不老を得ることが出来ましょうぞ。十日間の辛抱でございます」

この修行は断食から始まった。

――人の躰には諸々《もろもろ》の毒素が溜まっているゆえまずそれを放出せねばならぬ。

腹が減ったら水を呑め。滝の水ならいくら呑んでもかまわぬ――

忍の道を修めている赤卑狗たち玄人《くろうと》組は、平気な顔でこなしていたが素人《しろうと》四人組はそうはいかない。水腹では力も入らずフラフラになった素人四人組を見て、弓月が笑いながら新しい場所を教えてくれた。

滝の水が勢よく落ちてくるその飛沫《しぶき》の向こう側に、洞窟が隠れていたのである。

その洞窟は思いのほか大きかった。射《さ》し込む陽光はなくとも、岩壁にびっしり貼り付いた光蘚《ひかりごけ》が、淡い燐光のように洞窟の内部を浮かび上がらせている。苔の上部には小さな茸《きのこ》が群生して居た。この茸を口に入れても良いが、必ず百回は噛むように言われる。噛む事も修行の内、なのである。

洞窟の中央には泉が湧き出て、光蘚や茸に潤いを与えていた。一日に三回、泉の湧出が止まると、水面から紫色の霧が流れ出す。

薄暗いから色までは判り難いだろうが、この紫の霧を食べるように口で吸い込め、と教えられた。その通りにすると不思議なことに空腹感が治まって気持が落ち着くのである。

素人四人組の中で、漢女《あやめ》だけは男達のようにへこたれた様子を見せない。

「フウ、漢女殿は空腹を覚えぬようじゃな」

「いいえ。馬手様のお髭《ひげ》まで食べてしまいたいぐらい、お腹《なか》が空《す》いて居りますわ」

「それでいて、よう平気な顔で居られるの」

「女は、若さを保つ為なら大概のことは我慢出来るのです」

「フウム、女とは辛抱強いものじゃのォ」

「はい。でも……お腹が空《す》きましたわねえ」

「ハハ……矢張り思いは同じと見える。しかし後二日じゃ。若さの為に、な……」

「はい。参りましょう。紫の霧がそろそろ流れる頃ですわ」

四人ともよく頑張った。

そして十一日目の朝、全員が洞窟の外へ出てお互いの姿を見た時、声にならない驚きが走った。蜻蛉の翅《はね》のように、顔も躰も半透明になっていたのである。

「弓月様。これは……」

いつもは冷静な弓光も思わず声を挙げた。

「これで良いのです。通常の食事を為されればすぐ元に戻るのですが、これから月に一度は腹の中を掃除してくだされ。十日間の苦労が水の泡にならぬようにな……」

「オ、それからもう一つ。今は身体が弱って居ります故、三が日の間は徐々に慣らしてゆかねばなりません。最初は少量の重湯《おもゆ》が宜しいでしょう。鹿女《かめ》。そのようにな」

「はい」透き通った顔がうなずいた。

流れるように時が過ぎて年が革《あらた》まった。

斉明天皇の七年、夥《おびただ》しい数の兵が飛鳥から難波の旧都に移った。夜になると兵達の焚く火が真赤に浜を彩る。驚くほど多くの軍船が港に溢れていた。筑紫への出発準備である。

半島出兵は国家の大事！　故に政府も全て筑紫に移り、あらゆる機能が戦時体制に切り換えられるのだ、とか——

5 忍《おし》の技人《てびと》

難波の港を出た船団が娜大津《なのおおつ》（博多港）に到着したのは三月、そして七月には斉明女帝が崩御された。喪の儀を終えた老女帝の柩《ひつぎ》は傷心の女官達と共に、海路大和へ戻ることになった。一切の事は大海人皇子《おおしあまのみこ》の手で取りしきられる。しかし殯《もがり》の儀を飛鳥《あすか》で終えれば、大海人もすぐに筑紫の地へ取って返すことになるであろう。

半島の戦雲は益々急となり、状勢は険悪の度を加えている。筑紫・長門の防塁工事にも拍車が掛かっていた。

長門の国を司る《つかさど》国造《くにのみやつこ》の小月臣筑羅《おづきのおみつくら》は、例年の如く新年の賀詞を奏上する為に正月の飛鳥へ参じたのだが、六日の西征出発を控えて、宮廷内は混乱を極めていた。その喧騒の最中に、筑羅は左大臣蘇我赤兄《そがのあかえ》の許《もと》へ出頭したのである。

案内された所は、いつもの広間でなく奥の小部屋であった。初めての事である。

其処には、大陸風の卓を囲んで四つの椅子が置かれてある。恐らくは外交使節団が持ち込んだ贈物の一つに違いない。

「遠路大儀であったな。まず座れ」

赤兄《あかえ》が姿を現した。頭巾《ときん》の下の細い目と、袍《ほう》からのぞく猪首《いくび》には高貴な匂いが感じられないが、宮廷随一の実力者である事は間違いない。筑羅は緊張して左大臣に対した。

「本日は重大な話があるに依って場所を変えた。これから吾が話す事を、もし汝《いまし》が洩らす事あらば即刻その生命貰い受ける。よいな」

赤兄《あかえ》の細い目を見つめたまま、筑羅が緊張した表情でうなずいた。

「大唐・新羅の軍も、その大半は農民に違いない。稲の刈り入れが済むまでは安泰じゃ。それと嵐の事を考えれば、奴等がやって来るのは恐らく霜月の初《はじめ》であろうよ。防塁の工事をそれまでに終えて兵を配置せねばならぬ。工事の正味期間は九ヶ月しかないぞ。水城《みずき》と堡塁《ほうるい》の工事、それまでに出来るか」

「承知致しました。彼の地は我が郷土。見事仕遂《しと》げて御覧に入れましょう」

若き国造《くにのみやつこ》筑羅は頬を紅潮させていた。

「うム、よく言った。頼むぞ」

「はッ」これで終りと思ったのだが、そうではなかった。

「いま一つ大事な話がある。朝廷が現在力を入れて水城《みずき》や堡塁《ほうるい》を造り、多数の兵を配しているのはすべて、娜大津《なのおおつ》(博多)を中心とする筑前《ちくしのみちのさき》じゃ。ところがの。筑後《ちくしのみちのしり》の国造《くにのみやつこ》磐井《いわい》が、事もあろうに新羅《しらぎ》と通じて居る、という情報が入ってきたのじゃ」

ここで赤兄は一息ついた。

「この磐井という人物はの、身分は国造なれど、豊前・豊後及び肥前をも支配して筑紫の大王《おおきみ》とも呼ばれるほどの力を持って居る。

その昔、大和を目指して東征為された倭の大王《おおきみ》が、筑紫の島の後備《あとぞな》えとして託されたる将軍の末裔《まつえい》じゃが『今の朝廷は元々我が祖先の同僚であった』と言い触らしておるそうな。

その不遜なる言動については、何れ《いず》大鉄槌を下さねばならぬが、今は何としても時機が悪い。なれど新羅と通じて居るのが真であれば、拱手傍観《きょうしゅぼうかん》は出来ぬ」

「その磐井殿なる人物が、新羅と通じているという証拠はあるのですか」

「今のところはまだ無い。それを探り出してほしいのじゃよ」

「ええッ」筑羅は絶句した。

「左大臣さま……」悲鳴のような筑羅の声を聞いて、赤兄《あかえ》がニヤリと笑った。

「心配するな。何も其方が探る訳ではない。それを為す者は他に居る」

赤兄《あかえ》の手が伸びて卓上の鈴が振られた。

奥の扉が開いて、壮年の男と若い女が姿を現わして赤兄《あかえ》に目礼した。男は長身、髭は無いが眼は鋭い。女がちらと顔を上げた時、筑羅は思わずゾクッとした。美しい！

「高句麗国王の元親衛隊長、風ノ忍城《おしき》と、女の方は中華大陸・洛陽の都で生まれた翠林《すいりん》じゃ。稀代の方術士と言われた左慈《さじ》の流れを汲む者たちでの。不思議の技を心得て居る」

「では、お二人とも方術士ですか」

「いや。古い方術の枠を超えた新しい数々の技も取り入れたそうな。方術士と言われるのを二人とも好まぬ様子ゆえ、吾は忍《おし》の技人《てびと》と呼んで居る。其方の所へいつ姿を現すかは未だ判らんが、その折には出来る限りの協力をしてやってほしい」

「心得ました」


それから三ヶ月過ぎたが、二人は現れなかった。尤も、筑羅はそれどころではなかったのである。九ヶ月の間に完成させねばならぬ水城《みずき》と、堡塁《ほうるい》の工事が大幅に遅れていた。最大の理由は天候である。

春になって、まるで梅雨時のように雨が降り続いた。

菜種梅雨《なたねづゆ》と人は言う。しかし工事の責任者である筑羅にとってはナもタネも無かった。心優しい国造《くにのみやつこ》は、雨の中で民を働かせる事など念頭になく、ただ祈りに祈った。

雨ばかりではない。大陸から黄砂と共に、遅すぎる春一番が猛威を振るって、人家を壊し崖を崩した。

空を見上げて溜息をつく筑羅の許へ或る日、二人の客が訪ねてきた。

「なに、天《てん》の馬手《うまて》?……」

心当りは無かった。不審げな面持ちのまま相対した筑羅の前で、黒い剛毛の顎鬚《あごひげ》が白い歯を見せてニヤリと笑った。

「これは、国造《くにのみやつこ》殿。吾は天《てん》の軍団の馬手と申す者。突然の来訪、失礼の段はお許しあれ」

固い表情で筑羅が応えた。

「小月の筑羅と申す。天の軍団とは、ついぞ耳にした事はないが……」

「如何にも、我等の存在は一部の限られた方しか御存じない。いや、そんな事はどうでも宜しい。国造《くにのみやつこ》殿。九ヶ月以内に完成させる筈の工事が捗らず、お困りでござろう」

筑羅の顔色が変った。

「どうしてその事を?……」

「天の軍団でござる。それしきの事……いや、それも亦、どうでも宜しい。国造殿。その悩み、我等にお任せあれ」

「と申されますと?」

「その仕事、期限内に見事我等が果して御覧に入れましょう」

「あなた方が?……」

「左様《さよう》、いま人夫は何人お使いでござるか」

「全部出てくれれば、八百人は居りましょう。なれど雨風にやられた家の修復で、約半数は休んで居ります」

「それはお困りでござろう。宜しければ我等が工事を肩代わりして、そうですな……百日もあれば宜しいでしょう」

「百日?……」悲鳴に近い声が筑羅の口からこぼれ落ちた。

「人夫はどれぐらい要りますかな?」

傍に佇立《ちょりつ》していた小柄な男を顧みて馬手《うまて》が尋ねる。筑羅も改めてその男を見つめた。

くたびれかけた風折烏帽子《かざおれえぼし》の下に覗く半白の髪が、落ち着いた貫禄を漂わせていた。

「斉延《さいえん》と申します。お見知り置きを……」

「この人物は土木工事の天才でござるよ。今も二人して現場を見てきたところです」

馬手の従者だとばかり思っていた筑羅は、慌てて立ち上がった。

「これは失礼を致した。筑羅でござる」


それから小半刻《こはんとき》の間、三人はじっくり話し合った。二人が帰った後、筑羅は狐につままれたような感覚の中に暫し佇《たたず》んでいた。

水城《みずき》の工期は百日。人夫は二百人もあれば結構！　余った人数を堡塁《ほうるい》工事の方へ回せばそれだけ早くなるし、田植えの時期になっても交替でやりくりをつけられるでしょう。如何ですかな……と自信ありげな斉延の顔が瞼に焼き付いている。

信じて良いのか？

天の軍団、聞いたことも無いが……

とつおいつ思案を巡らし、迷い悩んだ挙句《あげく》筑羅は運を天に任せる事にしたのである。


翌朝――

現場に赴《おもむ》いた筑羅は、唖然《あぜん》として声を失った。

馬が曳く長い大きな箱筒から、次々に砕かれた土が後《うし》ろへ飛ばされて、山脈《やまなみ》の形に盛られてゆく。作業が進むと堀割りの形が少しずつ姿を現わしてきた。

馬を操る男は二人。蓬髪を無造作に首筋で束ねて、鼠色の麻衣《あさこ》をまとってはいるが、見るからに逞ましい筋骨である。

しかもそれが四台である。見る見るうちに掘り進み、狩り出された村人たちは土を運ぶのに忙しい。

「筑羅さま、如何ですかな」

背後から笑みを含んだ声が聞こえた。監督の斉延である。

「いや、驚き申した。一体あの車はどういう仕掛けになって居るのか……」

「あ、あの車ですか。あれは破塞車と申して城攻めに使われたそうです。蜀《しょく》の丞相《しょうじょう》さまが考案なされたものだとか……」

蜀の丞相?……おお、諸葛亮孔明!

筑羅は無性に天の軍団のことが知りたくなった。しかし一部の限られた者しかその存在を知らぬとあれば、無理に知ろうとするは、身の破滅に繋がるやも知れぬ——

役人らしい慎重さで筑羅がこう考えた時、

「国造《くにのみやつこ》どのォ」馬手の大声である。陽焼けした一人の男を伴《ともな》っている。

「吾《あ》は明日から娜大津《なのおおつ》(博多港)の状況を見に行きますのでな、その間の連絡役に此の者を時々伺わせます。お気付きの点あらば、何なりとご相談下され」

年の頃は筑羅とそう変らぬように見えるが、色浅黒くがっしりした体格は馬手にも劣らない。

「胡馬《こま》と申します。走り使いの役を受け持ちますので、何卒お見知り置きの程を……」

へりくだった物言いではあるが、人を信頼させる何物かをこの男は持っている。

柔和な風貌の中の望洋たる眼差《まなざ》しに、ふと引き込まれるような気がして、筑羅はあわて気味に言葉をつないだ。

「筑羅でござる。此方こそお世話に相成る。宜しくお願い申す」

肩を並べて歩き出しながら、

「胡馬殿は普段どんな仕事をなさって居られるのかな」

「はい。やつかれは海が好きで、此の地へ来てからは泳いだり潜ったりの毎日です。本日は初のお目通りゆえ、些か手土産を持参致しました。ほれ、この通り！」

提げていた網袋から、何と目の下一尺を超える大鯛を取り出してかざしてみせた。

「宜しければ、やつかれが料理して活きの良いうちに召し上がって頂きましょう」

胡馬の穏かな眼で見つめられると、何故《なぜ》か断ることが出来なかった。

屋敷へ招じて鯛を肴に約一刻《ひととき》の間、筑羅は何を自分がしゃべったか覚えていない――

九十日後、水城は予定より十日も早く完成した。堅牢・規模、どれを採り上げても卓抜の出来栄えであった。

喜びの筑羅は屋敷で小宴を張った。

馬手・斉延・胡馬と共に、破塞車を操った八人の男たちが招じられた。

ひとしきり酒が回った頃、胡馬が訊いた。

「筑羅様、御出立はいつでございます？」

「あ、明後日豊前へ発ちます。そのあと朝廷へ工事完了の報告をせねばなりません。だが娜大津《なのおおつ》に政府の主だった方が居られますから、もう難波津まで足を伸ばす必要はないでしょう。大助かりです」

「御出立が明後日では、もうお会い出来ませぬが、恙《つつが》なき旅を御祈り申し上げます」

「かたじけない。して貴方がたは？」

馬手がニヤリと笑って答えた。

「天の軍団は神出鬼没、明日の朝には、もう誰も居らぬでしょう」

破塞車を操った八人の男たちは、結局だれ一人口を利かなかった。


慰礼城の一室——

弓月《ゆづき》を中心に赤卑狗《あかひく》兄弟がすぐ傍に座し、馬手・胡馬・弓光《ゆひか》、山岳党の耆老《きろう》と耆伯《きはく》、それに白龍党の那珂彦《なかひこ》・渦彦《うずひこ》の兄弟が闘志満々の顔を揃えている。

「胡馬よ。此度《こたび》は気持良う仕事が出来たらしいの」

「はい。左大臣様との密談内容まで探れるとは思いませせなんだ。大きな拾い物を致した感じです」

「うむ」

「磐井殿とやらは、いま豊前国宇島《うのしま》に宮殿と見まごうばかりの立派な城を造って住まい居る由、本領の筑後《ちくしのみちのしり》の方は、弟の牟田別《むたわけ》に任せているようでございます。肥前並びに豊後の国についいては判りませぬが、小月の筑羅殿が豊前に行かれたら、詳しい事が追々と判って参りましょう」

「磐井殿に会うた方が良いと思わせるよう、其方が仕向けたのじゃな」

「はい。小月の港から南を望めば、海を隔ててもう其処は豊前の国、恐らく外敵に備えて何等かの対策が為されて居りましょう。

あちら様も国造《くにのみやつこ》なれば同じ立場の者同士、肚《はら》を割って話し合えば、国を守る新しき手段《てだて》が生まれるやも知れませぬな……と、此のように」

「言ったのか」

「いいえ、頭の中に吹き込みました」

「ははァ……それでよし。後は磐井殿の本拠へ乗り込むだけじゃ。普段ならば赤卑狗一人で良いのじゃが、忍《おし》の技人《てびと》と称する術者が、もう既に入り込んで居るとすれば、こちらも本腰を入れて掛からねばなるまい」

そこへ丁寧な会釈と共に、蛙蘇《あそ》が現れた。赤卑狗兄弟の父親である。小柄ではあるが、鍛え上げられた強靭な身体は、まだまだ衰えを見せていない。

また、姿形を幾通りにも変える仮粧《けしょう》の術は未だ誰にも見破られた事が無いという。

顔見知りの者老たちと笑みを交わす蛙蘇《あそ》の後にもう一人、若者の姿があった。

色白だが彫りの深い顔立ちは奈魚登《なおと》である。蛙蘇と二人、空けてあった席にピタリと座して弓月《ゆづき》を見た。

「お前たち二人は今日から親子になり、豊前の宇島《うのしま》に入り込んで国造《くにのみやつこ》磐井の動静を探れ。女気《おんなけ》もあった方が良いじゃろう。

赤卑狗は親父殿を陰から扶《たす》けよ。その傍《かたわ》ら磐井の支配下にある筑後《ちくしのみちのしり》はもとより豊後・肥前まで足を伸ばせ。忍《おし》の技人《てびと》は恐らく二人だけではあるまい。半島から増援隊がもう来て居るやも知れぬ。筑紫の手の者だけでなく此方からも手練《てだれ》者を三、四人連れてゆけ」

「心得ました」

ここで弓月はゆらりと向きを変えた。

爛と光る馬手の眼と、弓光のきりりと締まった口許《くちもと》がある。

落ち着いた眼差《まなざし》を向けている那珂彦兄弟と並んで、耆老と耆伯の二人が飄々《ひょうひょう》たる気を漂わせている。いずれ劣らぬ男達の顔を一渡《ひとわた》り見回して、弓月の口が開かれた。

「三十年の長きにわたって我が国で過された百済《くだら》の王子豊璋《ほうしょう》殿が、愈々《いよいよ》軍勢を引き具して半島へ還られます。

他国に人質となって自らの意志を表わす事なく、耐えに耐えていた籠の鳥が、いきなり自由に飛び回れるようになったのです。

このような浮かれた状態の者を頭に据えて百済の遺臣団が戦えば、敗北は火を見るより明らかとなりましょう。

派遣される我が軍団が如何に強力なものであっても、新羅《しらぎ》は既に唐と結んでおり、大陸から続々と援兵が到着しているのです。わが軍団は、大唐・新羅連合軍の待ち受ける中へ飛び込んでゆく事になります。

恐らく新羅は、既に百済をほぼ制圧しているでしょう。しかし百済の頭脳ともいうべき一部の貴族・学者・技術者たちは、遺臣団に守られて山に隠れています。新羅の手が伸びぬうちに此の人たちを保護し、我が国に連れて来なくてはなりません。

これが天の軍団今回の仕事です」

弓月は言葉を切って一同の顔を見渡した。那珂彦は既に自分の役目を理解したらしく、軽く頷いている。だが残りの者は更に具体的な指示を求めて弓月の次なる言葉を待った。

「耽羅《たんら》（済州島）の北方、木浦《もっぽ》を望む海に、大小の島が点在して羅州群島と呼ばれて居る。その南に位置する珍島《ちんど》と本土の間の狭い水道は潮の流れが急で、漁師も嫌がると言われる難所である」

話の半ばから、俺の仕事と察した黒卑狗《くろひく》が炯炯《けいけい》たる眼光を弓月の眉間に当てている。

「島は大きく、三千余の住民と共に数百頭の馬が草原を走り回って居る。珍島の住民の中には、二百人を超す忍《にん》の兵が居る。黒卑狗はその者たちをまとめて、忍軍を結成せよ」

「畏まった」

黒卑狗の声が弾《はず》んでいた。目がキラキラと光っている。

「さて愈々《いよいよ》主力となる方々の番です。

馬手殿は耆伯と組んで下され。耆老は弓光殿の副将として存分にその老獪《ろうかい》ぶりを発揮してほしい」ニヤリと笑って弓月が言った。

「老獪《ろうかい》？　それは賞《ほ》め詞《ことば》で？　それとも……」

わざとムキになって詰め寄る態《てい》の耆老に、

「そうじゃ。最高の賞《ほ》め詞《ことば》じゃよ」

耆老の苦笑いにつられて一座も和んだ。相通じている男の心を感じたのである。

弓月の話は次に移った。

「珍島のすぐ西に横たわる黒島は、四方とも切り立った崖に囲まれて居る。人を寄せつけぬ厳しさを湛えているが、只一ヶ所、引き潮になると現れる空洞がある。船の出入も自由じゃ。中に入れば数十艘を浮かべる入江となって居る。この二つの島に住む五千の人間と約千頭の馬は、天の軍団の予備軍となる！　馬手殿。弓光殿。これで少しは御安心いただけましたかな」

二人は苦笑した。いま率いている直属の兵は、それぞれ騎馬一千と機動隊の山者・海者だけである。この寡兵で大唐・新羅の連合軍に対して、如何ほどの事が出来ようかと、内心抱えていた不安を、みごと弓月に見抜かれていたのである。

不安は取り除かれ、曇天から陽光が射したように、明かるい気持が一つになった。

天の軍団、愈々《いよいよ》出陣である。

6 白村江《はくすきのえ》の炎

百済《くだら》の遺臣団を束ねて寡兵よく新羅と戦ってきた忠義の武将鬼室福信《きしつふくしん》が、謀反の企てありとして、獄に繋がれ首を切られた。

王となった豊璋《ほうしょう》の軽率な言動に、最後まで諫言を続けた忠節の武将を、愚かにも豊璋は殺してしまったのである。

百済再興の柱石を亡くし、遺臣団の士気は急激に衰えた。名将鬼室福信が殺されて、悲しみに打ちひしがれた人々に再度の衝撃が襲った。都を疏留城《そるさし》から避城《へさし》に移したのである。

疏留城《そるさし》は耕地が少なく、農を営むには不向きである。こんな所を都にしていたら、民は飢えてしまうであろう。避城《へさし》は土地が豊穣《ほうじょう》で自然の恩恵は充分である――これが豊璋の言い分であった。

半島派遣軍の将朴市田来津《えちのたくつ》は、真《ま》っ向《こう》からこれに反対した。

避城《へさし》は、敵の布陣地域から僅か一夜の行程である。疏留城《そるさし》のような天険《てんけん》の地ではなく、平地である。農耕の適・不適などの問題は、この際、二義的なものである。そんなことを考えているうちに国が亡びてしまうだろう。

豊璋はこれにも耳を傾けず、避城《へさし》に都を移してしまったのである。

その結果は——新羅がすぐに動いて百済の四州を焼き、要地徳安《とくあん》を手に入れた。

新しい都の避城《へさし》は其処から余りにも近く、天険の要害もないので再びもとの疏留城《そるさし》に戻らざるを得なかった。

すべては田来津《たくつ》の予想した通りになったのである。

筑紫の本営では大海人皇子《おおしあまのみこ》の怒りが頂点に達しかけていた。初めから豊璋を信用していなかっただけに、その怒りも烈しかった。

福信を斬り、王城の地を一度棄てて又逃げ戻っただらしのなさを、ぶつける相手といえば中大兄皇子《なかのおおえのおうじ》と中臣鎌足《なかとみのかまたり》しかなかったのだが、面と向かってなじる訳にもゆかなかった。

中大兄も鎌足も、この件については大海人皇子に頭が上がらず一言も無かったのである。

しかし此のままの状態で百済を見殺しには出来なかった。兵力の不足が判っている以上第二回派遣軍を送らざるを得なかったのである。上毛野君稚子《かみつけぬのきみわかこ》、三輪君根麻呂《みわのきみねまろ》をはじめ、蝦夷《えみし》討伐にも大功のあった阿倍臣比羅夫《あべのおみひらふ》など錚々《そうそう》たる大将軍たちが、頽勢を挽回すべく、二万七千の大軍と共に派遣されたのである。

流石《さすが》に此の軍団は強かった。

朝に一城を抜き、夕に一城を陥《おと》して、破竹の勢いで百済の旧領を取り戻していった。

筑紫の本営ではこれらの捷報《しょうほう》に愁眉を開いたが、再び顔が険しくなるような急使が半島から相次いだ。

——敵はわが王城の地を衝《つ》かむとするものの如し。我は王城を出でて錦江河口の要害の地白村江《はくすきのえ》に拠《よ》らむとす――

最初の使者は此の報告の後、面目なげに顔を伏せて申し添えた。

「豊璋王は、百済王城の地䟽留城《そるさし》を既に離れて居られます……」

大海人皇子の顔が朱に染まった。血管がふくれ上がっている。

「彼奴《きゃつ》は王城の地を、戦わずして敵に委ねたのか……これで二度目ではないか！　王城の地がどのような意義を持つのか、まったく分かって居らん。不届者《ふとどきもの》め！……」

言いたい事が山ほどあるが、それを言わずに大海人皇子は黙って立ち上がった。中大兄皇子と鎌足も言葉がない。豊璋の独断専行は筑紫の本営を沈黙の苑《その》と化してしまった。

三、四日経って、又また豊璋からの急使がやって来た。

「わが王城の地䟽留城《そるさし》は敵の囲むところとなる。我が主力は白村江《はくすきのえ》へ移動せるも、既に大唐の軍船は錦江河口を埋め、軍船は日毎にその数を増しつつあり、戦雲甚だ急！

筑紫発遣の全兵団に乞う。急遽白村江《はくすきのえ》に集結されん事を――」

悲鳴にも似た豊璋からの連絡を受けて、彼の無能ぶりを非難する声が一斉に湧き起こったが、今はもう、そのような批判をしている時ではなかった。

新羅の地に於て連戦連勝の快進撃を続けている筑紫発遣の兵団を、急遽白村江《はくすきのえ》へ移動させねばならぬ。そうしなければ、豊璋率いる百済の本軍だけでは、集結中の大唐軍に立ち向かうことは出来ず、陸から新羅の攻撃を受ければ一《ひと》たまりもないであろう。

大局から観て彼我《ひが》の決戦は、好むと好まざるに拘らず海上に於て行われる事になる。我が方の艦船は数に於て互角とはいえども、大船は少なく中型艦が主力である。しかも、大唐の軍船は既に錦江河口に集結を終えているのである。出来れば陸上決戦に持ち込みたかった……思いとしては、我が方のこれが本音であったろう。

百済王城の地を戦わずして敵の手に委《ゆだ》ね、白村江《はくすきのえ》の海上に全軍を引き込むことになった豊璋の軽率極まる行動が、決戦の行途《ゆくて》に重苦しい不安を与える事になったのである。

――白村江に集結布陣せる大唐の軍船は凡《およ》そ百七十艘、陣を列《つら》ねて固く、戦機熟するを待って敢て動かず。我は百済本軍と相謀《はか》りて、後続兵団の到着を俟《ま》って戦端を開かんとす。新羅の船団未だ影を見せざるも我が兵団密集して矢の如く奔《はし》り、敵船列の中央を抜かんとす――

新羅南部の戦線から白村江《はくすきのえ》に移動した最初の兵団から第一報が届いた。

指揮官朴市田来津《えちのたくつ》の闘志に溢れた文言《もんごん》に接して、筑紫の本営は少し明るくなった。

「比羅夫殿の後軍が到着すれば我が方の船は四百余艘、数の上からは……」

朝臣の一人が言いかけた言葉は、すぐ別の声に依ってかき消された。

「新羅が居る。援軍を乞うた新羅の軍船が、唐のそれよりも少ない、という事があり得ようか」

吐き捨てるような大海人皇子の太い声であった。本営内は又もとの沈黙に包まれた。

阿倍比羅夫《あべのひらふ》が率いる後軍が、まだ白村江《はくすきのえ》に到着していない事に多少の不安はあったが、戦を前にして既に敵を呑むの概《おもむき》がある田来津《たくつ》の報告は、豊璋を送り出した当面の責任者である中大兄皇子と鎌足の気持を、少しは和らげたに違いない。

しかし半島からの報告は、これを最後に、ぷっつり途絶えた……


大唐の軍船がまず動き出すと白村江《はくすきのえ》の海がざわめき始めた。

阿倍比羅夫《あべのひらふ》の後軍は未だ到着せず、戦端を開くにはやや早すぎる感はあったが、歴戦の勇将朴市田来津《えちのたくつ》・河辺百枝《かわべのももえ》等は、戦機の到来を覚《さと》った。

我が軍船二百余艘は、鶴が翼を広げて飛ぶような扇形の陣型を布《し》き、要《かなめ》に当る先頭部分には数十艘の軍船が密集して、鶴の嘴《くちばし》を形成している。

――わが兵団密集して矢の如く奔《はし》り、敵船列の中央を抜かんとす――

筑紫への報告通りの陣型である。


この日、白村江《はくすきのえ》の海は風やや強く暗雲垂れ込めて、波上の雲霧の中に大唐の艨艟《もうどう》が見え隠れしている。

二百余艘の我が船団は、矢のように走る嘴《くちばし》の後から羽を広げて、驀地《まっしぐら》に突き進んだ。

「ヤッ、敵が煙を……」

いつの間に現れたか、二十艘ほどの走舸《はやぶね》が海面を水すましのように走って、白い煙の幕を縦横に張りめぐらしている。

海は忽ち白い雲に閉ざされた。

「かまわん。此のまま突っ走れ」

鶴の嘴《くちばし》はそのまま一塊《ひとかたまり》になって雲の中へ突っ込んでゆく。

舷々相摩《げんげんあいま》す接近戦に持ち込めば、勝算我にあり！　と、更に速度を上げて白雲の中を突破した先頭の船は、思わずわが目を疑った。

正面の敵船が居ない。消えている——いやそうではない。右と左に分かれて中央の道を広く空けている。ござんなれ、と待ち構えている形だ。

「しまった、これでは狙い撃ちにされる」

陣形を変えようとした途端、大小の水煙が上がった。ブオーン、グワーン、ズバーン、敵船の弩から放たれた大小無数の石弾が、唸りを上げて襲いかかってくる。グワーン、バリバリッと帆柱が折れる。至近距離になって火矢も飛んできた。

此方は密集隊形を取っていただけに、敵船の矢石は効果的である。石弩《いしゆみ》の弦《つる》を引き絞ってブンと放てば、集まっている船のどれかには命中する。

血臭の中、将も兵も石弾に薙《な》ぎ倒《たお》され、面《おもて》をつぶされて転げ回っている。

船上は血の泥沼と化し、かくて、鶴の嘴《くちばし》は見るも無残に砕かれたのである。

嘴《くちばし》をもがれても、まだ羽は健在であった。

船楼と舷《ふなばた》に懸け連ねた弩弓《どきゅう》・石砲から放たれた火箭《かせん》、大石が唸りを生じて敵船に飛び、唐側も十数艘の軍船が、火煙を上げて傾き出した。

しかし嘴《くちばし》をもがれ、ただ飛ぶだけの鶴は脆《もろ》かった。此方が十発の石弩《いしゆみ》を放てば、返礼に数十発の矢石が轟音《ごうおん》と共に飛来する。

グォーン、バリバリッと不気味な音を立てて船楼を壊し、舷《ふなばた》を打ち砕く。兵たちが豆のようにバラバラと海に落ちた。

そこへ、阿倍比羅夫《あべのひらふ》率いる後軍二百余艘が到着した。

傾いて沈み行く船のほとんどは味方のものである。この惨状を見て歴戦の勇将比羅夫は瞬時に決断した。

「敵は一息ついて居る。今じゃ！　疾風《はやて》の如く彼奴等《きやつら》の胸許《むなもと》を狙えッ」

新手《あらて》の出現に狼狽《ろうばい》した大唐の軍船は、向きを変える暇もなく全速で後進を始めた。今こそ正念場《しょうねんば》である。

「追え追えッ。撃て！　撃ちまくれえッ」

大唐軍の兵船は、逃げるもの、傾く船、正に四分五裂の状態になろうとしていた。

その時、突如として前方に黒い山脈《やまなみ》が立ち塞《ふさ》がり、見る見るうちに大きくなった。新羅の大船団である……

大唐軍との間に如何なる作戦が交わされていたものか、白村江《はくすきのえ》に初めてその姿を現わした新羅の大艦巨船は二百艘、灰色の空を背にして山津波の如く襲いかかって来たのである。

激闘二刻《ふたとき》。筑紫派遣の大軍団は、事実上潰滅《かいめつ》した。傷つき壊れて波間を漂う船は、もはや戦力とは言えない。

しかし夕闇の海上で、それらの船から傷ついた将兵を収容して、陸《おか》へ運んでいる走舸《はやぶね》の一団があった。

「汝等《いましら》は何処《いずこ》の隊の者じゃ」

重傷を負いながらも毅然とした態度を失わぬ一人の将が、救助の指揮を執る筋骨逞《たくま》しい壮漢に訊《たず》ねた。

「我等は天《てん》の軍団の者です」

「天の軍団?」

「左様《さよう》。一部の者しか知らぬ特設の義軍と申しておきましょう」

その壮漢は那珂彦《なかひこ》であった。

将はじっと那珂彦の顔を見つめた。その身にまとう鎧の造りからみて、相当地位の高い将軍のようである。

那珂彦は膝をついて、何か言いたげな将の手を握った。

「傷を負うて居られます。早《はよ》う手当てを致しませぬと……」

将は微かに首を振った。

「あれを見よ」目で海の方を指した。

決戦を終えた新羅の船団が沖合に碇泊している。一部が海に沈んだとはいえ百数十艘の大船が暗い海上に煌煌《こうこう》たる明かりを灯《とも》している。恐らくは勝利の宴《うたげ》が船内で催されているのであろう。

「船さえあれば……無念じゃ」

低い声ながら、悲痛な響きが聞く者の胸を打った。

「船はございます」

「なにッ」

重傷を負いながらも身を起こそうとする将の肩を、那珂彦の手がそっと押さえた。

「闘艦三十艘、走舸《はやぶね》二百は我が手に――」

「おおッ」

将の眼に喜びの光が灯った。

大船の数は少くとも、兵十数人を乗せ得る走舸《はやぶね》が二百もあれば、奇襲には事欠かない。

「汝《いまし》は一体……」

「天の軍団、那珂彦と申します。して貴方様の御名は?」

「阿倍臣比羅夫《あべのおみひらふ》じゃ」

那珂彦の眼に驚愕《きょうがく》の色が走った。

半島の陸戦に於て新羅軍を相手に連戦連勝を重ね、更に白村江《はくすきのえ》を目指して後続船団を率いてきた最高指揮官ではないか。

「貴方様が……分かりました。今より我が船団は阿倍臣比羅夫《あべのおみひらふ》将軍の麾下に入ります。何なりとお申し付けを――」

「かたじけない」

傍に膝をついて、眼を光らせながら聞いていた弟の渦彦《うずひこ》が立ち上がった。

龕灯《がんどう》を手に、海へ向かって何かの合図を送っている。那珂彦は再び阿倍臣比羅夫《あべのおみひらふ》の傍に寄って耳許でささやいた。

「夜襲でございますな」

首が小さく頷いた。


小半刻《こはんとき》後。四十数名の海の男達が那珂彦の前に片膝ついていた。

「みな御苦労。負傷者の救出は終ったか」

「はい。船の破片にすがって泳いでいる者もすべて陸《おか》に運びました」

一人が答え、皆が頷く。

「よし。ようやってくれた。此方に居られるは、筑紫第三派遣軍の総大将阿倍臣比羅夫《あべのおみひらふ》様じゃ」

一同の顔にも驚きの色が走った。

「いま新羅の船団は勝利の美酒に酔い痴《し》れて居る。昼間の戦は彼奴等《きやつら》が勝った。だが夜の戦はこれからぞ！」

全員がニヤリと笑った。

「闘艦は岬を回って沖に出よ。外側から石弩《いしゆみ》を放ちながら近づいて、火矢の攻撃に切り換えろ。但し燃え出したら後は倭寇《わこう》組に任せて次の船を狙うのだ。獲物は多いぞ」

男達から笑声が起こった。戦を前にしながら緊張感なぞ何処《どこ》にもない。

「走舸《はやぶね》は、煙玉・煙硝玉をたっぷり積みこんで馳走してやれ。火矢と縄梯子《なわばしご》を忘れるな。舳先《へさき》には銛《もり》を付けておけよ。火船をどてっ腹に突っ込ませるのだ」

渦彦が口をはさんだ。

「兄者。海人組は八十人です」

「うむ。良いかみんな。一番手は海人《あま》組だ。攻撃の順序を間違えるなよ。孔錐車《こうすいしゃ》は揃って居るな」

孔錐車とは、把手の附いた大型錐のことである。これを使えば厚い船底でも百を数える間に、径五寸ぐらいの穴が明く。流れ込む水の量は段々烈しくなり、船は徐々に傾いて、戦闘不能に陥《おちい》る、という寸法である。

「では、掛かれッ」

那珂彦の号令一下、男たちは瞬時に姿を消した。


海風に翻《ひるがえ》る旌旗《せいき》が夜目にも鮮かである。碇泊中の大船の甲板には総司令の毛留叱智《もるしち》が副司令の甘羅我《からが》たち幹部と共に、高杯《たかつき》を挙げて痛飲していた。兵達も車座になっている。

昼間の戦で徹底的に痛めつけた倭の水軍にもはや残存勢力はない。

あとは高句麗に城下の盟《ちかい》をさせて全半島を制圧するのみ！　と一人が吠えれば、然り！　やるぞ！　と他が大声で和す。船上の雰囲気は正に最高潮であった。

そのうちに一人が妙な事に気付いた。

「おい、そこの兵。ちょっと此方へ来い」

酒や料理を運んでいる兵である。ひょろひょろと、ふらつきながらやって来た。将の一人が笑いながら訊ねる。

「きさま。足取りも覚束《おぼつか》ないではないか。そんなに呑んだのか」

「いえ。私は祝盃を一杯戴いただけで……」

「嘘をつけ。今もきさま、ふらついて居るではないか」

「はあ、それがそのう……おかしいのです。まっすぐ歩こうと思うのですが、それがどうも、甲板が傾《かし》いでいるような感じです」

「馬鹿を言え。さしたる波もないのに」

副司令の甘羅我《からが》が立ち上がって、兵の所へ近づこうとした時、何と第一歩からふらりとよろめいた。どっと爆笑が起こる。

「甘羅我どの、酔われたな」

「いや、おかしい。諸君も立って見給え」

「どうれ」一人が立ち上がり、歩こうとしてふらりとよろける。

あ、あれれ……リャリャッ、こ、これは……

時ならぬ集団舞踊が展開された。

平衡感覚が乱れていることに、ハッと気がついた総司令の毛留叱智《もるしち》が叫んだ。

「船が傾《かし》いで居るぞ。調べよ！」

その時、ドーンと大きな音と地響きがして、目の前の太い帆柱がバリバリッと中程から折れた。

一抱えもあるような岩が音もなく飛んできて、ズシーンと甲板を破る。大人の頭ほどもある石弾が唸りをあげて、慌てふためく兵たちを薙《な》ぎ倒した。

どこから飛んで来るのか分からない。

「敵だあッ。大艦隊が押し寄せてくるぞぅ」

天の軍隊を陰で支える忍軍の一隊が、海上に幻幕を張って四倍五倍の数に見せている。

三十艘の闘艦は、百数十艘の艨艟《もうどう》と映っているに違いない——

石ばかりでなく、弩弓から放たれた火箭《かせん》も次々に舞い下りて、焰の華を撒《ま》き散らす。

飛んで来る矢石の砲撃が収まって一息つこうとすると、暗闇の海上がパッと燃え上った。

いつの間に近づいたのか、柴や枯木を積み上げた走舸《はやぶね》が火を噴きながら突っ込んでくる。

舳先に取り付けた銛《もり》が、ガッキと船腹を捉《とら》えると、恐らく煙硝がタップリふりかけられているのであろう、凄まじい勢いの火焔が船腹から舷《ふなばた》へ燃え移る。

消火作業に気を取られていると、反対側から縄梯子を伝って半裸の男たちが躍るように乗り込んできた。背に負った長刀をギラリと抜いて、当るをさいわい暴れまくる。

「倭寇《わこう》だあッ。倭寇が来たぞうッ」

この声は乗組員の士気を半減させた。半島に居る者なら、倭寇の強さ、恐ろしさは誰でも知っている。

半裸の男達は馴れたもので、船艙に通じる階段の上から煙玉をポンポンと投げ込む。

咳にむせながら階段を上がってくる敵兵の頭から、長刀の串刺《くしざ》しを見舞う。三人一組でやる事にそつがない。そのうちにピピッと鋭い指笛が鳴ると、男たちは次々に海へ飛び込み、水に棲む魚のように自分の船へ泳いでゆく。

雨が落ちてきた。

先刻《さきほど》まで白村江《はくすきのえ》の海を圧するかの如く浮かんでいた大船百数十艘のうち、半数は海に没し、残りの半数も大半は傾き、帆柱が折れ、船楼は砕かれて、正に創痍《そうい》の状態である。

辛《かろ》うじて海上に浮かぶ手負いの船も、旌旗《せいき》の色褪《あ》せ、悄然たる敗残の姿であった。

陸《おか》にあっては、海に面する一軒の茅屋《ぼうおく》に、阿倍臣比羅夫《あべのおみひらふ》が運び込まれていた。傍を離れず那珂彦が附き添っている。

「将軍、終りました。味方の大勝利です」

微かに頷いた比羅夫の顔に、血色は無かったが眼が輝いていた。

一船が火の手を上げ、紅蓮《ぐれん》の炎が次々に広がって、白村江《はくすきのえ》の海が燃え上がった時、将軍の目に滂沱《ぼうだ》たる涙が溢れるのを那珂彦は見てとっていた。

既に沈むべき船は沈み、新羅軍の救助活動が為されているのであろう松明《たいまつ》の火のほかは、暗闇が海上を占めていた。

その時、ずぶ濡れになった麻衣姿《あさこすがた》の男が入ってきた。

「おお、伊沙利《いさり》殿」

那珂彦が駈け寄ってその手を握った。

わずか三十艘の闘艦を百余の集団に見せて、新羅軍の度胆を抜いたのは彼の幻幕の技である。しかしその事には触れずに、

「私は新羅の隊長の一人に姿を変えて、敵の総司令毛留叱智《もるしち》の近くで聞き耳を立てて居りました。新羅の艦船二百艘のうち昼間の戦で四十艘を失いましたが、八割が健在であれば大勝利じゃ！　と祝宴の運びになりました」

横たわったままの比羅夫に視線を当てながら、那珂彦と渦彦が耳を傾けている。

「海人《あま》組の方々は大手柄でした。船腹に穴が明くなど予想もしていなかった敵勢が、慌てて応急修理に掛かり始めた矢先に倭寇《わこう》の来襲となり、修理の出来ぬまま八十艘全《すべ》てが海の藻屑となりました」

「いやそれは、あなた方が走舸《はやぶね》の姿を闇に消して下されたお蔭です。でなければ穴を明けた船すべてを沈めるなど、とても出来ぬことでした」

流石に那珂彦、ツボは押さえている。

「闘艦から放たれた石弩の砲撃に依り四十艘が大破して、航行不能となりました。これはすべて総司令に報告された数字ですから、まず間違いはないでしょう」

「いやあ、御手柄でした。して彼奴等《きやつら》は？」

「はい。我が再度の夜襲を恐れて急遽白村江《はくすきのえ》を後に、新羅へ戻ります」

「はは……疑心暗鬼に囚《とら》われたな」

「総司令の毛留叱智《もるしち》は他の船へ移りましたが船を下りる時、恐るべし倭の軍団！と、呻くような彼の声が、まだ耳に残って居ります――」

仰臥していた比羅夫《ひらふ》の手が動いた。二人が傍へ近づくと、最期の力をふりしぼった声が聞こえてきた。

「伊沙利《いさり》とやら。其方《そなた》の報告、この上もない土産となった。礼を言う那珂彦どの。部下達にも、これで顔向けが、忝《かたじ》け……」

言葉が切れた。

しかし比羅夫の顔には、うっすらと笑みが刷《は》かれていた。

7　王城の地

その一　古都の祭

白村江《はくすきのえ》の会戦で幸いにも沈没を免《まぬか》れ、急ぎの修復工事を施された日本の兵船十六艘が群山《くんさん》の港に集結した。百済の民の中で日本移住を望む者は皆そこに集まってきたのである。

生き残った日本兵は少なかったが、どこからともなく現れた一隊が、テキパキと乗船を指図して不足の船腹も調達してくれた。

これを不審に思う者は居ない。主だった将は、白村江で悉《ことごと》く戦死していたのである。

だが百済政府で要職にあった学者たちや、山中に潜んでいた文化人・技術者など、天の軍団が意図した人材の保護は、予定通り達成出来たと言ってよい。

これらの人々は特別仕立ての船に移乗し、その船楼には赤卑狗《あかひく》の姿があった——

百済王となった豊璋《ほうしょう》の愚かなる作戦の為、半島派遣軍は白村江の海に消えた。

王城の地跡留城《そるさし》を無抵抗で明け渡した豊璋は高句麗に逃れた、という。

だが王は無能でも国を愛する義士たちは多かった。国内の遠近《おちこち》で蜂起《ほうき》した彼等は急速に力をつけ、百済再興軍の旗印の下に続々と集まってきた。折から現れた天の軍団とも力を合わせて、新羅打倒の気運が盛り上がってきたのである。

大唐・新羅連合軍の入城を許したばかりの跡留城《そるさし》を、今すぐ取り戻したいのは山々であるが、敵も当然待ち構えていよう。

「王城の地奪還」は百済の民の大いなる希望ではあるが、敵の抵抗が一番強い跡留城《そるさし》を今攻めるのは愚の骨頂である。

百済王城の地は何も跡留城《そるさし》だけではない。聖王（聖明王）十六年には、都が熊津《ゆうしん》から泗沘《しひ》（扶余《ぷよ》邑《むら》）に移されている。

熊津《ゆうしん》は山険を背にした要害の地であり一方の泗沘《しひ》は、豊かな平野を眼下に見る丘陵地帯である。

跡留城《そるさし》・熊津《ゆうしん》・泗沘《しひ》の三都はいずれも錦江流域にあり、謂わばこれらの地域全体が百済王城の地なのである。

ならば跡留城《そるさし》にこだわる事はない。

まず熊津《ゆうしん》・泗沘《しひ》を百済再興軍と共に攻略すべし！　天の軍団茲《ここ》に作戦は決定した。

熊津《ゆうしん》の地には、三千の新羅兵が二手に分かれて、錦江の船着場と城内に駐屯していた。江上には兵船三十艘が碇泊している。

秋祭を翌日に控えて、城内の街はさすがに活気を呈していた。数人で隊伍を組んで、新羅の駐屯兵たちが警備巡察の任に当っているが、本来の仕事はそっちのけで弥次馬の眼になっている。

「熊津《ゆうしん》は旅芸人の数が多いのォ」

「ううム。露天商も新羅の二倍は居るわい。さすがに古き都じゃのォ」

兵たちの会話にも、祭を迎える浮き浮きした喜びと期待感が溢れていた。

「先ほど手踊りの一座が着いたぞ。いや実に眉目《みめ》よき女子《おなご》が揃うて居った。まっこと明日は楽しみじゃわい」

「おい、船着場の組も来るんじゃろう」

「当然だわさ。十人ほど残して後はみぃんなやって来るそうじゃ」

「当番になった奴等は可哀そうじゃの」

「そうよ。遊び女《め》の匂いを嗅ぐことも出来んのじゃからな。ま、船の上で自棄酒《やけざけ》でもたっぷり呑んでもらうか。ははは……」

兵達の交す話に何気ない素振《そぶ》りで、じっと耳を傾ける男達が居た事は誰も知らない。

祭の前夜は、かくて、さんざめく雰囲気の中で更《ふ》けていった。

明けて祭の当日、さしもに広い城内も数軒の見せ物小屋、数十軒の俄《にわ》か飲み屋、百を超える露天商の店を、三々五々打ち連れ立ってひやかして歩く民と兵達でごったがえした。

飲み屋といっても簀《す》の子を張りめぐらせて囲ってあるだけで、屋根も無い。だが数十軒の店が作る煮物・焼物の匂いがごっちゃになって風に流され、広場中が雑多な人間で溢れていた。近くの邑《むら》から一家総出でやって来る民の姿も見られる。娘達の晴れ着が美しい。小さな林の裏側に屋根のある小屋が十数軒造られて居り、兵の行列が見える。遊び女《め》の館？　であろう。熊津《ゆうしん》は此の日、喧騒と嬌声の巷《ちまた》と化した。

午《ひる》を前にして、船着場の番兵詰所に二十人ほどの女達が三台の車を曳いて押しかけた。いずれも中年の口やかましい連中である。

「兵隊さあん。祭のお酒と料理ば持ってきてやったよォ。船に残っちょる兵隊さんに上げてくれんね」

「おいおい。無茶を言うな。俺たちは見ての通り、此処には十人しか居らん。お前たちの気持は嬉しいが、三十艘もの船に料理を配達するなど、とても出来んよ」

「まあァ、薄情なこと言わっしゃるねえ。切角のお祭に留守番ちゅうのは可哀そうじゃ思うて、わざわざ届けてやったチ言うとに、何チ言うことね！　ヨオシ、そいじゃあ私等が配ってやるキ、小舟ば貸してくれんね」

「ううむ。舟はあるが民間人をなあ……」

「ちょっとあんた、今日は年に一度の祭よ。いかんチ言うなら、この料理とお酒はみんな此処に置いていくよ」

「いや、それは困る……分かった判った。舟は貸すから、お前たちが配ってくれ」

「やあっと話が通じたね。そいじゃ舟ば借りていくよ」

若い兵士など、到底太刀討ち出来る相手ではなかった。


そして一刻《とき》（二時間）後、各船に数人ずつ縄梯子を伝って乗船する身軽な男たちの影があった。

船上にこれを阻止する新羅兵の姿はまったく無い。

やがて、船は静かに動き出した。

船着場の番兵たちは十人とも、みないぎたなく眠りこけている。川沿いに碇泊していた三十艘の大船は悉《ことごと》く姿を消していた。


夜の帳《とばり》が祭の広場を包み、そろそろ城門も閉まる時刻が近づいてきた。

ひょろりフラリと、酔い痴れた兵たちが、船着場の手前にある宿舎に戻って来た。

楊柳《やなぎ》の並木に隠れて江上の船は見えない。祭の夜は点呼もない。それに今夜の酒はよく利いて、とにかく眠い。将も兵もすぐに泥のような眠りに入った。

そして……目が覚めた時、将は繋がれて別室に監禁され、指揮する者を失った兵達はポカンと口を開けて、周りを囲む武装した男たちの姿を見上げていた。

「我等は百済再興軍である。見ての通り熊津《ゆうしん》は既に取り戻した。これからお前たちを解放する。いいか、よく聞け」

兵たちの目に生色が戻った。てっきり牢に入れられるか、下手《へた》に逆らうと処刑されるのではないかと、戦々兢々《せんせんきょうきょう》の態《てい》だったのだ。解放すると言われてもすぐには信じられず、固唾《かたず》を呑んで次の言葉を待った。

「信じられん者も多いようだな。しかし考えてみろ。今は敵味方に分かれていても、同じ半島の同胞ではないか。大唐などと組んで、同胞の国を滅すとは……新羅《しらぎ》の王よ。何を血迷うて居るのか、と言いたい。

しかしなあ……お前たちに罪はない。家族の所へ帰ってやれ」

人間味溢れる百済の将の言葉に温い気持が滲《にじ》んでいる。誰ひとり物言わぬ中で潤いだけが満ちていった。

「お前たちの採るべき道は二つある。一つは家族の所へ戻ってやること。もうひとつは、半島の平和を願って我等と共に、百済の国を再興すること。いずれを選んでも良い。諸君の気持次第である」

そこへ、別室に繋がれていたはずの新羅の将たちが、ぞろぞろと入ってきた。

地区司令の石磯城《いわしき》が、丁重な会釈を施して百済の将と入れ替わった。

六尺豊かな偉丈夫である。吼《ほ》えるような声が部屋の隅にまで響く。

「将軍からお話があったと思うが、道は二つある。何《いず》れの道も半島の平和につながるのだ。遠慮は要らん。家に戻ろうと思う者は、直ちに前へ出よ」

何かしら昨日までとは違った感じがするものの、言われるままに恐る恐るという感じで数十人が前へ出て来た。

「ほ、これだけか。残った奴の中で四人以上の子供を持っている者は?……」

三十人ほど手を挙げた。

「よし、前へ出て来い。次に母子《おやこ》二人だけという者は居るか」

また十人の兵が出て来た。

「ヨーシ、お前達はみんな新羅へ戻れ」

大声でそう言った後、石磯城《いわしき》の語調がフッとやわらいだ。

「故郷《くに》へ帰れば帰ったで、嫌なことも多々あろう。だが家族の為に辛抱するのじゃ。熊津《ゆうしん》の守備隊は、祭の夜に襲撃を受けて全滅した、と言っておけ。残った者は、将も兵も百済再興軍に身を投じて、半島の平和の為に戦う。共に行こうぞ!」

おおッ! と喚声が挙がった。


楊柳《やなぎ》の陰に佇む数個の黒影があった。

石磯城《いわしき》をはじめ新羅の将たちに魂変《たまが》えを施した忍軍の術者である。

一部始終を見てとると、頷きあって音もなく姿を消した。

走舸《はやぶね》で泗沘《しひ》へ応援に向かったのである。

その二　白馬《はくば》の陣

聖王《せいおう》（聖明王）十六年に都となった泗沘《しひ》は、広い草原を見下ろすなだらかな丘陵全体に堅固な城壁が築かれ、南の大門が邑《むら》へ通じる唯一の出入口となっている。

他の都邑《とゆう》と違って城内に民の住む街はない。

南の大門から十町ほど離れた所に民の生活する街があり、大門から一本の広い道が通っている。両側はもと畑地であったようだが、今は荒れるに任せて、人の背丈ほどに生い茂った茅《かや》原の中の道である。

城内にはもとの宮殿跡が役所に模様替えされており、その一角に塩を取り扱う店と医師の常駐する診療所が設けられている。

民の生活に必要なものが城内にあるので、この一本道の往来は繁く、道路もよく整備されていた。人だけでなく馬も車も通るので、道幅も広い。十三間道路と呼ばれている。

泗沘《しひ》の城内には、大唐軍の将兵二千余名が駐屯していた。異国からの遠征部隊は士気も高く軍律も厳しい。昨日の祭にも浮いた気分を営内に持ち込む事はなかった。

総司令の徐奉《じょほう》は、大斧を揮って敵勢を蹴ちらすこと幾度か、白馬にまたがって駈《か》け巡るその派手な勇猛ぶりは、大唐軍の中でも十指に数えられる武者と聞く。

また副司令の張来《ちょうらい》は、七十五斤（四十五キロ）の大青龍刀を水車の如く振り回し、未だ負けを知らず、敵将十五人の首級を挙げたという。

味方の細作《おんみつ》からの報告である。


「耆伯《きはく》殿。今回は八割まで正攻法、正攻法で行きましょうぞ。のう、弓光《ゆひか》」

嬉しくてたまらぬような馬手《うまて》の声に、弓光が笑って応じた。

「よかろう。あとの二割は、策を用いて良いのじゃな」

「勿論じゃ。猪突猛進はいかんよ。須《すべか》らく策の裏打ちが無ければ勝利は得られん。ここはひとつ老獪《ろうかい》？　なる耆老《きろう》殿と耆伯殿に、お願いするが一番じゃて」

「はいはい。二割はお任せあれ。古狸ぶりをお見せしましょうぞ」

耆老が笑って引き受けた。

そして——百済再興軍の名で城内の唐軍に戦書（決戦状）が送られた。それに対して、唐軍からも「承知」の返書が届けられ、愈々《いよいよ》決戦は明日、と決まった。


城壁の望楼から打ち鳴らされる金鼓の音が草原に響き、一杯に開かれた南の大門から、次々に大唐軍の騎馬隊が姿を現した。

蜒々《えんえん》十八町に広がる城壁を背に、ずらりと横に並んだ騎馬の兵がまたがるは、ことごとく銀毛雪《ぎんもうせつ》白《ぱく》の駒である。

その昔、北平《ペーピン》の太守公孫瓚《こうそんさん》が誇りをもって作り上げた白馬陣に倣《なら》ったものであろうか。白馬一千頭を並べたところは正に天下の偉観である。その中央、鮮かな朱塗りの鞍を置き、これまた朱色の火焔斧《かえんふ》を片手に朱金の兜を戴くは、これ総司令の徐奉であろう。仲々に派手好みの男らしい。

その横に並んで七十五斤の大青龍刀を鞍上《あんじょう》に撫《ぶ》し、虎が獲物を狙うように目の前の草原を睨《ね》め付けている銀の甲冑《かっちゅう》の男は、副司令の張来に違いない。

城に残る千余の兵は、弩弓《どきゅう》・石砲をもって高い城壁から狙い撃ちの構えを見せている。

迎える此方《こなた》は、中央に百済再興軍が一千の騎馬隊を並べ、両翼に弩弓手三百を配して、祖国再建の意気込みを見せる。

天《てん》の軍団騎馬隊八百は、後詰《ごづ》めとなって、百済再興軍に主役を譲る形となっている。

城から民の住む街まで十町はあろうか。敵味方の間を、十三間の幅を持つ広い往還が結んでいる。恐らくは、この往還が両軍激突の主戦場となるであろう。道の両側には丈長《たけなが》の茅《かや》が生い茂り、その上を涼やかな風が渡ってゆく。嵐の前の静けさである。

秋の陽を弾《はじ》くような鋭さで、銅羅《どら》と兵鼓の響きが高原に響動《どよ》もし、同時に耳をゆるがす鬨《とき》の声が起こった。今ぞ、とばかり敵味方の騎馬隊が、馬腹を蹴って突進する。

最初の激突は、矢張り中央の十三間道路であった。山津波と怒濤がぶつかるような叫喚が青い空に舞い上がり揉み合った。

しかしそれは最初の数刻だけですぐに唐軍白馬隊の優勢が目立ち始めた。

大斧を舞わしながら無人の野を駈ける勢いで突っ走る徐奉の前に、十騎二十騎と立ちふさがった百済の騎馬は、彼の火焔斧《かえんふ》の前にただ血風を呼ぶばかり……！

それに劣らぬ張来の大青龍刀は、降りそそぐ飛箭《ひせん》を物ともせず、水車の如く舞《ま》わす刀の前に盾つく武者は一騎とてない。

徐奉と張来、ただ二人の働きの前に百済の陣は阿鼻叫喚《あびきょうかん》の巷となった。

一陣破れ、二陣潰《つい》え、まったく支離滅裂の混乱に陥《おちい》ろうとした時、唐軍の先頭を走っていた二将がたたらを踏んで立ち止まった。

後詰《ごづめ》にあって林の如く動かず、森《しん》として備えている一軍を見出《みいだ》したのである。

しかも此の一軍、恰《あたか》も蓮花《はちす》の開くような形に陣形を展《ひろ》げている。

突っ込めば花は忽ち縮んで、その花びらに包まれた騎馬は、八方から飛箭《ひせん》と手鑓《てやり》の攻撃を受ける事になろう。そのような変化を秘めた陣形なのである。

直前で踏み止《とど》まったのは、歴戦の将の直感がそうさせたに違いない。

花びらの中から二人の騎馬武者が現れた。

髭面《ひげづら》の方が、徐奉を睨んで駒脚を速めながら、破《わ》れ鐘のような声で怒鳴った。

「唐の徐奉というは貴様かあッ」

遅れじと馬を駈けさせながら徐奉が、

「おおッ。我こそはァ……グワッ……」と言葉が切れた。

宙を飛んだ白光が咽喉《のど》を深々と貫いている。

そのまま徐奉の躰《からだ》は大地へ落ちた。

「剣にはこんな使い方もあるんじゃ。よぉく憶《おぼ》えておけ」

剣を投げて一瞬のうちに敵を倒した馬手は、背に負ったもう一口《ひとふり》の長剣をギラリと抜いている。素早い。

目の前で総司令の徐奉を斃《たお》され、怒り心頭に発した張来が、馬手に向かって今にも飛び掛かろうとする姿勢を見せたとき、

「待った！」

悍馬《かんば》の腹を上げて、中に割って入った弓光が、槍《ほこ》を張来に向けてニヤリと笑った。

「きさまの相手は、この俺だ！」

「何をッ」と喚きながら張来が、馬を躍らせて七十五斤の大青龍刀を、ビュンと弓光の項《うなじ》へ送った。

「おっと……」

馬上に身を伏せて巧みにこれを躱《かわ》した弓光が、駒を立て直してりゅうりゅうと槍《ほこ》をしごきながら攻勢に転じた。サッと繰り出す白光が張来の咽喉元《のどもと》を狙う。シュシュッと手繰《たぐ》れば、槍《ほこ》は弓光の手《て》許《もと》に隠れてしまう。

「これは？　……」並の相手ではない。

火の出るようなこの一騎打ちを、両軍ともに固唾《かたず》を呑んで見守っている。

駒の手綱を絞って張来が態勢を立て直し、やおうッと喚きながら突進する。水車の如く舞う大青龍刀が、輪を描いて陽に燦《きら》めく。

その銀輪の中心部に、弓光の槍先がキラリと光った。電光の早業《はやわざ》である。瞠目《どうもく》したまま張来の動きが止まった。咽喉が真っ赤に染まっている。頭上に振りかざした青龍刀が手を放れ、緩慢な動きで躰《からだ》も落ちていった。

ドサリと音がした時、百済側からわあッと歓声が湧き起こった。

唐軍は思わずドドドッと退る。

馬手の剣が城を指し、百済軍が喚声を挙げて一斉に走り出した。

「今じゃ、それえッ」

二将を討たれて戦意喪失の唐軍は、算を乱して城に向かう。砕いた豆腐をぶちまけたように、白馬の集団は往還から両側の広い茅原に駈け下りた。足場は少し悪かろうとも渋滞・混雑の恐れはない。各馬は城を目指して鞭を入れた。

その途端に、異変が起きた。

一斉に走り始めた唐軍の騎馬が、さながら将棋の駒を倒すように、バタバタと崩折《くずお》れたのである。

腹を天に向けて威勢よく一回転する馬、あちこちで放り出された人間が馬の下敷きになって呻いている。馬も足を折って動けないのだ。しかも後から続いて走って来る兵には、此の惨劇が見えない。背丈を超える茅が生い茂っていては、それも無理はなかろう。

人馬共に横転するもの、倒れた馬につまずいて、のしかかるように頽《くずお》れてゆくもの……、すべては——茅原の中にピンと張られた綱の所為《せい》であった。

白馬隊の約半数は、綱の関所に搦《から》め捕《と》られたのである。

だが綱の関所を運よく逃れた百余頭の人馬も居た。生命からがら脱け出して、城まではあと一町あまり、やれ嬉しやと駒足を速めた途端、あちこちでガクンと馬が膝をついた。何条《なんじょう》たまろう、乗り手は前に投げ出されて、身を起こそうとしたところをバサッと打ち込まれた。声もなく、茅に血しぶきを浴びせながら、ズルズルッとその中に倒れてゆく。

茅原をそのまま進んだ唐兵の大半は、首と胴が離ればなれになった。が、二、三十頭の馬が乗り手を失ってうろうろし始める。脚も傷ついていないようだ。

茅の中に潜んでいた男達がその馬に飛び乗って、徒歩で逃げる唐兵を追い始めた。

何と、手にするは斬馬刀《ざんばとう》と呼ばれる大薙刀《なぎなた》である。陽光を受けてギラリと光るその刃は唐兵の血潮をタップリと吸って濡れている。

城門に達した百済勢は、思うままの殺戮《さつりく》を重ねた。やっとの思いで逃げ戻った唐兵の前に、城門は何故《なぜ》か開かれなかったのである。

かくて、大唐白馬陣は壊滅した。

一方、城壁に弩弓・石砲を構えて、百済勢ござんなれ！　と待ち受けていた唐兵一千余名は、一体どうしたのであろうか。

十三間幅の往還上で両軍が激突したころ、北門の船着場に三十艘の大船が着いた。

見張りの兵が喜びの表情でこれを報告すると、将の口許にも白い歯がこぼれた。

「おお、そうか。熊津《ゆうしん》からの応援じゃろう。早よう門を開けてやれ」

やがて地区司令の石磯城《いわしき》を先頭に、千五百の新羅兵が入城した。

「戦況は如何ですかな」

望楼から見渡せば、唐軍は算を乱して退却を始めた。百済勢が喚声を挙げて、往還《おうかん》上を追ってくる。

「これはいかん。門を開けよ」

「待てい。門に触れるなあッ」

唐将の声と石磯城《いわしき》の叫びが交錯した。

同時に紫電一閃《しでんいっせん》、石磯城《いわしき》の剣が唐将の首をはねている。サッとしぶく血煙の中で、仁王立《におうだ》ちとなった石磯城が剣を頭上にかざして、吠えるように令を下した。

「掛かれえィ」

その声と共に城内は修羅場となった。新羅の兵千五百が、千余の唐兵を鏖殺《おうさつ》したのである。

かくて熊津《ゆうしん》と共に泗沘《しひ》城も陥落した。

王城の地は、百済再興軍の手に帰したのである。

8 禎嘉王《ていかおう》

豊前ノ国一帯は、筑後《ちくしのみちのしり》の大王《おおきみ》と呼ばれる磐井《いわい》が絶大な権力をもって君臨していた。本領の筑後大牟田には弟の牟田別《むたわけ》を置いて西海に睨みを利かせ、磐井自身は豊前宇島《うのしま》に常住して壮大な王城の府を造り上げている。

貢物を持って訪れる豪族達はまず中津の港に入り、そこから宇島まで「磐井街道」と呼ばれる道を進む。両側の丘には青い瓦の反《そ》り屋根や丹《に》塗りの柱が美しい百済・新羅様式の建物が点在する。宛《さなが》ら異国風の景観である。

その宇島に一年ほど前から薬癒堂という名の薬屋が店を開いていた。大声で怒鳴り散らす雷親父と遊び好きの息子。それに加耶《かや》という名の可愛い娘が薬屋に彩りを添えている。

色白の加耶に黒い眸でじっと見つめられると、大抵の男は舞い上がった。

「あら斯茂利《しもり》さん。もう腹痛は癒《なお》った?」

「うん、昨日加耶ちゃんの呉れた薬で一遍に快《よ》うなった。もうピンピンじゃあ」

「ホホ……良かったわねェ。心配しちょったとよ。で、今日は何事《なんごつ》ね?」

「いや、そのォちょっとな。加耶ちゃんに、昨日の礼バ言うちょこうと思て……」

その時、奥の部屋から大きな怒鳴り声が飛んで来た。父親の蛙蘇《あそ》である。

「こらァ。病人でもない奴が、いつまでグダグダ言うとるんじゃ。早よう去《い》なんかい」

薬研《やげん》を使っている蛙蘇が此方を窺《うかが》うようにして睨みつけている。

加耶が肩をすくめた。

「斯茂利《しもり》さん。また来なィ」

「うん、そいじゃな」

糸の切れた凧みたいに外へ飛び出した若者と入れ替わって、また一人の客が訪れた。

「御免。此方が薬癒堂ですかな」

身分卑しからざる立派な身装《みなり》の人物に加耶の言葉も改まった。

「はい、左様でございます」

「主殿《あるじどの》は御在宅であろうか。私は禎嘉《ていか》と申す者だが……」

奥の部屋に一瞬緊張の気が流れた。

上がり框《がまち》に加耶が敷物を出そうとすると、それを押さえるように蛙蘇《あそ》の声が聞こえた。

「加耶、お客様を奥の間へお通し申せ」

「はい。お客様、むさ苦しゅうございますが此方へどうぞ……」

三部屋しかない小さな家ではあるが、一番奥の部屋は書斎兼客間になっている。

北側の壁には五段の棚が取り付けられて、薬方に関する竹簡がきちんと整理格納され、森厳の気を漂わせている。

小さな文机が部屋の中央に置かれて、主客は東西に相対した。

「主の蛙蘇《あそ》にござります」

「禎嘉と申します。突然伺いまして、失礼の段はお許しください」

「いえいえ。王城の客分、禎嘉様でございますな」

「ホ、私の名をご存じでしたか」

蛙蘇《あそ》がニッコリと、

「この宇島で貴方様の御名を存じ上げぬ者が居りましょうか。禎嘉様が王城に入られてから僅か三年の間に、民の暮らしは随分と楽になったようです。その好影響で、磐井さまの評判も上々……古人の言にもございますな。『政は正なり。帥《ひき》いるに正を以てせば、孰《たれ》か敢えて正しからざらん』と——磐井さまが変られたのは禎嘉様の影響に依るものだ、と街の者はそう考えて居ります」

禎嘉が目の前で大きく手を振った。

「とんでもない。私は客分という名の居候に過ぎません。しかも一家眷族《けんぞく》のみならず数百の領民まで引き連れて、此の地に亡命を許された者です。磐井殿の御好意なくば、流浪の民となり果てたかもしれません。それに酬いる為に、私の持つ些かの知識を役立てて頂けば……と、只それだけの思いなのです。一介の亡命者に過ぎぬ私に、何ほどのことが出来ましょうや」

「御謙遜のお言葉、痛み入ります。此の地には百済・新羅のみならず高句麗からも多くの人々がやって来て、共存の生活を営んで居ります。中には中華の地から来た者も居ますが、此処ではさして驚く事でもございません。考えてみれば、皆同じ文字を使う同胞です。共に仲良く暮らしてゆけば、出自《しゅつじ》が何処であろうと関係はございません。願わくば、この平和な暮らしの中に、戦という物騒な芽が出てきませぬように願うのみでございます」

ここで蛙蘇《あそ》はぐっと砕けた声音《こわね》になった。

「いやあ、今日はお偉い方の御光来を頂いて私もちと緊張して居ります。薬屋の親父づれが申しましたつまらぬ戯言《たわごと》、どうぞお忘れになって下さい」ついでに頭も掻きながら、

「ところで、今日わざ〳〵御来駕いただきましたのは?……」

今度は禎嘉が苦笑を浮かべた。

「これはどうも、実は折り入って貴方にお願い申したい儀があって参ったのです」

「私に?」

「はい。此方に奈魚登《なおと》殿といわれる御子息が居られますな」

「はあ。正に愚息という奴ですが、曲った事だけはしない筈です」

「はい。非常な正義漢だと聞いて居ります」

「?……」

「実は息子の福智《ふくち》が、奈魚登殿をいたく敬愛して居りましてな。以前は外へ出掛けると、些細《ささい》な事ですぐ喧嘩を始める。多少の腕力はあっても、場数を踏んだ相手にはとても通用しません。負けが二、三日続くと、シュンとなってしまいましてな」

「それはそれは……」

二人の親の笑声が店にまで聞こえてきた。

それに釣られて加耶《かや》も微笑みかけた途端、思わず目を丸くした。いきなり店に入ってきたのは、奥の間で今話題になっていた福智と奈魚登ではないか。

シーッと唇に手を当てて、笑いをこらえる加耶の横をすり抜けると、上がり框《がまち》にチョコンと腰掛けた。

「あの年頃は親の言葉よりも親友《とも》の言う事を一番大事にしたがりますからなあ」

「左様《さよう》さよう、親父の言う事など表面《うわべ》は神妙な顔して聞いて居っても、馬耳東風ですからなあ……こらあッ奈魚登。そんげな所《とこ》でコソコソしちょらんと、此方《こっち》へ来い」

ピョコンと立ち上がった二人が、梅酢《うめず》でも嘗《な》めたようなしかめっ面《つら》を見合わせた。加耶《かや》がたまらず笑いこける。

恐る恐る部屋に入ってきた二人を見て禎嘉が驚きの表情を示した。福智も一緒だとは思わなかったのである。

「おいでなされませ。奈魚登にござります」

「福智と申します。お邪魔致して居ります」

折り目正しい挨拶に、二人の親がうっすらと口許に笑みを浮かべた。

「福智、お願いの儀は其方《そなた》から直接申し上げなさい」禎嘉の声に慈父の思いが伝わる。

「はい……」もじもじしていると奈魚登《なおと》の鋭い声が飛んだ。

「お前、次の正月で二十歳《はたち》になっとぞ。いつまでも親父様を当てにしちょって、どげんすっとか。自分の口ではっきり言わんかい」

「言うよ。今言うよ」

福智が蛙蘇《あそ》の前に両手をついた。

「私に、私に薬の事《こつ》ば教えてください」

「あン？」——蛙蘇《あそ》も不意をつかれた形である。

若い福智が、舌足らずの表現で語る言葉の概略はこうである——


奈魚登との最初の出会いは、喧嘩の場であった。人数は三対三で互角ではあったのだが、一人滅法強い奴が居て、福智たちは其奴《そいつ》に叩きのめされた。

そこへ通り掛かった奈魚登が、その三人を、いとも簡単にやっつけてくれたのだ。

奈魚登からは、いろんな事を教わった。

つまらん喧嘩はするな。やるならば義のある喧嘩をしろ。

やるなら勝て。だが勝つ為にはそれなりの鍛練が要るぞ。

人を頼るな。物事を解決するのは、自分の力だけである事を知れ。腕力だけが力ではないぞ。学ぶことが内なる力を増す事になるのだ……


「もう止めろ福智。親父の前で、冷汗《ひやあせ》が出るじゃねえか」

「いや奈魚登殿、かたじけない。この福智をようこそ仕込んで下さった。

したが蛙蘇《あそ》殿。喧嘩がそれほど強いというのは、何か武術でも身に付けて……」

「いえいえ、武術ではございません。私共は薬草を採りに山へ分け入る事が多うございましてな。奥山へ入りますと、蝮《はみ》や毒蜂、それに山犬の集団と出くわす時もございます。

それらに対応する為の体術と、毒虫にやられた場合の手当てなど基礎的なものは、ひと通り仕込んでございます」

禎嘉が感じ入ったように大きく頷いた。

「ですが、薬方の修行をしたいという福智殿のお気持ちが、どうも解りかねますな」

「親父殿《おやじ》、それはこういう事なんじゃ」

堪《たま》りかねたように奈魚登が口をはさんだ。

「福智は明けて二十歳になる。今までの自分を顧みて、酒と喧嘩にうつつをぬかしていた馬鹿さ加減に漸《ようや》く気が付いたそうな」

福智が二度うなずいた。

「世の為、人の為に役立つ事が、何か自分に出来るかと考えたが、これまた何も無い事に気がついた——そうだな福智！」

蛙蘇《あそ》の前に、福智が再び両手をついた。

「奈魚登の親父様。私を奈魚登のような人間に仕込んで下され。お願い致します」

「福智よ。お前、薬だけでなく、そこまで考えていたのか」

「はい父上。今までは私が悪うございました。これから福智は人間として生まれ変わりたいと存じます。お許し下さいますか」

「ううむ。それは父としても喜ばしい事ではあるが……いや待て待て。これは我等だけで決められる問題ではない。父からも改めてお願いしてみよう」

禎嘉は座していた敷物を横に外し、ピタリと両手をついた。

「蛙蘇《あそ》どの。お聞きの通りです。我等父子の願い、お聞き届け頂けましょうか?」

暫《しば》し沈黙があった。蛙蘇がポッンと、

「断れませんな。これは……」

三人がホッと顔を見合わせた。

「だが福智どの。親許を離れて修行する事になるが、途中でへばる事はあるまいの」

「はい。お二人の前でしかと約束致します」

「よおし、判った。禎嘉様、明日から息子の顔が見られませんが、奥方様の方も、それで宜しゅうございますか」

「結構です。何分よしなに……」

禎嘉が深々と頭を下げた。


——その夜のことである。

店を閉めた薬癒堂の奥の間に、三人が顔をそろえた。

「図らざる所から禎嘉殿父子との間に絆が生まれた。話を交わしたのは初めてじゃが当代一流の人物と観た。

あの方が付いて居られたら、磐井殿も無茶な東征は考えまい。だが、そろそろ波風が起こって来るぞ」

「？……」

「磐井王国が強大な力を持つ事を、何よりも恐れているのは大和王朝じゃ。中大兄皇子《なかのおおえのみこ》が漸く即位して天智天皇となられた。今は少し落ち着いた感じになったとはいうものの、大海人皇子《おおしあまのみこ》という火種がある。実子の大友皇子《おおとものみこ》との間に立って、苦慮されるのは帝《みかど》であろう。

大和が此のような状態にある時こそ東征を決行すべし！　と息まく者も居ると聞くがの、それは大和にとって物怪《もっけ》の幸いになるかも知れぬ。何故《なぜ》だか判るか？」

蛙蘇《あそ》は目の前の奈魚登と加耶の顔を等分に見やったが、二人は黙って首を振るばかり。

「大和には今白い霧が立ちこめて居る。その中に新羅・唐の外圧が黒い霧となって入り込んできた。誰もが不安の中に戦《おのの》いて居る。このような時に、もし磐井殿が東征を図れば、大和は不安も迷いも消し去って一致団結し、再び強固な一枚岩となるであろう。

左大臣蘇我赤兄《そがのあかえ》殿も鎌足殿も、そこを狙って此の地に忍《おし》の技人《てびと》を潜入させた。磐井殿の本心を探る事と、東征に反対する禎嘉《ていか》殿を抹殺する事、それが目的じゃ」

二人の顔色が変った。

「それでは今日のようなお独り歩きは……」

「慌てるな。既に半年も前からあの方の身辺は、赤卑狗《あかひく》の手の者が、影の如くお護りして居るわい。じゃがな……」

蛙蘇《あそ》は言葉を切って、奈魚登を睨むように見すえた。

「敵が本腰を入れてきたら、福智殿も狙われるぞ」

奈魚登の表情が堅くなった。

「よいか。福智殿にこれから必要なものは、殺気を感知する鋭敏な神経じゃ。いざという場合には御父上を護る力も身に付けてもらわねばならぬ。礫《つぶて》打ちを教え込め。薬草の事は二の次、三の次で良い」

「心得ました。場所は裏耶馬渓《うらやばけい》で……」

蛙蘇《あそ》が頷いた。今まで黙っていた加耶が、

「福智さんも今度は痩せるじゃろね」

「おお、彼奴《あいつ》もちいっと肥り気味じゃから、丁度ええじゃろう。はは……」

若い二人の笑声で、その夜は締めくくられた。

9　壬申《じんしん》の乱

その一　湖畔の都

三月にまた遷都が行われた。

大和から難波に遷《うつ》り、難波からまた大和へ戻ったかと思えば今度は筑紫の行宮《かりみや》時代！

半島への出兵が大失敗に終ってようやく大和へ還ったかと思えば、今度は近江とやらいう片田舎へ来てしまった——

琵琶湖の水の美しさはあっても、並み居る朝臣・武臣達の鬱屈した思いを紛らすことは出来なかった。外国の使臣を迎えて威を示すべき都造りもこれからである。

湖畔の新都は、その美しさをどこかへ押しやって毎日混雑を極めていた。

左大臣蘇我赤兄《そがのあかえ》は、執務室の奥に設けられた小部屋で一組の男女と相対していた。

「そうか。磐井は今のところ動く気配は無いのじゃな」

「はい。政治《まつりごと》の良き顧問を抱えて居ります」

「ホウ、それは?」

「百済《くだら》から領民と共に参られた禎嘉王《ていか》です。今まではやや驕慢《きょうまん》な所があった磐井殿に儒学の教えを説いて、民の声に心を遣う有徳の王《おおきみ》に変身させました。不思議な事にあの方には私の移心術が通じないのです」

「何ィ。風の忍城《おしき》ともあろう者が何を言う。術が利かぬ、と……」

「はい。あの方は時々独り歩きをなさるので念の為、翠林《すいりん》にも幻晦《めくらまし》の術を掛けさせたのですが……」

「全く通じませんでした。こんなことは私も初めてです」低い声で翠林も答えた。

権力者の赤兄にとって、二人の声音《こわね》の中に禎嘉王に対する畏敬の響きがある事は、我慢ならぬことではあったが、さりとて二人に代わる術者は今居ない。肚の虫を押し殺して、何気ない口調で話を切り替えた。

「高句麗が敗れた事は存じて居るか」

「はい。風の便りに……」

「これで新羅《しらぎ》は、曲りなりにも半島を制圧して強大になった」

「はい」

「だが百済再興軍に我が国が再び力を貸せば、半島の統一は瓦解する。大唐に餌を与えてその力を利用する事を考えるじゃろう」

「大唐が乗りますかな」

「餌次第では乗ってくるな。磐井が今もなお東征を考えるならば、新羅は筑紫を餌にして大唐を動かすじゃろう。切羽詰まれば他国の領土でも交渉の具に使う――新羅はそういう国じゃ、と儂《わし》は観て居る」

「では、私共は?……」

「宇島《うのしま》から動くな。磐井の動静を探れ」

「心得ました」

暮色の迫る湖面に赤兄《あかえ》がふと目を遣ったとき、二人の姿は消えていた。

天智天皇の八年、近江朝廷の柱石であった内大臣藤原鎌足《ふじわらのかまたり》（中臣《なかとみの》鎌足）が世を去った。鎌足に亡くなられて、唯一無二の側近であったその偉大さを、天皇は改めて思い知らされたのである。

「一番大切な事は、御兄弟の御心がピッタリと一つになっていることでございます。もし御二人の間に紙一枚の隙間でも出来ますと、これはもう、取り返しのつかぬ大事《おおごと》になりましょう」

「解っている」

「いいえ、解って居られませぬ。かりそめにも弟皇子様の想い者である額田様を……」

「言うな。解っているのだ。早急に、そうだ早急に、鎌足が納得出来るよう善処する」

「只今の御言葉しかと胸に留めておきます。御二方とも、天稟《てんぴん》の資質と火のように烈しいご気性を併せ持って居られますので、もしも反目なさるような事態が生じましたら、それこそお互いは傷つき、国は混乱の……」

「解った。もう言うな」

天皇は鎌足との此のような遣《や》り取りを、懐しく思い出していた。

額田を奪ったその埋め合わせのような形ではあるが、娘の鸕野《うの》をはじめ大江・新田部の皇女《ひめみこ》を与えてある。先に大海人の妃となっていた大田は、我が娘ながらまこと美しい女性《にょしょう》であった。夭折《ようせつ》したのは残念だがその代りに、親の眼から見ても美貌と聡明さでは引けを取らぬ妹の方の鸕野が妃となったことだし、まあ此れはこれで良かろう――

問題は、吾が亡き跡を誰に継がせるか、という事じゃ。衆目の観る処は、やはり大海人皇子《おおしあまのみこ》であろうがなあ――

月日は流れて天智天皇の十年、宮中で開かれた新年賀宴の翌日に、重臣達の新しい序列が発表された。

天智天皇の第一王子として凜々《りり》しく成長した大友皇子《おおとものみこ》が、二十四歳の若さで太政大臣に任じられたのである。蘇我赤兄《そがのあかえ》は左大臣職に留まり、右大臣には中臣金連《なかとみのかねのむらじ》が任じられた。

廟堂《びょうどう》に於て、これから最も上位の席に座るのは大友皇子であり、赤兄《あかえ》と中臣金《なかとみのかね》が左右からこれを補佐する。あらゆる事は此の三人に依って決められるであろう。

大海人皇子が天皇を補佐して成し遂げてきた数々の功績と労苦が、いま霧の中に押しやられて忘却の彼方に消え去ろうとしている。

朝臣・武臣達の遠慮がちな視線を浴びながら、帝も大海人皇子も、さながら木彫りの面を見るように全くの無表情であった。

大友皇子の妃十市皇女《といちのひめみこ》は大海人皇子を父とし、額田王を母と呼べる唯一《ただ》人の子である。額田の血を享けて天性の美貌を持つ十市を大友はこよなく愛した。二人の間には、既に葛野王《くずぬおう》が生まれている。だが十市の胸の中には、どうしても忘れられない面影が潜んでいることを大友は気づいていない――

それは大海人皇子の長子高市皇子《たけちのみこ》であった。

貴き生まれでありながら、磊落《らいらく》で野性味をさえ漂わせている。竹を割ったような気性は父親譲りであろう。やや神経質な面を感じさせる貴公子大友皇子とは正に対照的であった。

高市皇子と十市皇女《といちのひめみこ》は異腹の兄妹である。

だが男と女を結ぶ愛の絆は、理性の鉈《なた》でも断ち切ることは出来なかったのである。

大友皇子の妃となって葛野王《くずぬおう》という子まで生《な》しながら、独り居のとき胸のふくらみを我が手に抱くと、熱い鼓動が脈打ちながら速くなる。躰《からだ》が汗ばみ、目が潤んでくる。

そして脳裡に浮かぶのは、白皙《はくせき》の貴公子然とした大友皇子ではなく、精悍な高市皇子の面ざしであった。

その二　大海人皇子《おおしあまのみこ》

秋も深まる頃になって、天智天皇は病患に倒れられた。王宮には只ならぬ空気が漂い、僧侶に依る祈禱も連日行われている。

額田は館にも帰らず神事に奉仕していた。

ある夜、驚くほど大きい流星が西に流れて、思わず泉の傍で立ちすくんだ時、

「額田さま」

低いがよく透る鹿女《かめ》の声が聞こえた。

「明日の朝、大海人皇子《おおしあまのみこ》様が御病室に入られます」それを聞いた途端、額田の胸を烈しい不安が過《よぎ》った。王宮内の庭に昨日から配されている武装兵の姿が、何の脈絡もなく瞼に浮かび、不吉な予感が押し寄せる。

「鹿女《かめ》……」訴えるような語調になった。

「判って居ります。ご案じなさいますな」

そのまま鹿女の声は消えた。

今まで血《ち》腥《なまぐさ》い事件の背後には、必ずと言ってよいほど中大兄皇子《なかのおおえのおうじ》と中臣鎌足《なかとみのかまたり》の影があった。

即位十年、自らの政敵でなく今度は我が子大友皇子の為に、大海人皇子を亡き者にせむ！　天皇が最後の黒い血を滾《たぎ》らせることはないだろうか……二人の性格と、その胸の匂いを額田は知ってい

る。思いは千千《ちぢ》に乱れながらも、その佇む姿は美しかった。

そして翌日、御病室から大海人皇子の姿が秋の陽を受けて現れた。

「皇子さま！」

額田は嗚咽《おえつ》になりそうな烈しい感動をぶつけるように駈け寄り、無事な姿を見た安堵の思いで力が抜け、頽《くずお》れるように膝をついた。

すぐに温い大きな手が、額田の腕を優しく摑んで起たせてくれた。

「どうしたのだ」

「心配で、心配で……」

軽く頷《うなず》いた皇子が額田の眼を覗《のぞ》き込んだ。

「帝から、後を頼む、と言われた」

「……」

「お断りしたよ。吾は帝の御快癒を仏に祈るため、出家して吉野へ入ることにした」

「まあ、吉野へ……」

「うむ、全てを棄ててな。明日にも大友皇子《おおとものみこ》が、吾に代わって東宮の座に就くであろう。十市《といち》は東宮妃となる」

「……」

「宮廷雀どもの噂に依れば、十市がひそかに想いを寄せる者が居るらしい、という事だが知っているか」

「いいえ、まさか……」

「男と女の仲だ。真実かも知れぬ。真実ではないかも知れぬ。だが、何と言っても母親の血を受け継いでいるからな」最後の言葉は笑いに紛らせて言った。

「額田とも別れなければならぬ。もう会うこともあるまい」

想いを込めたように額田の手を握った。

「相変らず柔かい手だ」

悪戯《いたずら》っぽくそう言うと、口許《くちもと》に笑みを浮かべて思い切りよく手を離した。

「さらばじゃ」沓音《くつおと》高く大海人皇子は去っていった。

額田は手をそっと胸に置いた。男の感触が残っている。熱く大きい掌《て》であった。


その夜、大海人皇子は居室に在《あ》って憂いの表情で、己《おの》が妃を見つめていた。

鸕野皇女《うののひめみこ》、天智天皇の娘ではあるが、今は大海人の広い胸に抱かれて、身も心も捧げた一人の女《にょ》性《しょう》となっている。

今日の出来事は先程あらまし話して聞かせたのだが、父帝の悲しい御容態にも、表情を固くしただけで涙は見せなかった。

それが、剃髪《ていはつ》して吉野へ入る決意を告げると、見るみる内に涙が溢れて痛々しげに男を見つめる。勝気な鸕野《うの》にこんな一面もあったのか？　いや、何かが違う。

どこと言って変った所は無いのだが、昨日から隙間風のような違和感を覚える。

「鸕野《うの》。どこぞ悪いのではないか。いつもの其方《そなた》らしくないぞ」

皇子が優しく声を掛けたその時に、鸕野《うの》がパッと退って平伏した。

「恐れ入りました。私は、私は鸕野皇女《うののひめみこ》さまではございません」

その時、後の壁にポツンと鼠色の染みが現われ、見る見るうちに大きく広がって、それは人の形となった。気が附くと、鸕野《うの》と並んで目の前に黒装束《くろしょうぞく》の男が平伏していた。

「此のような形でお目通り致すは本意ではございませぬが、天皇方の間者《かんじゃ》が至る所に入り込んで居りますので……」

「うむ、それは承知している」

「やつかれは天《てん》の軍団の一員にて名は黒卑狗《くろひく》、此の者は鹿女《かめ》と申します」

「なに、天の軍団？」聞いた事がある。

あれは……オオ、そうだ！

「白村江《はくすきのえ》の惨敗を、みごと夜戦で取り返してくれた、あの……」

「左様でございます」

「豊浦に、壮大な水城《みずき》を造ってくれた」

「はい」

「半島では、百済王城の地を僅か二日で取り戻してくれた神算《しんさん》の軍！……」

「恐れ入ります」

「燦たる功績を挙げながら、その実態が今日まで摑めなんだ。いや、今もって分からぬ。一体、其方たちは？……」

「民が平和な家庭を築き、安心して土と親しむ事が出来る国を――その為の義軍と御承知頂けば結構です」

「民の為の義軍……」

「はい。皇子様。お労《いたわ》しき事ながら、帝は一ヶ月後、常世《とこよ》の国へ旅立たれます」

「何ッ。どうしてそのような……」

「天の軍団、或る程度までは未来を見通せる者も居ります」

「ふうム、恐ろしきまでの技じゃのぅ」

「残念ながらその後に起こる戦乱を避ける事は出来ませぬ。しかし戦が終れば何卒皇子様の御力で、民が生業にいそしめる世をお作り下さいませ」

「解った。約束しよう」打てば響くように大海人皇子の言葉は明快であった。

「して、真の鸕野《うの》は何処《いずこ》に？」

「はい。今は然《さ》る所にお寝《やす》み頂いて居りますが、明後日の夕方には恙《つつが》なく吉野へお移し致します。明日の吉野までの行程は急がねばなりませぬ。深窓の姫君にはご無理かと……」

「分かった。吉野までは此の者が身代わりを勤めるのじゃな」

「はい。何なりとお申し付け下さりませ」

鹿女《かめ》が鸕野《うの》の顔でニッコリ笑う。苦笑いしながら大海人皇子が胸の中でつぶやいた。

「何と見事に化けるものじゃ。此方の頭までおかしくなってくるわい……」

翌日大海人皇子は内裏《だいり》の仏殿で静かに剃髪《ていはつ》の儀を済ませ、帝から贈られた袈裟《けさ》を纏《まと》って住み慣れた近江の宮廷を後にした。

見送る朝臣は多勢であったが、送られる方の人数は僅かであった。従う妃は鸕野皇女《うののひめみこ》ただ一人である。宮門を出て二町ほど行くと、松並木の街道に出る。黒卑狗《くろひく》が準備しておいた馬にまたがり、それからの一行は風のように速かった。

その頃、天皇の枕許には左大臣蘇我赤兄《そがのあかえ》が世にも難しい顔をして座っていた。

「虎に翼を附けて、野に放ったようなものでございますな」

「まあ、そう言うな。今まであれほど尽くしてくれた弟ではないか」

「其れはそれ、此れはこれ、でございます。大友皇子様の前に立ちふさがる者は……」

「大友は太政大臣を勤め、東宮の席に在る。誰か此れを覆すことが出来ようぞ」

「あいや恐れながら、兵を以て攻められれば如何なる地位も安穏ではございません。特に大海人皇子様は積極果断、その統率力に於ては右に出る者一人《いちにん》もございますまい」

天皇は急に押し黙った。ドウッと不安の波が打ち寄せたに違いない。

「事重大でございますれば、すべて此の赤兄の一存、という形で処理致したく存じます。お許し頂けますでしょうか?」

すぐには返事が無かった。

赤兄も息を凝らして、ひたすら待った。

そして……秋の陽ざしに包まれた病室の中で、苦渋の選択を迫られた病める天皇は、遂に弱々しく頷かれたのである。

赤兄《あかえ》はすぐに退出して、荒田尾連赤麻呂《あらたおのむらじあかまろ》を呼び、大海人皇子の追討を命じた。

「宮廷を退出される時は十人足らずの小勢であったが、皇子様のことじゃ。吉野への途次に護衛の兵が待ち受けて居るやも知れぬぞ。兵五百を率いて行け。足弱の鸕野皇女《うののひめみこ》さまも居られる故《ゆえ》、すぐにも追い付けるはずじゃ」

流石《さすが》の赤兄も、大きな読み違いのある事にその時は気が付かなかった。

まず、簡単に追い付けると踏んだところに甘さがあった。全員がすぐ騎馬に変るなど、思いもよらなかったのである。

次に、幻の護衛兵を計算に入れて、赤麻呂に五百の兵を附けて送り出したところまでは上出来だったが、当の赤麻呂が大海人皇子に心酔し、秘かに機会を窺っていた実態を全く知らなかった事である。

皇太弟という身分を相手に意識させないように、気易く舎人《とねり》達とも言葉を交わす人間的な器《うつわ》の大きさを慕う者は多かった。

赤兄《あかえ》から皇子追討の命を受けた時、赤麻呂は心の中で、時こそ来たれ！　と雀躍《こおどり》したに違いない。当然の成り行きとして、赤麻呂と五百の兵が近江へ戻る事はなかった。

吉野に入った大海人皇子は、朴井雄君《えいのおきみ》をすぐに尾張・美濃へ急行させた。彼はもともと美濃の豪族の子弟で「根回し」には打ってつけの人物である。

隣接する美濃・尾張の東国勢を味方に附けなければ、この戦、勝利は覚束《おぼつか》ない。

それと共に、伊賀郡《いがのこおり》・鈴鹿郡・不破関、と続く交通の要衝を味方の勢で押さえてしまえば、七分の勝算吾に有り！　大海人皇子に従う腹心の舎人《とねり》はそれぞれ北と東へ疾《はし》った。

吉野を守るのは赤麻呂の兵五百のみである。

しかし近江側は、もっと多くの兵が強化されている、と考えていた。

積極果断な皇子の事だ。二千や三千の兵はもう吉野へ入っているに違いない。

ならば、少くとも一万の軍勢は必要であろう。だが天皇の御病状が思わしくない時に、大規模な軍を興す事は好ましからず、として見送られていたのである。

事件が起こった——

大海人皇子の長子高市皇子《たけちのみこ》と、第三子のまだ幼い大津皇子の姿が消えたのである。

二人の皇子が近江宮に在る限り、大海人も滅多な事は出来ぬはず！　朝廷側の此の思惑は見事に裏を掻かれる形となった。

流石の赤兄も色を失い、その狼狽の最中に天皇崩御の報《しら》せが伝えられた。

宮廷では大喪《たいそう》の儀が厳かに行われ、群臣は七日間に亙《わた》って喪《も》に服した。

その間にも大海人皇子は、戦の準備を大車輪で進めていた。天の軍団はあれから全く音沙汰がない。しかし大海人は信じていた。

「天は自ら扶《たす》くる者を助く！　恐らく天の一隅《ぐう》より、吾が為すことを見守っておられよう。此のまま吉野に居ては、座して死を待つに等しい。朴井雄君《えいのおきみ》達と合流する為にも、せめて鈴鹿辺りまでは進んでおかねばなるまい。吾が行く途次に兵は待つ！　大海人が動けば、望まずとも兵は増えてゆくであろう。出発する。行くぞッ」

その時、大海人皇子の周囲を固める腹心の舎人《とねり》は僅か二十人足らずである。だがその中に、鸕野《うの》の乗馬姿を見た大海人はハッと気づいた。

鹿女《かめ》がいつの間にか鸕野《うの》と入れ替《かわ》っているようだ。よし、此れでもう心配はない。雨もよいの夜であったが、大海人皇子の決意は更に固められた。

あと四日で近江朝の喪《も》の儀が終る。その後数日中に大兵が繰り出されるであろう。

吉野を出て宇陀郡《うたのこおり》を過ぎるまでは大和ノ国であり、近江朝廷の直轄支配地である。この領域で襲われれば、一《ひと》たまりもない。

急ぐのだ。急がねば……と、全員に大海人皇子の気持が乗り移ったように、一行の速度は驚くほど速かった。

名張郡《なばりのこおり》は伊賀の国、疲労困憊《ひろうこんぱい》の一行が漸《よう》く積殖《つむえ》に辿り着くと、思わぬ出迎えが待ち受けていた。

満面に笑みを浮かべた高市・大津の両皇子である。大海人の命を受けて、近江宮廷から二人の皇子を救出した殊勲の大分恵尺《おおきだのえさか》も、その後に続いている。

恵尺の功績を讃えながら大海人皇子は、背後に控える数百の男たちに目を奪われた。

正規の兵ではない。山の者である。

聞けば、恵尺と共に二人の皇子を連れ出して、甲賀・鈴鹿の山越えも我が庭を行くごとく、幼い大津皇子は輿《こし》のまま此の地へお連れしたという。

「此の者たちの助力が無ければ、到底出来る業《わざ》ではござりませなんだ」

男達を顧みながら恵尺が述懐する。

その先頭に片膝ついた壮漢が大海人皇子を見上げた。半白の髭髪《しはつ》を蓄え錆《さび》のある声で、

「天の軍団の耆伯《きはく》と申します。尊き御方の前にむさ苦しき風態《ふうてい》、何卒お許し下さりませ」

成る程、ほとんどの男達は蓬髪《ほうはつ》を束ねているものの、まだ髪が伸びきらぬ若者に至ってはボサボサの頭そのままである。

麻衣《あさこ》の筒袖に、袴《こ》も短い。そんな男たちがズラリと並んで頭を垂れている。

「いやいや。二人の皇子が無事に此の地へ着いたのは其方等のお蔭じゃ。礼を言う」

「勿体ないお言葉、恐れ入ります。皇子様。お疲れとは存じますが、鈴鹿の関までは更にお急ぎ下さりませ。宇陀の国司が後を追って居ります。一刻《いっとき》程で此の地へ参りましょう」

「何ッ。送り狼か？」

「いや、それは判りませぬ。ひょっとすると御味方に加わる心算《つもり》かも……」

「まさか、それは無かろう」

「いえ。皇子様が充分の戦力を持っている事が判れば跪《ひざまず》きましょう。兵力手薄と見れば牙を剝《む》くやも知れませぬ」

「しかし赤麻呂の兵は先行して居るし、此処には其方の部下だけで、甲冑を附けておる者は殆《ほとん》ど居ない」

「御心配は要りませぬ。皇子様」

明かるい声が背後から聞こえた。

「おお、黒卑狗《くろひく》か」

ゆっくりと近づいて拝礼した黒卑狗が、

「皇子様。御覧下さりませ」

その指さす方を見た大海人皇子は瞠目した。

白い霧が流れている。その霧の中に何百本もの旗差物が林立し、秋の陽を受けて白い光を放つ長槍の穂先が厳《いかめ》しい。兵達は黒い具足に身を固め、進撃の令を整然と待っている。

流石の大海人皇子も言葉が出ない。

黒い具足姿の男が列の中から出てきて皇子の前に片膝ついた。伊沙里《いさり》である。

黒卑狗が言う。

「白村江《はくすきのえ》の夜戦に際して我が方の闘艦三十艘を、百余艘の大軍に見せて、新羅軍の度胆《どぎも》を抜いた男でございます」

「伊沙里と申します。御見知りおきを」

「ううム、見事な技を見せて貰《もろ》うた。其方達の助けがあれば、十万二十万の援軍を得たも同じじゃ。宜しく頼む」

霧は晴れて、耆伯《きはく》率いる山岳党は又もとの姿に戻っていた。


その日の夕方、一行は伊賀・伊勢の国境を越えて鈴鹿関に到着した。

此処には国司守三宅石床《みやけのいわとこ》が兵六百を率いて参じて居り、他にも土地の小豪族達が五十、百……と兵を引き連れてやって来た。この日だけで大海人の軍は二千を超えたのである。

朗報が舞い込んだ。東国に遣わした舎人の村国男依《むらくにのおより》が、駅馬を駆って到着したのである。

「美濃の軍兵三千人が不破の関に至り、直ちに山道を塞ぎました――」

この報告を受けた大海人皇子は愁眉を開いた。

懸念していた三関のうち不破と鈴鹿は味方の押さえるところとなったのである。

東国の趨勢《すうせい》は大海人が完全に主導権を握り、近江朝廷側は出遅れた。

しかし何といっても近江側は中央政府だけに、その兵力・装備も段違いである。

それを熟知している大海人皇子は桑名郡《こおり》の本営から軽々しくは動かなかった。

夜になると大海人皇子は、高市皇子《たけちのみこ》を相手に酒を酌み交わしながら親と子の対話を楽しむようになった。男同士、時には本音を曝《さら》け出して語り合うこともある。

「それ近江朝には、左右大臣と智謀の群臣、共に議を定む。いま朕《われ》、共に事を計るなし。唯《ただ》幼少なる孺子《じゅし》有るのみ。如何にせむ」

（朝廷には左右大臣をはじめ智謀の群臣が居て作戦を合議するのに、我が方には共に事を計る人物が居ない。子供ばかりだ）

此のようにぼやく父大海人に対して、筋骨たくましく成長した十九歳の高市《たけち》は、もろ肌脱いで剣を撫しながら、

「近江の群臣多しといえども何ほどのことやあらむ。この高市、神々の御加護に依り、将《はた》また父上の仰せ奉じ、者ども引き連れて攻め入らば、近江の奴ばら何条《なんじょう》以《も》て我等を防ぎ得ましょうや！」

と、頼もしき言を吐いた。

父と子の絆は更に強まってゆく。


高市皇子の進言に従って、大海人皇子が桑名を離れて不破に入り、此処に本営を置くと間もなく尾張国司守の小子部連《ちいさこべのむらじ》鉏鉤《さいち》が、二万の軍兵を連れて参陣した。

鉏鉤《さいち》を引見した大海人皇子は上機嫌の様子であったが、その後すぐに高市皇子を呼び二万の兵をバラバラにして各隊に編入させた。その上に鉏鉤を参謀として本営に置くことを申し渡したのである。

もし戦況が不利となって二万の兵に寝返りを打たれたら、それこそ挽回不能となる。

今まで余り交流の無かった尾張の国から、二万の大兵力を率いて参陣した鉏鉤に、ふと疑問を抱いた大海人の勘であった。

此のほか、大和から大伴馬来田《おおとものまぐた》と弟の吹負《ふけい》がやって来た。三千の兵大和に在り！　という。

此のところ名門大伴氏に陽の当る事は無かった。近江朝に於ては、蘇我・中臣《なかとみ》・物部《もののべ》・紀《きの》の各氏が威を揮《ふ》るい、大伴氏はその下風に甘んじていたのである。

大海人皇子は、勇猛を以て鳴る弟の吹負《ふけい》を其の場で将軍に任じると共に、沈着英明の馬来田《まぐた》を参謀として本営の中枢に置いた。

流石に名門である。吹負《ふけい》が将軍に任じられた事を知ると、今まで不遇を託《かこ》っていた大和や伊勢の小豪族達が続々と馳せ参じた。日ならずして大和の兵力は万を超えたのである。

戦の火蓋《ひぶた》は大伴勢によって切られた。

不破戦線の事しか念頭になかった近江側にとって、此の第二戦線の発生は思いもよらぬ誤算であり痛手であった。

緒戦の糸口となった大和盆地を奪回すべく壹伎史韓国《いきのふひとからくに》が、三万の兵を以て大伴勢の手に陥ちた高安城攻略に向かった。

一方近江軍の本隊は、大友皇子の補佐として重きをなす蘇我臣果安《そがのおみはたやす》と巨勢臣比等《こせのおみひと》を大将に、土地の小豪族山部王を先導役として犬上の川辺まで軍を進めた。

その夜、ひとつの天幕の中で怒気を含んだ果安の声が聞こえた。

「何ィ、山部が大津皇子を？……」

山部王の動静を探らせていた細作《おんみつ》である。

「兄の高市皇子とは別の棟に住まわされていたものを、幼い身で大津皇子がどうして近江宮を脱出出来たのか、今まで解らなかったのだが、そうか……山部の奴が手引きしおったのか。ふム、瀬田に迎えが来て居ったのじゃな」

「はい。黒い具足を附けた数十名の兵を従えて、あれは確か大分恵尺《おおきだのえさか》殿と見えましたが、お互いに丁寧な挨拶を交わしておりました」

「ふうム、そこ迄の事をしながら山部は何故近江へ舞い戻ったのであろう？」

「さあ、それは判りませぬ。恐らくは戦況の推移を見定める心算《つもり》であったのかも……」

「ムウ、天秤に掛けおったか。許せん！」

剣を執った果安は足音も荒く山部の陣屋へ向かった。そして小半刻後――戻って来た果安の手には、かっと眼を見ひらいた山部王の首級《しゅきゅう》が提げられていた。


この事件は意外な方向に発展した。

尾張の国司守小子部連鉏鉤《ちいさこべのむらじさいち》が山部の処刑を聞いて遂に心を定め、二万の兵と共に吉野方へ走ったのである。

尤《もっと》も、鉏鉤としては戦況を睨みながら場合によっては、吉野方を裏切って再度近江方へ寝返る目論見《もくろみ》があったようだが、どう察知されたか大海人皇子の命令で、二万の軍兵は諸方面に分散されてしまったのである。

しかし鉏鉤の参戦の効果は大きかった。

追い討ちを掛けるように、愛発《あらち》・不破方面の攻略指揮官、羽田矢国《はたのやくに》が三万五千の軍と共に吉野方へ参加した。矢国は越前の豪族で、この地方に人脈も多い。大海人は即座に彼を北越方面の指揮官に任じたという。

不破の最前線に在って、状況の悪化に頭を痛めているのは蘇我臣果安と巨勢臣比等であった。山部を処刑してから、連鎖的に吉野方への寝返りが起こっている。

特に、自ら剣を揮《ふ》るって山部を殺した果安の煩悶は大きかった。怒りに任せてあのように軽率な行動をとらずに、泳がせておけばよかったのだ……だが今さら悔いても詮ないこと。此のお詫びは戦に勝つ事で——胸の内にそう誓った果安は、更に深い心の奥で叫んでいた。「姫様ァ。お許し下さァい……」

天智天皇の妃倭姫《やまとひめ》は、彼にとって心の中の愛しき人であった。四十男の果安が初めて知った恋だった。

しかし天皇の寵姫《おもいもの》に手を出す訳にはゆかぬ。片思いのまま一歩も踏み込めぬ恋であった。だが夜毎《よごと》の夢の中では、いつも優しく白い手を伸べてくれる姫だったのである。

「姫様ァ。お許し下さい」胸の張り裂ける思いを夜空に向かって叫びたい果安であった。

その三　縁《えにし》の柵《しがらみ》

不破で始まった戦は、湖に沿う形で徐々に南へ移っていった。近江朝廷軍が押されているのである。そして遂に、両軍は乾坤一擲《けんこんいってき》の勝負を決すべく、瀬田川をはさんで東と西に布陣した。双方合わせて二十数万に及ぶ軍兵が両岸に響動《どよ》もし、色とり〳〵の旌旗《せいき》が秋草の咲き乱れる野にはためいている。

西岸には、白馬にまたがる大友皇子《おおとものみこ》を中央に、蘇我臣果安《そがのおみはたやす》と猛将田辺小隅《たなべのおすみ》が右翼に陣を占め、巨勢臣比等《こせのおみひと》・犬養連五十君《いぬがいのむらじいそきみ》等の大兵を左翼に置いて、正に堂々の陣容である。

東岸にも西岸にも、人馬の移動が蒙々たる土煙となって舞い上がり、鳥の白い影が消えた瀬田の水にゆっくりと落ちてゆく。

村国男依《むらくにのおより》の軍は不破からの転戦以来無疵《むきず》の連勝を続けていた。その余勢を駆って今日が最後の仕上げ、と吉野方の右翼に陣取る。

左翼には、大海人皇子《おおしあまのみこ》の吉野入りから警護の任にずっと当ってきたあの荒田尾連赤麻呂《あらたおのむらじあかまろ》が、今日晴れの大役を勤める。弓の名人小墾田猪手《おはりだのいて》が副将として付き、その部下には強弓の射手が顔を揃えている。最初の矢戦では引けをとるまい。

十九歳の総指揮官高市皇子《たけちのみこ》は中央に在《あ》って、従兄の大友皇子と睨み合う形となった。

三日前に、近江方の猛将田辺小隅の部隊を莿萩野《たらの》に於て、散々に打ち破った勇将多品治《おおのほむじ》が副将に付き、眼を瞋《いか》らせて傍に在る。

大海人皇子は、永年仕えてきた朴井男君《えいのおきみ》・大分恵尺《おおきだのえさか》等と共に一軍の騎馬隊を率いて高台から睨みを利かせている。

「寄せ集めと其方等は言うて居《お》ったが、それにしてもよく集めたものよ」

貴公子然とした風貌の大友皇子が、両脇に駒を並べる中臣金連《なかとみのかねむらじ》と紀大人臣《きのうしおみ》を顧みた。

川を隔てて遠目に見る敵陣は、後の丘まで旌旗と長槍の光が煌《きらめ》いている。その向こうは靄《もや》でもかかったように定かではないが、陣の厚みは相当のものである。

一瞬、広い川原に静寂の気が流れ、二十万を超える兵がヒソと鳴りを潜めたその時――

カンカンカン、カンカンカン……

ドーンドンドン、ドロドロドンドン……

急調子で打ち鳴らされる鉦鼓《かねたいこ》の鋭い音が、嵐のように瀬田の川面を叩き始めた。

ワァーッ、ウォーッ……

地鳴りのような喚声・雄叫びが湧き起こり、両軍の兵士は争って川に駈け入り、腰まで水に漬かって矢を放つ。

双方の弓列から乱れ飛ぶ鏃《やじり》の雨がヒューン、ビュッ、ビュビュッ、と不気味な矢唸りを伴って、天空を暗く覆った。

その頃、湖畔の王宮では、大勢の妃たちが微かに聞こえてくる戦の音に、ひっそりと耳を澄ましていた。

皇后であった倭姫《やまとひめ》を取り巻くように、亡き天智帝の妃であった女人たちが坐っていたが、伊賀《いがの》采女宅子娘《うねめやかこのいらつめ》だけは座にあるのが堪えられぬように、回廊に立ちすくんだまま放心したような表情で外に目を向けていた。

大友皇子の生母として、近江朝廷側の勝利をひたすら願う気持はあっても、それを表に出すことの出来ぬ複雑な背景が絡んでいた。

天智帝の妃ではあるが、娘を大海人皇子の妃に送っている橘娘《たちばなのいらつめ》と色夫古娘《しこぶこのいらつめ》。蘇我赤兄《そがのあかえ》を父に持つ姉妹も、天智天皇と大海人皇子の妃となっている。天智亡き今、どちらの勝利を念じたらよいのか、胸中の思いは渦潮の如く乱れているに違いない。

亡き天皇の妃たちとは別の部屋に、一群の女人達が居た。六人とも大海人皇子の妃である。鸕野皇女《うののひめみこ》以外は随行を許されなかったので六人の妃は、宛《さな》ら囚《とら》われ人のような気持になっていた。中心に座すは高市皇子《たけちのみこ》の母尼子娘《あまこのいらつめ》である。

そして更に奥まった一室に、これも亦《また》、抗《あらが》うことも出来ぬ縁《えにし》の糸に縛られた美しい母娘《おやこ》の姿があった。額田王《ぬかたのおおきみ》と十市皇女《といちのひめみこ》である。

亡き天皇と大海人皇子、この兄弟の熱い心を、額田は共に受け容れている。

大海人皇子との間に生まれた十市皇女が、天智天皇の跡を継いだ大友皇子の妃となりながら、異腹の兄である高市皇子を恋い慕う現実は、額田にとっても神の悪戯《いたずら》としか思いようがなかった。

口に出せばお座なりの言葉になろう。同じ部屋に臥しながら、母と娘の会話を聞くことは遂になかったのである。

寝苦しい一夜が明けて、次の日も女人達にとって不安と苛立ちに変りはなく、長い時間が過ぎていった。

突然遠くの方でざわめきが聞こえ、それが段々大きくなる。女人達が思わず腰を浮かした時、二人の朝臣が現れて跪《ひざまず》いた。

「恐れ入りますが直ちに大広間へお運びくださりませ」声も表情も固かった。

大広間に集まった女人達は、無言のうちに三つの集団に分かれて座に着いた。

亡き天智天皇の妃であった八人の妃の中心には倭姫《やまとひめ》が座り、少し離れて尼子娘《あまこのいらつめ》を取り巻くように大海人皇子の妃たちが一《ひと》かたまりになっている。

そして中央には、十市皇女《といちのひめみこ》と額田王《ぬかたのおおきみ》の毅然たる姿が在った。

そこへ二人の朝臣が静かに姿を現した。

三つの集団へ等分に目を遣《や》ってから、ほぼ中央に座す十市皇女へ奏上する形となった。

「合戦は、我が近江方の敗北となりました。大友皇子様には本日山崎の地にて御自刃あそばされた由、お労《いたわ》しい事でございます」

ワアッと号泣の声を挙げて倒れ伏したのは大友の生母伊賀采女宅子娘《いがのうねめやかこのいらつめ》である。身も世もあらず嘆き悲しむ母の姿は、妃達の涙を誘ったが、倭姫《やまとひめ》は冷静であった。

「他の方々の御消息は?」

「はい。未だ分明仕《つかまつ》りませぬ」それだけの言葉と深い辞儀を残して、二人は足早に去った。居た堪《たま》れぬ思いであったに相違ない。

不安に駆られた私語《ささやき》と嗚咽《おえつ》の小波《さざなみ》の中で、傍《かたわ》らの回廊に頭を垂れたまま沈静の形を保つ具足姿の男たち数人の影があった。

その姿を見出して、再びシーンと静まった女人達の気配に、男たちの一人がゆるゆると顔を挙げた。大分《おおきだの》恵尺《えさか》である。

「大海人皇子様の御使者として参りました。此のような装束《いでたち》でございますので、この場より奏上申し上げます」

声は高からず低からず、女人達それぞれに対する労《いたわ》りの気持が感じられた。

「勝敗は時の運、大友皇子の御不運は痛ましき限りであるが、合戦は男の争いである。残された女人の身に新たなる苦しみ、悩みが生ずるとも、それは我が身だけのものにあらず。世にある者すべてが背負う業苦《ごうく》と知るべし。

民の事に心を致し、耐える事を知るべし。故に呉々も短慮など有るべからず！　これが大海人皇子様の御言葉でございます」

奏上を終えた恵尺《えさか》は十市皇女《といちのひめみこ》の顔をヒタと見つめた。

言外に意味を含めたその眼差《まなざ》しを受けて、十市も小さく、しかしゆっくりと頷いた。側に居る額《ぬか》田王《たのおおきみ》がホッと安堵の溜息を洩らしたほど、それは明確な意志を表わす動きであった。七月二十二日の夜が慌《あわただ》しく暮れてゆく。

その日からひと月経った八月の末に、処刑が発表された。

右大臣中臣金《なかとみのかね》をはじめ八人の朝臣達が斬刑に処せられ、蘇我赤兄《そがのあかえ》と巨勢比等《こせのひと》は共に流刑であった。他の重臣はみな戦死している。

もっと多くの斬罪者が近江方から出るものと思われていたが、犠牲者は最小限度に留められたのである。

国を二つに割った争乱は終を告げたが、民にとっては大和への遷都の方が大問題であった。

戦乱を避けて都から逃げ出した大方の民は、戦火が鎮まると今度は大和の方へ移らねばならぬのである。

「大和でよかったのう。彼の地ならそう大きな都造りも要るまいて」

「そうじゃそうじゃ。近江の都は全《まった》く一からの都造りで工事も大事《おおごと》じゃった。大勢が狩り出されて永いこと掛かったのに——」

民の努力は、戦火に焼かれ兵に砕かれて、街は廃墟と化していた。

湖畔の都とその周辺の地はそのまま打ち棄てられ、四年余の短い生涯をその儘に、霜月《しもつき》に入ると、大路はただ寒風が吹き抜けるだけの侘しい佇《たたずま》いとなっていた。

湖面に白いものがちらつく師走の朝、長々と続く女人達の輿が見えなくなると、人っ子一人通らぬ沈黙の大路が其処に在った。

近江の王宮は消え去ったのである。

翌年二月、新しく造営成った飛鳥浄御原宮《あすかきよみはらのみや》に於て、大海人皇子は帝位に即いた。第四十代天武天皇である。

四十路を迎えた額田王《ぬかたのおおきみ》は勅を拝して歌を献じたが、もう昔日のような張りのある瑞々しさは失われていた。

――五年の月日が流れて、なだらかな丘を背にした山野辺の山荘に一人の客が訪れた。其処は額田が終《つい》の住処《すみか》と心に定めた山荘であった。

「なに、柿本人麻呂《かきのもとのひとまろ》殿とな?」

「はい。突然の訪問ゆえ、お差し支えあればまた出直して参ります、と大層な御気遣いのご様子で……」

「通してたもれ。丁重にお通しするのじゃ」

最近人々の口の端にのぼる新進気鋭の歌人として、額田もその名は聞き知っていたが、会うのは初めてであった。

どんな方かしら……鏡を覗いてちょっと髪に手をやった額田は、久し振りに軽やかな気分で客間に向かった。

「柿本人麻呂でございます。本日はお許しも得ませず突然に伺いまして、御無礼の段平《ひら》に、平に御容赦くださいますよう……」

「いいえ、ようこそお越し下さいました。私も一度お目に掛かりたかったのです」

「恐れ入ります。いや実は、昨日宮廷の中で額田様がもう歌をお作りにならぬ、という噂を小耳にはさみましたので、もう矢も楯も堪らず、こうしてお尋ねに参ったような次第で……噂は本当でございましょうか」

額田は改めて人麻呂の顔を見つめ直した。鼻下に髭《ひげ》を蓄《たくわ》えてはいるがまだ三十路《みそじ》の半《なか》ばであろう。鼻筋が通った男らしい風貌ではあるが、特に美男子というほどではない。しかし、やや紅潮した色白の肌と、それに眼が美しい。純な気持がそのまま表れているような黒い眸を見つめて額田は一瞬ハッとした。

この眼を私は知っている!

昔、この眼と向き合ったことがある!

それが誰であったか思い出せないけれど、この眼は昔の私を知っている!

電流のような感覚が全身を走ったが、心の揺れを表に出すことは無かった。

四十路《よそじ》の美女は静かな佇まいをその儘に、

「まあ、私の事を誰方《どなた》様がそのように?」

「はい。皇子様《みこさま》方が集《つど》うて居られるお部屋でございました」

納得したように額田が頷いた。

「噂は本当です。私はもう歌は詠みませぬ。いいえ、作れなくなったのです」

「額田王《ぬかたのおおきみ》ともあろう御方が、何を仰せられます」不本意そうな人麻呂の語調である。

額田はちょっと間を置いた。

「先年、貴方様は旅の途次、近江の宮殿跡に立ち寄られましたね」

「はい」

「そのとき貴方様がお詠みになった美しい歌がございましたね。あれは……」

額田は神の声を聞く時のように瞑目した。陽光の散る簀《す》の子に額田の美しい声が流れる。

玉だすき　畝火《うねび》の山の
橿原の　ひじりの御代ゆ
　生《あ》れましし　神のことごと
樛《つが》の木の　いや継々《つぎつぎ》に
天の下　しろしめししを
空に見つ　大和を置きて
青丹《あおに》よし　平城《なら》山を越え
　いかさまに　念《おも》ほしめせか
天離《あまざか》る　鄙《ひな》にはあれど
　いはばしる　近江の国の
　さざなみの　大津の宮に
天の下　知ろしめしけむ
すめろぎの　神のみことの
　大宮は　ここと聞けども

大殿は　ここといへども
春草の　茂く生ひたる
霞たつ　春日の霧《き》れる
百敷《ももしき》の　大宮《おおみや》どころ
見ればかなしも

澄んだ声が、山野辺の爽かな風に乗って消えていった。

歴代の帝都であった大和を後にして、いかなる思《おぼ》し召しに依るものであったろうか、此の大津の宮で政《まつりごと》を執られた天皇の、皇居の跡は此処である、と教えられても、草徒《いたず》らに生い茂り居て宮殿の跡とも見えず。

ただ春の陽がおぼろに照らし、淡い霞《かすみ》がたなびいているのみ。今は昔の跡を偲ぶよすがもなく、悲しさだけがこみ上げてくる――

「恐れ入ります。私の拙《つたな》き歌を……」

「いいえ。この歌を聞いた時、私は近江宮の四年間を胸に浮かべて、深い感動を覚えました。反《かえし》歌《うた》も添えて居られましたね」

さざ波の　志賀の辛崎《からさき》さきくあれど

大宮人の　船まちかねつ

「いくら待っても、二度と姿を現わすことのない大宮人の船を、じっと待ち続ける美しい湖のように、この額田も二度と言挙《ことあ》げする事はないでしょう……時に、人麻呂さま」

女の美しさをまだ充分に湛えている額田が、人麻呂の目を覗き込むようにして尋ねた。

「私が貴方様とお会いするのは、本当に今日が初めてでございましょうか？」

人麻呂の面を微かな狼狽の影が走った。

「何故、そのようなお尋ねを……」

「いいえ、ずっと以前に歌のお上手な皇子様を存じ上げて居りましてね、その御方と、目がそっくりなものですから……」

「目、でございますか」

人麻呂は、もう落ち着きを取り戻して額田を見つめている。

「ええ、当時あの方はたしか十九歳でした。まだお若かったのに皇子様は、歌を遊びではなく、全身全霊で詠んで居られました。まるで戦に臨む武人のように……」

「……」

人麻呂は額田の一語一語を噛みしめるように、ゆっくりと頷きながら聞き入っている。

「貴方様もご承知のように、山や川、森、湖の気に触れて、じわじわと自然に感興がこみ上げてくる時、また、人の世の葛藤あるいは情のしがらみにふと気付いた時、迸《ほとばし》るような感動が全身を震わせて歌になる場合がございます。私にはもう、心の底から湧き出る何かが枯れてしまったように思います」

「何を仰せられます額田様。そのような事はございません。生《しょう》・老・病・死、すべての人が持つ苦しみの中にも揺れ動く心がございましょう。人の心が枯れ果てる事などあり得ぬと私は思います」

人麻呂は敷物を滑らせて平伏した。

「生意気な事を申しました。お許し下さい」

額田は突然瞼が熱くなるのを覚えた。絶えて久しく此のような感情に襲われる事はなかったのである。そして心の命ずるまま額田は躙《にじ》り寄って年下の男の手を取った。

ちょっと驚いた風《ふう》の人麻呂であったが、そのまま手を預け、黙って女の顔を見上げた。

「人麻呂さま、ありがとうございました。私の思い違いであったかも知れません。今一度よく考えてみたいと存じます」

「額田様、私が歌の道を志《こころざ》しましたのは、ひとえに貴方様の御歌に目を開かれた故《ゆえ》にございます。謂わば、貴方様は私の師匠！　どうぞこの上とも御自愛下さいますよう……」

手を握り、眼を見交しながら二人の歌人は別れを惜しんだ。

山荘から下る細い道を人麻呂が遠ざかってゆく。その後姿をじっと見つめながら額田は小さくつぶやいた。

「皇子さま、おすこやかに……」

10

最後の評定《ひょうじょう》

慰礼城の大広間に、天の軍団の幹部たちが顔を揃えた。

赤卑狗《あかひく》と黒卑狗《くろひく》の兄弟は、久しぶりに帰ってきた父親の蛙蘇《あそ》をねぎらって、鹿女《かめ》と共に宇島《うのしま》の話を聞いている。

「風の忍城《おしき》と翠林《すいりん》はまだ現れませぬか」

「うむ、杳《よう》として姿を見せぬ。じゃが雇い主の赤兄《あかえ》が失脚した今、宇島にまだ居るかどうかじゃが……」

「いや、居りましょう。じっと眼を光らせて居る筈です」赤卑狗が断言した。

豊前《ぶぜん》・豊後《ぶんご》はもとより、筑前《ちくぜん》・筑後《ちくご》・肥前《ひぜん》から火の国まで、細作《おんみつ》の網を張る赤卑狗の言である。

「忍《おし》の技人《てびと》は乱の陰にしか生きられぬ。いま我が国で、乱を起こす力を有する者は唯一人のみ、筑後《ちくしのみちのしり》の王《おおきみ》しか居らぬ。とすればだ。二人はもう、磐井と繋がっていると思うが、黒卑狗。其方どう見る?」

「うム。恐らく密命を受けてあの二人、もう動いておるじゃろ」

「しかし禎嘉《ていか》殿が居られるぞ」

蛙蘇《あそ》がボソリと遮《さえぎ》った。

「賢人ひとりの為に、年来の野望を捨て去ることが磐井に出来るでしょうか？」

「ううム、難しいところじゃのう」

眉間に縦皺《たてじわ》を寄せて蛙蘇《あそ》が考え込んだ時、弓月君《ゆづきのきみ》がゆったりと姿を見せた。一瞬座の空気が引き緊まって皆の視線が集中する。

「皆々様。お久しぶりです。これまでのすばらしき数々のお働き、天の軍団の名に恥じざるものと、改めて厚く御礼申し上げます」

「さて……」弓月の面《おもて》から笑みが消えて、厳しい表情が一同を見回した。

「国を二つに割った今回の政争、大海人皇子《おおしあまのみこ》さまが天皇の座に即《つ》かれました。そして最初に為された事は、陸奥・出羽・北越など遠地で徴募した兵を悉く《ことごと》故郷へ戻されたのです。黒卑狗。皆様に報告申し上げよ」

「はッ」一同に会釈して黒卑狗が代わった。

「十五万人の防人《さきもり》を故郷へ帰してやりたい、とのお考えを聞かされた時は私も驚きました。もし大唐・新羅の連合軍が押し寄せて来たら如何《いかが》なさいます？　とお尋ねしたところ、何ともはや軽うにあしらわれましてな」

どんなお言葉があったのか？　一同思わず身を乗り出した。

「其のときは、その時よ——笑いながらのお言葉でございました。半島制圧目前の新羅は今高句麗を攻めながら、大唐とは外交折衝の真最中じゃ。此のような時に侵寇を恐れて二十万もの兵を筑紫・長門にはり付けておくのは、正に疑心暗鬼というもの！　無駄な事じゃよ――此のようなお言葉でした」

「残る五万は地元の兵力ですな」

耆老《きろう》が独り言のようにつぶやいた。

「はい。この防衛線が破られれば、五万の兵の家族達も共に滅びる事になる。自らの家族を守る為に兵は懸命に戦ってくれるであろう。その間に近隣の部隊が駈け付ける態勢ができていれば十万二十万の軍勢はすぐに整《ととの》う。

今の防人《さきもり》制度は、根本から改めずばなるまい――天皇は此のように仰せでした」

ゆっくり頷《うなず》いて弓月が再び口を開いた。

「皇太弟の時代から舎人《とねり》達に慕われたのは、飾り気のない御人柄と面倒見《めんどうみ》のよさ、それに度量の大きさだったと承わって居ります。

果してそれが事実か否か？　皇太弟の時代に詠まれた歌に基づいて、その御心根を我等なりに忖度《そんたく》致したいと存じます。歌には人の心が率直に表れますのでな。胡馬《こま》、始めてくれ」

「はい」一同は緊張した。

天の軍団の理念「民の幸せに礎《いしづえ》を置く」ことに帝の思惟がどこまで合致するのか……それを歌の中から探り出そうというのである。

胡馬が最初の木簡を手にした。奈魚登《なおと》が傍に在って介添役を勤めている。

あかねさす　紫野ゆき　標野《しめの》ゆき
　野守《ぬもり》は見ずや　君が袖振る

「あ、これは額田王が酒宴の席上、戯《たわむ》れの形で詠まれたもの、皆様もよく御承知の歌でございましょう。

茜色が匂うばかりの紫草を賞《め》でながら標野を歩く私に、大きく手を振って笑みを投げかける貴方、御料地の番人に見られて私が恥ずかしいではございませんか……と、たしなめて居られるところですな。『君』はどちらの皇子様にも通じるようになっています。

ウム、中大兄皇子《なかのおおえのみこ》の頃にそういう事もあったか、と天皇は笑って済まされましたが弟皇子様は違います。堂々と返歌《かえしうた》の形で、これに答えられたのです」

紫の　匂へる妹《いも》を　にくくあらば
　人妻ゆえに　われ恋ひめやも

さばかり咎《とが》め給うな。紫草の匂うように美しい其方《そなた》をにくからず想うゆえに、人妻とは知りつつも恋する気持を抑《おさ》えられないのだ……

「ううム、二人の男に愛される女の気持、私も一度味わってみたいものですが、ま、無理でございましょうな」

一同の顔が思わずほころんだ。謹言実直を絵に描いたような胡馬の口から、此のような冗談が飛び出すなど誰も思わなかっただけに、座の空気がフッと和んだ。白い歯並も見える。

「自分の恋人を兄に奪われた男の怒りを表面には出さず、しかし諦《あきら》めてはいないぞ！　という男の主張を堂々と歌に託して居られます。表向きは天皇を立てて自分は一歩退きながらも、是は是！　非は非！　とする強い意志力を内に秘めた御歌である、と拝察致します」

胡馬は次の木簡を手にした。

「天智天皇の御病篤く後事を託された時に、もし大海人皇子様が引き受けて居られたら、恐らく暗殺の悲運に遭われていたでしょう。しかし帝の即位要請をきっぱり断られて仏門に入ることを宣言されたのです。皇太弟という身分も、軍を統治する権力も、すべてを捨てて吉野へ向かわれた。その途次に詠まれた御歌が此処にございます」

み吉野の　耳我《みみが》の嶺に
時なくぞ　雪は降りける
間《ひま》なくぞ　雨は降りける
その雪の　時なきがごと
その雨の　間《ひま》なきがごと
隈《くま》も　おちず
思ひつつぞ来し　その山道を

「霧と氷雨が、絶え間なく降り続く耳我の嶺を、休《や》む時もなく物思いに沈み、道の隈々を踏みしめながら山道を辿る——

人の一生には幾つかの節目がある、と申します。雨まじりの雪の中を、附き従う伴人《ともびと》は僅かに十人余……自らが選んだ道ではあるが果してこれで良かったのであろうか？

小止みなく降り続く氷雨に濡れた山道を黙々とついて来る伴人《ともびと》たちへの感謝の念が、御歌の中に滲み出て居ります。このお気持はやがて民の幸せを念ずる大御心に繋がるものではないでしょうか——」

胡馬の話は終った。

「さて御一同様。この弓月《ゆづき》が帝の御将来を卜《ぼく》しましたる処、政権は十年余《よ》安泰、との結果は出たものの一つ大きな障害がございます」

思いは一つ、全員が頷いた。

「ご承知の通り豊前宇島《うのしま》に居を構えて、豊後から肥前・筑後に亙《わた》る全域を統《す》べる磐井王国の存在です。大和朝廷の力が及んでいるのは娜《な》の大津（博多）を中心とする筑前一国のみ。

到底太刀打ち出来ません。その磐井殿が居られる宇島に、蛙蘇《あそ》と奈魚登が薬屋の親子として三年前から入り込んでいます。彼《か》の地の状況は薬屋の親父からお聞き取りください」

苦笑を浮かべて皆に会釈する蛙蘇《あそ》の傍に、奈魚登が実の息子のような顔で座っている。

「宇島の住民は、その半数以上が半島からやってきた人たちで、中には中華の地より乱を逃れて渡来した者も相当数居ます。中津の港から宇島に通じる大きな道……これは、通称『磐井街道』と呼ばれちょりますがの。この道の両側に百済《くだら》風・新羅《しらぎ》風の立派な家が建っちょります。何でも彼処《あちら》の政府高官じゃった者たちが住んじょるそうで、緑の丘の中腹に赤い丹塗《にぬ》りの柱や、美しい反《そ》り屋根の建物が点在しちょる眺めは、まるでもう、外《と》つ国に居るようですわい」

豊前の方言をわざと挿入して、蛙蘇《あそ》の話は臨場感溢るるものであった。

「蛙蘇《あそ》殿。百済人《くだらびと》と新羅人《しらぎびと》が争うような事はないのですか」

不思議そうに馬手が訊ねた。

「はい。高句麗人《こうくりびと》も来て居りますが、争いも無く、みんな磐井王国の人間になりきっているように見えますのう」

「それはもう、立派な国家と言えますな」

感に堪えたように弓光《ゆひか》が発言した。

「数年前に百済から禎嘉《ていか》王という方が領民と共に来られましてな。政《まつりごと》の根本は民に在り！　と、儒学の精神に基づいて王道の教えを説かれたのです。宇島が住み易くなったのはどうもその頃からのようですなあ」

軽い咳払いと共に蛙蘇《あそ》の眼が光を帯びた。

「ところが最近になりまして、磐井殿の周辺に黒い波がざわめき始めたのです。その詳細につきましては奈魚登よりお話し致します」

一礼して奈魚登が口を開いた。若々しい声である。やや緊張しているようだ。

「御承知の通り、今高句麗《こうくり》に攻め入っている新羅としては、念願の半島統一が成《な》るか成らぬかの瀬戸際にあるのですが、この大事な時に新羅の高官が二人宇島にやって来たのです。

大等（中央貴族）の一員である未斯訥《みしと》と、地方行政官の卜湖《ぼくこ》が賓客の待遇で磐井殿に迎えられたのです。時も時、場合も場合、現職の新羅高官を王宮内に賓客として留め置くのは、どう考えても異常としか思われません。しかも夜半の客が度々彼等を訪れて密談を交わしている由、赤卑狗《あかひく》様の手の者から連絡を受けて居ります」

声にならないざわめきが電光のように広間を疾《はし》った。弓月がゆらりと立ち上がる。

「状況はお聞きの通りです。大唐に北方から圧力を加えてもらわなければ、半島の制圧は難しい。仮に半島の統一が実現しても、新羅としては大唐に半島の土地を渡す気はまったく無い。そこで代わりに、東征の野心を持つ磐井の夢を利用して、筑紫全島を大唐へ渡すことを思いついた。此の謀略が成功すれば、大唐・新羅の軍船を磐井が指揮して瀬戸内を東に、大和へ向かうことになります――」

余りにも重大な事の推移に、すぐには発言する者もなく暫し沈黙の時が流れた。

「弓月様。禎嘉《ていか》王は如何《いかが》相なりましょうか」

蛙蘇《あそ》である。傍から奈魚登の緊張した眸が弓月へ注がれている。

「うむ。恐らくは抹殺されることになろう。奈魚登の話の中に出てきた夜半の客というのは、風の忍城《おしき》と翠林《すいりん》じゃよ。大和から今度は新羅に……変わり身は早いの」

「では、彼奴等《きゃつら》が禎嘉王を？」

「いや、それだけではあるまい。東征に際して重要な役を持たされることになろう。その内容次第では、乱に生きる技人《てびと》たちが続々と半島・中華の地よりやって来るに違いない」

数々の修羅場を潜り抜けてきた男たちが、小揺るぎもせず無言のままで、じっと弓月を見つめている。弓月も亦、一人ひとりに信頼を托す眼差しで見返してゆく。そして低い声ながら毅然たる態度で言い切った。

「天の軍団の総力を挙げて、今回の戦に当ります」全員が小さくうなずいた。

「作戦は皆様に考えて頂きましょう。大唐・新羅の連合軍を見事撃退してくだされ。では馬手殿。弓光《ゆひか》殿。後は頼みましたぞ」

笑いながら弓月が部屋を後にした。


「弓光よ。二手に分かれようではないか。その上で別々に樹《た》てた作戦を競い合おうぞ」

「うむ、それは良い考えじゃや。お主いつからそんなに頭がよくなった?」

「馬鹿言え。昔から立派な物《もん》じゃわい」

和気靄々《あいあい》の中に一同は紅白に分かれた。

（紅組）馬手《うまて》・那珂彦《なかひこ》・蛙蘇《あそ》・耆伯《きはく》・黒卑狗《くろひく》・奈魚登《なおと》・鹿女《かめ》
（白組）弓光《ゆひか》・耆老《きろう》・伊沙里《いさり》・渦彦《うずひこ》・赤卑狗《あかひく》・胡馬《こま》
山と海、武と忍の調和も良い。国の存亡を賭けた真剣な討議が始まった。

二刻《ふたとき》（四時間）後、烈しい論戦がようやく下火となり、二組の作戦が合意点に達した頃。

それを見計らったように弓月が二人の男を連れて姿を現わした。

「ご紹介致しましょう。長門国豊浦《とゆら》に九十日の短期間で、壮大な水城《みずき》を造られた斉延《さいえん》殿です。馬手殿はようご存じですな」

「はい。その節はお世話になり申した」

馬手が白い歯を見せて会釈した。

「さて、その隣に居られる承均《しょうきん》殿は、合薬の専門家です。お二人とも中華の地より参られた優秀な技術者です」

「合薬とは、一体どのようなものですか」

耆伯が口を切った。他の者も真剣な眼差《まなざ》しで承均の言葉を待つ。

「蜀《しょく》の丞相《じょうしょう》諸葛孔明《しょかつこうめい》さまが考案された地雷・戦車等の新兵器は、南蛮遠征の際に実験されたものが多かったので知る人も少なかったのですが、優れた兵器が多数造られていたのです。実例を一つお話し致しましょう。

蜀《しょく》軍を悩ませた多くの障礙《しょうがい》の中に、白象隊というものがありました。象は身体が大きく皮膚も厚いので、剣も槍も通りません。近づけば踏み殺されてしまいます。人間の力ではどうにもならぬ此の難敵に対して、丞相《じょうしょう》様は盤蛇谷《ばんだこく》に誘い込んで百余の白象隊を、猛火で全滅させたのです。お判りでしょう。これからの戦は知恵と発想力の勝負になるのです」

地雷と言っても爆発する訳ではない。薬線に火を点《つ》けて、狙った場所に来ると物すごい勢で八方に火を噴き出す。建造物など瞬時に燃え上がること間違いはない。

承均は火術の妙を駆使出来る火の技術者であった。

「さて、それでは本題に入りましょう。敵がどこに上陸を考えているのか、皆様の予測はどうなりましたかな」

「はい。長門の豊浦か、筑紫の若松！　海上で二手《ふたて》に分かれて同時侵攻を狙うかもしれませぬが、奴等の狙いは此の二ヶ所に間違いございますまい」

海戦の立役者那珂彦の自信溢れる言である。

すぐに馬手の太い声が取って代わった。

「豊浦の地で敵勢を迎え撃つは、石見・出雲など近辺の地より徴せられたる兵二万、それに耆伯殿が率いる山の者三千と黒卑狗殿配下の忍兵三百、加うるに羅州群島の黒島から、一千の騎馬隊を呼び我が指揮下に入れます。尚このほか国造《くにのみやつこ》の筑羅《つくら》殿は、水城《みずき》の造成以来旧知の間柄となって居り申す。小月の出身で愛郷心の強い男ゆえに、近隣の諸国から兵を集めさせれば、四万や五万の人数は揃いましょう。これだけの軍勢があれば、上陸した敵を再び海に追い落とす事も決して難事ではないと存じます」

敵が二面作戦に出た場合、若松の方はどうなる？　弓光が立ち上がった。

「最初の海戦は、多分六連島《むつらじま》・黒島沖の近辺ではないかと思われます。若松はその海域から、わずか二十海里の近距離にあるのです。若松の港へ入り込めば、もうそこは磐井王国の領域、恐らく敵船は遮二無二《しゃにむに》若松を目指し、磐井の船団もこれを迎えんとするは必定。那珂彦殿配下の海人《あま》軍によって、港に浮かぶ敵船に穴を明け、舵を壊し、一方では倭寇組の面々が承均殿の合薬で船火事を起こしてやれば、磐井の船団は壊滅して港も役立たずとなり、大唐・新羅の艦船群も行き場を失って右往左往することになるでしょう」

弓光の説明がここまで進んだ時、伊沙里が回廊に姿を見せた。三人の男達を丁重に案内する形である。つい先程まで広間に居たはずの伊沙里がいつ姿を消したのか、誰も気づかなかった。正に神出鬼没である。

立ち上がった弓月が恭々しく一人の若者を正面の座に招じた。あとの二人は廻廊に膝をつく。一座に微かなざわめきが起こった。

天武天皇の第一王子、高市皇子《たけちのみこ》である。

まず弓月君に丁寧な会釈を行い、そのあと一わたり皆の顔を見回してから、深く頭を下げた。若年ながら落ち着いた挙措《きょそ》である。

「高市です。天の軍団の方々には、国内のみならず国外に於ても一方ならぬ御力を戴き、厚く御礼申し上げます」

高市は再度深々と丁重な礼を施した。

廻廊に控える二人の人物は、大海人皇子《おおしあまのみこ》の頃から帝に仕える朴井雄君《えいのおきみ》と大分恵尺《おおきだのえさか》のようであるが、皇子と同じく慇懃《いんぎん》な態度である。

「本日は父帝《みかど》の命を受け、皆様にお願い致したき儀があって罷《まか》り越しました」

一同改めて威儀を正した。

「帝は次の如く仰せになりました。——今回の大唐・新羅軍の来寇は我が国にとって未曾有の国難となるであろう。天の軍団は、今までに赫々たる戦功を挙げながら、自らは表に立たぬ床しき義軍と、充分に心得てはいるが、今回ばかりは我等と手を携えて、最初から協同歩調をとってほしい。娜《な》の大津（博多）に拠《よ》る政府軍五万の兵と七百艘の船団を、本日只今より、天の軍団の指揮下に入れる事、些《いささ》かも苦しからず！」

頭を垂れて聞いていた弓月が、ゆるゆると身体を起こした。二百八十歳を超える老翁の眼が、二十歳になったばかりの高市皇子《たけちのみこ》に、慈父のような温顔を向けた。

「恐れ多きお言葉にござります。民の幸せに礎を置かんとする大御心は、先頃二十万もの防人《さきもり》のうち、十五万をそれぞれの故郷へ戻された一事を見ても、充分に拝察出来まする。このような仁慈の大君の下には、もはや天の軍団の存在は不要ではあるまいか——と、思案して居りました矢先に、時ならぬ黒雲が姿を現わしました」

——その黒雲の動きは速かった。そして驚く程巨大な雲だった。

大唐と新羅の飽くなき執念を秘めて、それは見る見るうちに広がり、筑紫を手はじめに日本全土を呑み込もうとしている。

「帝の仰せの如く力を結集しなければ、この黒雲は小手先だけで払いのけられるものではございません。

「忝《かたじけな》い。五万の兵と七百艘の軍船、天の軍団が本日よりお預かり致します」

「忝い。弓月様、これ以外にもし……」

「あ、いえ……」

外連《けれん》みの無い高市の言葉を、軽やかに弓月の手が遮《さえぎ》った。

「五万の兵と七百の軍船、これだけの力が加われば、天の軍団おもしろき絵を描いて御覧に入れましょう。新しき兵の徴募などは何卒ご無用になされませ。

ただ、大唐の動きが今ひとつ摑めませぬ。これが解れば……」

高市が頷いて、廻廊に控えていた二人を手で招く。席に着いた二人が一同に会釈するとまず朴井雄君《えいのおきみ》が口を開いた。

「御承知と存じますが、高句麗は隋《ずい》の時代に四回、大唐遠征軍の攻撃を見事に撥《は》ね返しています。しかし此れは高句麗が強かったというよりも、鴨緑江までも凍りつく厳寒の気候が遠征軍を撃退した、というのが実態です。

しかし唐の太宗が死んで高宗が跡を継ぎ、片や新羅も武烈王《ぶれつおう》の長子金法敏が王となりました。人が変れば政策も変る。今まで大唐の言うがままであった新羅が、とんでもない話を大唐に持ちかけたのです」

一人として動く者は居ない。真剣な気迫が広間全体に漲っている。

「酷寒の高句麗よりも温暖な筑紫の島を――これが新羅の提案でした。他国の領土を天秤に掛けるなど、本来あり得べからざる事なのですが、磐井の野心を知るに及んで、大唐も食指を動かしたのです。細作《おんみつ》の知らせによれば、両軍合わせて千二百艘の大船と三十万の兵が麗水沖に集結し、錨を上げるのは恐らく水無月の初め頃であろう、との事です」

続いて大分恵尺《おおきだのえさか》が膝を進め、少し考え込むような姿勢のままで、

「尚、別の細作《おんみつ》から奇妙な報らせが入っています。中華大陸でよく見かける戎克《ジャンク》が仁川《インチョン》沖に現れてそのまま碇泊して居り、取り調べに向かった役人の船がいくら漕いでもその船に近づくことが出来ません。不思議な事があるものよ。幽霊船ではあるまいか、と人々の噂になっている由。何の事かは判りませぬが、どんなに小さな事でもお伝えせよ、と言われて居りますので念の為申し上げておきます」

蛙蘇《あそ》と奈魚登の顔色が変った。赤卑狗《あかひく》の面《おもて》にも緊張の色が流れ、黒卑狗《くろひく》が那珂彦の顔をのぞき込むようにして尋ねた。

「その戎克《ジャンク》というやつには、一体何人ぐらい乗られるもんですかのう?」

「そうですな。大型のものなら四十人ぐらいは楽に乗るでしょう」

那珂彦の答えは、蛙蘇と奈魚登の不安を更に増幅させていた。

間違いない。颪の忍城《おしき》と翠林が呼び寄せた忍《おし》の技人《てびと》の一団であろう。遂に来たか! 禎嘉《ていか》様が危い。居ても立っても居られぬ思いの奈魚登を、蛙蘇《あそ》が眼で押さえていた。

「皇子《みこ》様。大唐・新羅の勢を一人《いちにん》たりとも、大和の地へ近づけるような事は致しませぬ。帝へは、そのようにお伝え下さりませ」

力強い弓月の言に、

「かたじけない御言葉、帝もお喜びのことでございましょう。皆様の御武運を我等衷心よりお祈り致して居ります」

高市皇子と二人の供人は誠意溢れる丁寧な辞儀と共に立ち去った。

「さて弓光殿。お話が途中で切れてしもうて相済まぬことでしたな」

「いえ。七百艘の艦船ばかりでなく、五万の兵をも使えるとなれば大助かりです」

「そうですな。帝の御配慮ありがたい事です。では続けてくだされ」

静かに頷いた弓光が再び立った。

「海戦については先ほど申し上げた通りですが、もうひとつ大事な仕事が残っています。新羅の高官未斯訥《みしと》と卜湖《ぼくこ》にそそのかされて、磐井が愈々《いよいよ》東征を決意したとなると、今まで民の幸せと平和の尊さを説いてきた禎嘉《ていか》殿が邪魔になる——そこで風の忍城《おしき》あたりに抹殺の役目が回ってくるのではないか。天の軍団が在《あ》りながら、此れを許す訳には参りません。それに、先程大分恵尺《おおきだのえさか》殿が申された不思議な戎克《ジャンク》には、恐らく忍《おし》の技人《てびと》等が乗り込んでいると思われます。多分四十人程度……」

馬手が小首をかしげながら問いかけた。

「弓光。禎嘉《ていか》殿抹殺と新羅の高官護衛ぐらいなら、四十人も要らぬのではないか」

「いや、役目はそれだけではなかろう。娜《な》の大津・長門・周防など朝廷側の防塁を探り、場合によっては破壊する事も仕事の内よ」

「しかし、それにしても……」

「まだまだ、もっと大きな仕事があるのだ。俺の考え通りなら、恐らく彼等の半数ぐらいは上陸後すぐに大和へ向かうであろうよ」

「大和へ？　何の為に？」

「天皇暗殺！」座がシーンとなった。

「大唐・新羅軍の狙いは日本国の占領です。もし今回の第一陣がそれなりの成果を挙げれば、二陣・三陣が踵《くびす》を接してやって来るでしょう。どうしても第一陣を粉々に叩き潰《つぶ》さねばなりません。だがもし天皇の暗殺に成功すれば、彼等の大きな成果となるのです」

　弓月が立ち上がった。いつもは涼しく張りのある眼が、今は炯々《けいけい》と光っている。

「弓光殿。よくぞ其処まで考えて頂きました。私も同感です。黒卑狗《くろひく》、其方《そなた》甲賀の手練《てだ》れを引き抜いて鹿女《かめ》と共に大和へ発て。相手は忍《おし》の技人《てびと》じゃ。普通《なみ》の者では護衛の役目も務まるまい。人数は任せるが女も数人は要るぞ」

「はッ」黒卑狗と鹿女がスッと立って広間を後にした。流石に弓月の対応は速い。

「伊沙里」

「はッ」

「高市皇子様に戎克《ジャンク》の正体を申し上げての、大和までお送りするのじゃ。念の為、何人か連れてゆけ。黒卑狗《くろひく》等が追いついたら、後は任せてよいぞ」

「はッ」伊沙里は風のように消えた。

　愈々《いよいよ》打合せも最終段階である。弓光が再び立ち上がった。

「禎嘉《ていか》殿につきましては暗殺を防ぐだけでなく、安全な地へ送り届けねばなりません。那珂彦殿。貴方にはいつも無理を言うて申し訳ないが、戦闘力を持つ大船三艘、水夫《かこ》を附けて此方へ回して頂けまいか」

「心得ました。乗船する人数は？」

「さァて、禎嘉《ていか》殿の一族と領民で数百名程度でしょう。それに護衛の兵三百――」

「三百もの兵を附けて頂けるのですか」

やや興奮気味の奈魚登の声に、笑みを含んだ弓光が答えた。

「三百という数が、多いのか少ないのか、某《それがし》には判りません。新羅の送り狼が後を追う事もあろう。途中で土匪《どひ》に襲われる事もあろう。そのような時に一戦交えるだけの武力が無ければ……と某《それがし》は思うのです」

「解った。それほどの重要な役目であれば、政府軍の兵で間に合わせる訳にはゆくまい。俺の兵を回しても良いぞ」馬手《うまて》である。

「かたじけない」

変らぬ友情に熱い視線で応えた弓光だったが、すぐニッコリ笑って話を続けた。

「なァに、俺の兵を此方へ回して足らずの分だけを、政府軍の兵で補うようにすれば何とかなるだろう」

「弓光殿。その軍兵《ぐんぴょう》我等にお任せあれ！」

錆《さび》を含んだ耆老の声である。

「九重・阿蘇・霧島など筑紫の名立《なだ》たる山系の中に棲む山者三千余人。その中でも国見山・国見岳と呼ばるる山の者は、遠き昔より神々にお仕えし、忍の道を弁《わきま》えし者も居るやに聞いて居ります。此の者共から選び抜けば強力な部隊をつくり上げられましょう」

「かたじけのうございます。なれど耆老殿。我等が思い、突然の願い。果して先方が受け入れてくれましょうか？」

「何の、御心配は無用です。山の者を束ねる霧《きり》ノ伊理日子《いりひこ》は多年のわが知友です。この話を聞けば、必ず乗り出してくれましょう」

「分かりました。では何分共に宜しく……」

「承りました」と、一旦は頭を下げた耆老が又ヒョイと顔を挙げて、

「ところで、禎嘉《ていか》殿救出についてはどなたが中心になって下さるのですかな？」

打てば響くように弓光の答えが返ってきた。

「それはもう、蛙蘇《あそ》殿以外には考えられません。禎嘉殿に関する件はすべて蛙蘇殿に采配を揮って頂きたいと存じます。お引き受けくださいますか」蛙蘇が大きくうなずいた。

「禎嘉殿護衛の責任者としては、我が配下の膳《かしわで》ノ小梨《おなし》に百名の兵を附けて当らせます」

馬手がちょっと思案の間を置いて、弓光の顔をのぞき込むようにして口を開いた。

「ふむ。小梨ならば経験も判断力も充分で、この宰領には打ってつけの人物じゃ。だが今小梨を手放せば、この先お主が困る事になるのではないか」

「馬手。心配してくれる気持はありがたい。だがな、小梨も既に四十路の半ば、いつまでも戦塵の中に埋もらせとうはないのじゃ。

今度の仕事は、領民と共に在って万一に備える息の長いものになる。もし何も無ければ土に親しむ平和な暮らしを、そのままずっと続けてほしい。その土地の人間になりきってほしい——これが俺の考えだ」

淡々と語る弓光の面《おもて》を、馬手はじっと見つめていた。そして黙ってうなずいた。
席に在る者すべてが、弓光の真情に打たれて温い静寂が流れている。
天の軍団最後の評定《ひょうじょう》は終った。

11

風の忍城《おしき》

曇天の鈍色《にび》を映したかのように、禎嘉王《ていか》の館は重苦しく沈んだ時が流れていた。

その薄暗い雰囲気の中に一室だけ灯《あかり》が点いている。内部《なか》には此の館の主が独り、堆《うずたか》く積まれた木簡の整理に余念がない。

外では若い男女が、玄関に積まれた荷物を門の傍まで運んでいる。港まで荷を運ぶ馬が先刻出発したばかりで門外には誰も居ない。

港から馬が戻ってくれば、禎嘉王の木簡がどうやら最後の荷になるようだ。


ジジジッと灯芯が鳴いた。

ふと顔を上げた主の前に、いつの間にやら二つの人影が滲み出ている。

だが驚く様子もなく、主は筆を置いた。

「ホ、誰方《どなた》かな?」

人影は平伏した。

「案内《あない》も乞わず推参仕《つかまつ》りまして申し訳ございませぬ。手前は風の忍城《おしき》、これなるは翠林《すいりん》と申します」影の滲みが消えて、輪郭がはっきりしてきた。

立ち上がれば六尺豊かな偉丈夫であろう。精悍な顔だちと逞しい躰《からだ》つきの隅々にまで、闘志が溢れている。流石《さすが》は高句麗の親衛隊長であっただけに、貫禄も充分である。

翠林の方は――美女である。黒い眸にしっとりと潤いを秘めて、白い肌と細く濃い眉が灯の中にくっきりと浮かび上がっている。

「ま、どうぞ楽にして下さい……ところで御用の趣《おもむき》は？」温い語調で禎嘉が訊ねた。

「はい。先刻《さっき》私共は、新羅《しらぎ》の高官未斯訥《みしと》殿より或る仕事を命じられました」

「……」禎嘉はうなずくのみである。

「磐井王国という言葉が示す通り、筑紫ノ島の大半は磐井様のものじゃ。だが磐井さまにとって筑紫は小さすぎる。宜しく日本全土を統《す》べ給うべし！　我等は此のようにお勧めしてきたのだが、ようやく御気持が固まった。

しかし大和政権は中央の府だけに、これを倒すには今の倍以上の戦力が要る。そこで、わが新羅が義に依って援助申し上げ、大唐も力を貸してくれる事になった。此の三軍が力を合わせれば大和政権などは鎧袖一触《がいしゅういっしょく》、日ならずして我等の前にひれ伏す事になろうよ。と、それはもう大変な鼻息でございました」

「ふうム。忍城《おしき》殿は何故《なぜ》そのような秘事まで私に聞かせてくれるのですか」

一瞬の沈黙があった。そして禎嘉をじっと見つめた忍城《おしき》の眼が温かく穏やかになった。

「禎嘉様。人の一生には節目《ふしめ》というものがございますな。いま私共は、大きな節目を前にして居ります」

「……」

「実は今日、未斯訥《みしと》殿から貴方様の暗殺を命じられました」

「ホ、私を殺せ、と?」

「はい」

禎嘉の面上些《いささ》かの動揺も見られなかった。

「その席に磐井殿は居られましたか」

「はい。終始無言で苦しげな面持《おももち》でした」

「……」

「私も迷って居ります。いま禎嘉様を亡き者にして一体何の得があるのか? 私には判りません。失礼ながら二年前より貴方様のお話をこの耳で聞き、その御行状を陰ながら拝見して参りました。正に高徳の君子! 此れ程のお方を何故亡き者にせねばならぬのか……翠林と共に考えあぐねて、かくは参上致した次第でございます」

「分かりました。貴方がたの真情、ようやく理解できた気が致します」

禎嘉は真摯《しんし》な面持《おもも》ちで、これも真剣な二人の顔を等分に見た。灯芯の瞬きが、その温容を柔かく浮かび上がらせている。

「まず新羅・大唐の狙いからお話しておきましょうかな……」それから始まった禎嘉の話は、真相を知らなかった二人を瞠目させるに足るものであった。

聞き終った二人に暫《しば》しの沈黙があって、

「禎嘉さま。お願いがございます」

忍城《おしき》が改まった声音になった。

「私共を、お供の端に加えて頂けませぬか」

二人がピタリと手をついた。流石の禎嘉もすぐには言葉が出ない。

「今までの私共は霧の中をさまよっているようなものでした。真実を知らされていなかったのです。只今のお話を伺って、ようやく胸のしこりが取れました。成り行きに流されて争いに明け、戦に暮れる修羅の日々を過して参りましたが、これからは人間らしい暮らしを取り戻したいと存じます。何卒、なにとぞお願い申し上げます」

「しかし貴方がたは、既に密命を受けて居られる……」

「その任務サラリと海に棄てました。棄ててしまえば、何とも爽快な気分です」

忍城《おしき》と翠林、ここでニッコリ笑った。晴れ晴れとした良い笑顔である。

「ふゥむ。だが一緒に来られても、土に明け暮れる農夫の仕事が待っているだけですぞ」

「それが望みです」

禎嘉の顔に、ジワーッと笑みが広がった。そしてゆっくりと頷いた時、部屋の外から声が掛かった。

「奈魚登《なおと》です。宜しゅうございましょうか」

「はい。どうぞ」

回廊に面した板戸が静かに開かれ、奈魚登が顔を見せた。

「あ、お客様でしたか」その時、忍城《おしき》の傍に座っていた翠林が異常な程の緊張を示した。流石《さすが》に声は出さないが、大きく見開いた眼は奈魚登の面を見つめて瞬《また》きもしない。

「あと半刻足らずで馬が此方へ戻って参ります。その折、積荷のお指図を……」

「心得ました。何彼《なにか》とお世話を掛けますな」

「いえ。それでは後ほど……」

笑みを含んだまま再び客へ目礼を送って、奈魚登は板戸の陰に消えた。

「あの……今のお方は？」

「はい。奈魚登《なおと》殿、と申されてな。仲々立派な青年で息子の友人ですが、息子は兄のように慕って彼を敬愛して居ります」

「奈魚登さま、と仰しゃるのですね」

「はい。それが何か……？」

「翠林。どうしたのだ」

やや大きくなった忍城《おしき》の声に、漸《よう》く落ちつきを取り戻した翠林が答えた。

「取り乱しまして申し訳ございません。実は四年前に死んだ私の兄が、生き返ったのではないかと思ったほど、あの方は兄とそっくりだったのです。生き写しのように……」

忍城《おしき》も禎嘉も、無言のままだった。

先刻《さっき》立ち去った奈魚登の面影を、再び反芻《はんすう》しているのであろう。夢見る童女のように、あどけない表情になった翠林を労《いたわ》りの眼で見守っていたのである。

禎嘉王とその一族の姿は宇島《うのしま》から消えた。

例の薬屋も店を閉めて、看板娘の顔を見られなくなった若者たちの嘆きが、しばらくは後を引くことであろう。

その愛らしい加耶《かや》は船上に在った。遠ざかりゆく宇島のなだらかな丘の緑を眺めながら瞼を濡らす十七の乙女を、見守っているのは海風に舞う鷗《かもめ》だけであった。

陽が落ちてゆく。西の空が真紅の帯を置いたように美しく映え、その中で眩《まぶ》しさを失った大きな太陽が暫く海上に浮かんでいたが、やがて躊躇《ためらい》がちに沈んでいった。

中津の港から一刻《とき》（二時間）ほど、海へ突き出ている和田鼻の陰に碇泊する三艘の大船は、白龍党の那珂彦《なかひこ》が手配した船であろう。

中津へ入津《にゅうしん》することを避けて、此の場所を選んだ蛙蘇《あそ》の判断は誤っていなかった。

禎嘉の乗り込んだ最後の漁船が中津の港を出ると、二艘の中型船がすぐに後を追って来たのである。正に送り狼！

追われる漁船の乗客は、禎嘉と奈魚登それに加耶の三人のみ。いや、もう一人居た。

船の艫《とも》に在って仁王立ちとなり、追いかけてくる二艘の船を睨みながら、何やら呪文を唱えている男……伊沙里《いさり》だ。海上に幻幕を張って、敵を混乱に陥し入れる伊沙里である。敵船は速度を増して近づいてくる。

と——妙な動きが現れ始めた。右へ左へ、まるで狼に襲われた野兎の如く逃げ回りながら、お互いに火矢を放っている。

帆が燃え出した。そして遂に——一艘の船首がもう一艘の船腹にガーンと突込んだ。そればかりではない。双方の兵たちが互いに相手の船に乗り込み、太刀を光らせ槍《ほこ》を揮いながら組んずほぐれつの乱闘が始まった。

その間にも船は徐々に沈んでゆく。狂乱の同士討ちもやがて終るであろう……

伊沙里が印を解いてニヤリと笑い、満足気《げ》に顎《あご》を撫でた。二艘の船は海上に跡形もない。幻の敵船と戦った兵たちの死骸が、潮に漂っているばかりであった。

「福智。いま着いたぞ」

奈魚登の明るい声が聞こえた。

「おゥ、待ち兼ねた。早よう入ってくれ」

甲板のすぐ下に十二畳ほどの船室がある。奈魚登を先頭に、禎嘉と加耶・伊沙里が続いて入ってくる。それを迎えた二人が目を丸くして立ちすくんだ。禎嘉と福智の父子である。

何と——禎嘉が二人居る。

唖然として声も出せない父子を見て、いま船室に入った方の禎嘉が苦笑しながらクルリと後を向いた。何やらモゾモゾと顔を弄《いじ》くっていたが、やがてゆっくりと振り返った。蛙蘇《あそ》である。笑いながら禎嘉に一礼した。

「貴方様にもしもの事があるといけませんので、身代りを務めさせて頂きました。敵を欺くにはまず味方より！　と申しますでな」

「蛙蘇《あそ》殿。貴方は危険を一身に……」

「いやいや、そんな大層なことは致して居りません。あ、ご紹介致しましょう。こちらは伊沙里殿と申されます。方術の達人です」

「蛙蘇《あそ》殿。そのような紹介をされると、恥ずかしゅうて身が縮むではございませんか」

「ハハハ、伊沙里殿も存外純情な……」

和気靄々《あいあい》の中で最初の懇談が始まった。


此の席で蛙蘇《あそ》は、初めて天の軍団の存在を明かしたのである。禎嘉父子にとって、それは大きな衝撃と感謝の念が交錯する新事実であったろう。風の忍城《おしき》と翠林の来訪の状況についても、言葉の端々《はしばし》に至るまで細《こま》かに伝達された。忍城《おしき》の名誉の為にも、替え玉の事は絶対に伏せておかねばならぬ。


「さて行先ですが、禎嘉様の御希望は日向国《ひむかのくに》でございましたな」

「はい。彼の地には半島神話の中で語られる太白山と同名の山があるそうです。大山祇神《おおやまずみのかみ》を祀る霊山もある由、是非共そのような縁《ゆかり》のある霊地に、と考えて居ります」

「解りました。第二船と第三船に乗る兵たちは、高千穂・霧島の峰に棲む山の者から選ばれた精兵《せいびょう》です。筑紫の山者たちを束ねる頭領霧ノ伊理日子《きりのいりひこ》殿は、天の軍団者老《きろう》殿と旧知の間柄で信頼に足る人物、と聞いて居ります。いずれ、お会い出来るでしょう」

「何から何まで、かたじけない」

禎嘉父子が再び頭を下げた時、船室へ一人の男がやや緊張した表情で入ってきた。太い腕と赤銅の肌色は船頭の和珥部《わにべ》である。

「なに、変った船？」

「はい。笹船のように細長い船で帆は付いとりますが、まるで水すましのようにスイッ、スイッと、それが速いのです」

「ふム、乗り手は？」

「翠林とかいう女が一人。禎嘉様にお目通り致したい、と言うとります」

蛙蘇《あそ》と禎嘉がうなずき合った。

「分かりました。此方へお通し下され」

二人の態度で、大事な客と察した和珥部《わにべ》が丁重に案内する。

「おォ翠林殿。よう座《わ》せられました」

禎嘉が立って親しげに席へ招じた。中華風の円卓はこんな時まことに便利が良い。

「皆様。洛陽の都から来られた翠林殿です。それぞれ自己紹介の形で参りましょうか」

一同がうなずいた。

「お初にお目に掛かります。あれに居ります奈魚登と加耶の親父で蛙蘇《あそ》と申します」

まるで名人芸でも観るように、息をつめて奈魚登は視線を注いでいた。

蛙蘇《あそ》は昨日翠林と顔を合わせて間近で話を交わしている。たとえそれが別人の顔であったとしても、よくまあ素知らぬ態《てい》で初対面の振る舞いが出来るものだ。

禎嘉の方は今日まったくの初対面である。にも拘らず、再会の親しさを言動に込めて、翠林に些《いささ》かの疑念も抱かせていない。

年重ねたる者にして初めて出来る芸か！　驚き半分、呆《あき》れ半分の気持で奈魚登は二人の所作を眺めていたのである。

「翠林でございます。宜しくお願致します」

「奈魚登です。此方こそ宜しく」

今まで伏目がちに挨拶していた翠林が此のとき初めて顔を挙げ、真正面から奈魚登を見た。白い頬に優しい笑みが刷《は》かれている。

一瞬、若い二人の視線が宙で結ばれた。

「高句麗・新羅・大唐から忍《おし》の技人《てびと》三十名が明夕刻に中津の港へ入る由、先ほど卜湖《ぼくこ》殿より連絡がございました」

この情報を知らせる為に、翠林は単身舟を操ってきたのだ。いよいよ来るか！　一同の面上に緊張が走った。

「その三十名と、まず忍城《おしき》殿が話し合われるのですな」蛙蘇《あそ》が確認した。

「はい。その上で同心の者と共に、皆様の跡を慕うことになります。お差し支え無くば、目的地をお教え下さりませ」

「目指すは日向国《ひむかのくに》です」禎嘉が告げた。

「と申しても、翠林殿にはお判りになりますまい。船と水夫《かこ》は当方で中津の港に準備しておきますから御安心ください」

蛙蘇《あそ》の言葉に翠林がホッとした表情を見せた。やはり一抹の不安があったらしい。

「何彼《か》とお世話を掛けますが、どうぞ呉々《くれぐれ》も宜しくお願い致します。私共の方も明日の夜には決着がつくでしょう。再会の日を楽しみに致して居ります」

微かな香を残して翠林は去った。

「さて、此れからが大変ですぞ」

蛙蘇《あそ》の厳しい表情が一同を見回した。

「忍《おし》の技人《てびと》三十名は戦う為に海を渡って此の国へやってくるのです。忍城《おしき》や翠林が如何に情理を尽くして説いたとしても、同心の者がすぐ出てくるとは思われません。最悪の場合二人が孤立する事も考えられます」

一同の顔に緊張が走った。言われてみればその通りである。

「彼等の話合いは明日の夜です。結果が良くも悪くも、忍城《おしき》達は港へ走るでしょう。我等も出帆を遅らせて、船に受け入れてやりたいと思いますが……」

「そう致しましょう蛙蘇《あそ》殿。あの人達も立派な同志なのですから」禎嘉がすぐに同意した。全員がうなずいている。

「磐井の王宮に滞在する新羅の高官未斯訥《みしと》の反応が鍵になります。もし彼が裏切者を成敗せよ！

と令を下せば、忍《おし》の技人《てびと》三十名は事情を知らぬままに、忍城《おしき》と翠林に襲いかかるでしょう。そうなれば二人は海に逃げるより他《ほか》ありません。忍の技人三十名が、これを追う展開になります」

指導者というものは此れ程までにあらゆる事態を想定せねばならぬものなのか。奈魚登は驚嘆の思いで蛙蘇《あそ》を見つめていた。

「これに備えて、第二船と第三船は付かず離れずの態勢を取って頂きます。第三船の艫《とも》には奈魚登が立て。双方共に顔見知りが居らぬと具合が悪いでな。もし追いすがる船あらば伊沙里殿が待ち構えて居る――」

伊沙里が大きくうなずいた。

「二人を船に収容すれば、後は戦あるのみ！　船は三艘とも武器を備えた闘艦、そして乗員は筑紫の山々から選び抜かれた精兵達です。何条以《なんじょうも》て引けを取る事がありましょうや」

闘志溢れる蛙蘇《あそ》の言に、居並ぶ一同ことごとく莞爾《かんじ》と笑みを浮かべた。

「しかしながら追い来る群狼共を無傷で船に乗せてしまえばちと厄介、戦となれば猛兵と化す技人《てびと》共ノ勢いを弱めなければなりません。

そこで、舫《もや》い船の近くに赤卑狗《あかひく》配下の忍兵十五名を待機させます。お互い忍の者同士、どのような戦になるかは全く判りませぬが、最悪の場合でも敵の数を減らし、忍城《おしき》と翠林が船に乗り移る間の時を稼ぐ事は充分に出来ると存じます」見事な作戦である。一同の嘆声の中で明日の段取りは終った。

翌日の夕刻——磐井の王宮では、忍城《おしき》と翠林が先ほどから新羅の高官未斯訥《みしと》と卜湖《ぼくこ》に執拗《しつよう》な追及と叱責を受けていた。

「ならば我等の指示には従えぬと言うのか」

「はい」

「これから何をする心算《つもり》じゃ？」

「まだ決めて居りませぬ」

「ふむ。喪家《そうか》の狗《いぬ》づれが、この異国の涯で何が出来ようぞ！」

「お手前様方には関《かか》わり無きこと」

「関わりないとは言わせぬぞ。新羅・高句麗・大唐から呼び寄せた忍《おし》の技人《てびと》三十名はどうする心算《つもり》じゃ。今夜到着の予定ではないか」

「めいめいの心に任せる事になりましょう」

「ほう、呼んでおいて後は知らぬ顔か」

「そのように無責任な事は致しませぬ」

「言うな。一旦は仕事を受けておいて、途中で投げ出すなど言語道断、風の忍城《おしき》とはそのように好い加減な男であったのか！」

ネチネチと絡《から》み付くような卜湖の言葉に、今までひえびえとした表情の忍城《おしき》だったが、遂に怒りが顔に表れてきた。

「な、何じゃ、その眼は？　おッ……」

驚くべし！　忍城《おしき》の身体がぐうッと大きく膨らんでゆく。唯《ただ》でさえ六尺豊かな偉丈夫の躰《からだ》が一丈を超す大きさになった。傍に坐す翠林の身も同じように膨れ上がって、巨大な二人が未斯訥《みしと》と卜湖《ぼくこ》を見下ろしている。

狼狽した未斯訥《みしと》が震えながら逃げようとしたが、金縛りにあったように躰《からだ》が動かない。もちろん卜湖《ぼくこ》も同様である。口をパクパクさせて二人の巨人を見上げている。

「仕事はこれから始まる段階じゃ。中途で投げ出す訳ではない。お判りか」

巨大な声がウォーンと響きを伴って二人の耳に飛び込む。

分かった、判ったと、操り人形のように首を振るが言葉にはならない。

「他国の領土を餌として大唐を語らい、自らは半島の全てを我が物にせむとする大野望のどこに義があるのか。義によって磐井を援助すると申されたが、それは方便であろうな」

操り人形の首振りが再び行われた。

「真実を覆い、我等の技のみを利用せむとした新羅に力を貸す気はない。これでお別れじゃ。異存はござるまいな」

三度目の首が烈しく横に振られたその瞬間、まぶしいほどの白光が室内に溢れて、ふらつきながら未斯訥《みしと》と卜湖《ぼくこ》は気を失った。

——中津の港から宇島へ通じる大道は、だれいうとなく磐井街道と呼ばれている。

百済《くだら》・新羅・高句麗の地から亡命してきた高官たちの邸宅が緑の丘に点在している。

瓦屋根と丹塗《にぬ》りの柱、美しい曲線の唐破風《からはふ》などが随所に見られ、他所《よそ》にはない異国情緒を醸し出している。

その中の一邸に、忍城《おしき》は三十名の忍《おし》の技人《てびと》を連れ込んだ。禎嘉王とその一族が住んでいた今は無人の館である。

夕闇が濃くなった――

「忍城《おしき》、俺は新羅の人間だ。たとえ義があろうと無かろうと、新羅は俺の国だ」

忍城《おしき》の話が終った途端、低いがドスの利いた声で磐排別《いわおしわけ》が言う。

喰いついたら離さぬ残忍な性格で金毛の狼と異名をとる男だ。彼がそう決めたら新羅組の十四名はそれに従うだろう。

「私たち兄弟は忍城《おしき》殿に附いて行きます。そのような高徳の士の下《もと》に在《あ》れば、真の幸せが摑めるかも知れません」

高句麗勢十名の中から鴨《かも》の鳥進《とし》・弟の鳥見《とみ》と妹の阿梨《あり》が忍城の傍へ歩み寄った。

「俺も、そうしよう」

高句麗随一の術者で白虎と異名をとる戸畔《とべ》が、のっそりと進み出た。

足を痛めたらしく、びっこを引いている。

「戸畔《とべ》、足をどうした?」

「毒虫にやられてての。傷口をえぐり取ったんじゃ。あと一《ひ》と月もすれば癒るじゃろ」

忍《しのび》の者が蛇・蠍《さそり》などの毒虫にやられる訳がない。恐らくは乱闘時に毒を塗った手裏剣が掠《かす》めたものであろう……そう思ったが口には出さなかった。

「さて、儂等《わしら》の番じゃな」

ゆっくりと自分に言い聞かせるような語調で、一人の男がゆるゆると進み出た。半白の髪に、揺れる灯影がまとわりつく。

大唐にその人あり、と知られた有名な術者で、玄武居士《こじ》と呼ばれる崇光《そうこう》である。

「三十年の間、大唐を舞台に各地を駈け巡り、修羅の巷《ちまた》を彷徨《さまよ》うて来たが、今度の仕事を最後に手《て》仕舞《じまい》を、と秘かに考えて居ったところ、忍城《おしき》殿が思わぬ近道を教えて下された。娘と共に喜んで参じましょうぞ」

豹のようにしなやかな黒い影が崇光に寄り添った。朱雀《すざく》の真夜《まや》、女ながらも崇光と共に数多くの修羅場を潜り抜けて来た強者《つわもの》である。

灯の光を横顔に受けて翠林が現れた。一同に会釈して忍城《おしき》の横に立つ。

集団は二つに分かれた。

「忍城よ。今日までは仲間じゃが、明日からは敵ぞ！」

金毛の狼磐排別《いわおしわけ》の野太い声が吼《ほ》えた。

「承知！」

短かく応えた忍城《おしき》が目で促した。風が吹くように八人が消える。

残る二十四人が磐排別《いわおしわけ》を円陣の中心に置いたのは、自然の流れであったかも知れない。

二十三夜の月が丘の上に浮かんでいる。すこし痩せた月の光を受けて磐井街道が白々《しらじら》と横たわっていた。その上を八つの影が辷《すべ》るように動いてゆく。

足を痛めている戸畔《とべ》を気遣って、少し速度を落としているのであろうが、速い！

と——先頭の影が急に歩を緩めた。

同時に黒影の塊は散って、白い道の上に残った影はただ一人……

「おおい、待ってくれえ」

微かに声が聞こえてきた。

油断なく身構える黒影は、どうやら忍城《おしき》のようである。

漸く跫音《あしおと》が聞こえてきた。一人ではない。やっと二つの人影が見えた。

「いやあ、お主たち速いのう」

新羅十五人組の永珍と永宝である。

「何しに来た？」

「俺たちも一緒に行く。連れていってくれ」

「なに？」

「金狼の磐排別《いわおしわけ》が早速頭面《かしらづら》をしとる。旧《もと》から威張りくさって気に喰わんかったが、奴の技にはかなわんのでな」

「何を言うぞ永珍。水ん中へ入れば儂等《わしら》が上じゃい！」

確かにその通りである。

赤鶍《あかう》の永珍・黒鶍《くろう》の永宝と呼ばれている此の二人、一旦水へ入れば魚も顔負けの素速い動きである。水中の技では誰にも引けを取らないだろう。しかし陸《おか》の上ではさしたる技を持たぬ為、どうしても下っ端《ぱ》扱いされる。それが頭に来ていた事は容易に想像出来るのだが……

「思い切ってよく言えたな」

「此の機会を外したら、もう二度と金狼の手から逃《のが》れることは出来んと思うたんよ。あいつ、ジロッと睨みおった」

「いや何と言うてもな。忍城《おしき》殿が一番初めに言うてくれたじゃろ。人間の生き方は一人ひとりが決めるもの、これより後はめいめいの心の儘に——とな。きっとあの言葉が効いたんじゃ」

いつの間にか二人の後に、七つの影が立っている。

「どうする？　みんな……」

忍城《おしき》が影に問いかけた。

「何やら胡散臭《うさんくさ》い気もするがの」

白虎の戸畔《とべ》がつぶやいた。

「そんな……」永宝が口をとがらせて何か言おうとしたとき、

「まあ、良いではないか。此処まで来たら、もう戻る訳にもいくまい」

玄武居士の声である。

「じゃがの、御二人さん。もし、皆の気持を裏切るような事があれば、直ちに生命もらい受けるぞ！　どうじゃな忍城《おしき》殿、これで」

忍城《おしき》がうなずいた。八つの影は十個の黒影となって、再び港へ疾《はし》り出した。


――ひたひたと岸壁に寄せる波が、月の影を砕いていた。静かな海である。

十個の黒影は波止場入口で散開した。敵に備えての隊形である。

月の光を浴びて、路上に一人の壮漢が立っている。ゆっくりと近づいてきた。

「風の忍城《おしき》殿ご一行とお見受けする。手前は禎嘉王を守護奉《たてまつ》る天ノ蛙蘇《あそ》が一子、赤卑狗《あかひく》と申す者。忍城殿はいずれに在《おわ》す？」

小柄な影が走り寄って何事かを忍城《おしき》にささやいた。翠林であろう。

禎嘉王の館でちらと見た奈魚登という若者は翠林の亡兄に瓜二つであるという。

蛙蘇《あそ》殿とやらは、あの若者の父であり、この赤卑狗殿の親でもあると言う。

初の対面であるが敵ではない――

「手前が忍城《おしき》です。赤卑狗殿には、わざわざお出迎え頂いたのでしょうか」

「いえ。迎えであって迎えにあらず。同心なされた方々が無事に乗船されるまで、お護りするが我等の役目です。失礼！……」

忍城に断って赤卑狗は指を口に当てた。

ピッポロポー、ピッポロポー、一風変った啼き声が波止場に響いた。

同時に、叢《くさむら》の蔭、樹の梢、舫《もや》い舟の中から、次々に黒衣の者が現れて赤卑狗の前に片膝ついた。足音ひとつ立てない。

「お仲間は、この通り無事に着かれた。これから船に乗るが、あと一刻《とき》が程は気をゆるめるな。送り狼あらば一匹残らず討ち果せ！」

月が雲間に隠れたらしい。波止場を寸時の闇が覆ったが再び明かるくなった時、黒衣の者はすべて姿を消していた。

赤卑狗は船に一行を導きながら忍城《おしき》に、

「一旦海へ出てしまうと後を追うのは大変だろう、という話になりましてな。船は出帆を延ばして、貴方がたのご到着を向こうで待って居ります」

「それは忝《かたじけな》い。この港からどれぐらい掛かりますか」

「さあて、普通は一刻《とき》ほど掛かりましょう。しかし此方には風の忍城《おしき》殿が附いて居られる。帆を一杯に張らせます故、忍城殿のお力でもっと早よう着くようになりませんかな」

忍城《おしき》は苦笑した。手の内を見透《す》かされている感はあるが、不思議に悪い気はしない。

赤卑狗の持つ穏かな包容力の所為であったろうか——

海の風を一ヶ所に集めて帆にはらませる「風の忍城《おしき》」の名に愧《は》じぬ技で、船は船頭が驚くほどの速さで疾《はし》った。

12 神の門

日向灘には島が少い。浜の向こうは、すぐ外海の荒波である。まっすぐな海岸線ではあるが、河口を抱える箇所は岩鼻に囲まれた小さな入江が多少の変化を形成している。

船頭の和珥部《わにべ》は、美々津と呼ばれる小さな漁港の岩鼻の沖合で碇を下ろした。

「此処なら船も着けられますが、大船三艘を港へ入れるのは、ちと無理ですばい」

「いや、二艘だけ交替で入港出来れば良いのです。第三船は此処から更に南へ……」

「あ、そうじゃった。人と積荷を下ろすのは二艘だけですな。ほんならすぐに……」

「和珥部《わにべ》殿。いま一つ御手数ですが、小舟を出して第三船の福智殿と奈魚登《なおと》を、此の船に呼んでもらえませんかな」

「ああ、評定の席に居《お》んなった、あの若え衆《わけ》ですな。はい、承知しました」

和珥部《わにべ》が甲板から降りていって、小半刻もせぬ間に福智と奈魚登が姿を現わした。

禎嘉《ていか》と蛙蘇《あそ》は手頃な荷の上にゆったりと腰を下ろし、若い二人は甲板に坐った。

まず禎嘉が、たのもしく成長した我が子の顔を、覗《のぞ》き込むようにして口を開いた。

「福智、今日から其方は、この父と別れて生きてゆく事になる」

意外な言葉に福智がハッと顔を上げた。

「第三船は更に南へ進んで、船頭の指示する所に上陸せよ。其処に流れ込む川に沿って遡《さかのぼ》ってゆけ。小丸川と言うそうな。その途上に於て、新しき故山の地を見出すのじゃ。

知っての通り、新羅《しらぎ》と磐井の軍勢が我等を狙って居る。幸い天《てん》の軍団の方々に護っては頂けるものの、全員が一つ所に固まるは如何《いか》にもまずい。二手に分かれてそれぞれが別の楽土を造り上げれば、二つの桃源郷が生まれることになる。仮にその一つが敵勢に蹂躙《じゅうりん》される事があっても、別の一つが生き残れば民の救われる途《みち》もあろう。のう福智、それで良いではないか」福智は下を向いたまま——その横顔を奈魚登がじっと見つめている。

禎嘉の語調が厳しさを加えた。

「福智、我等は百済義慈王《くだらぎじおう》直系の子孫である。如何なる事があろうとも、祖先の祭祀を絶やしてはならぬぞ」

「はいッ」

「また、我等を慕って此処まで附いてきてくれた民の心を、絶対に裏切ってはならぬ」

「はい、父上」

「福智殿」今まで港の方へ目を遣っていた蛙蘇《あそ》が、柔らかな口調で顔を向けた。

「今まで奈魚登と兄弟のように過して頂きましたが、この御縁は神の与え給うたものにあらずや、と私は感じて居ります。宜しければこの後もずっと此の御縁を、常時不変のものとして下され」

「親父様ァ。忝《かたじけの》うございます」

福智の喜びがその声に表れていた。

奈魚登は一瞬驚きの色を見せたが、すぐにゆっくりと頭を下げた。

「奈魚登。新しき土地が見つかったらの、そこの守りはすべて達句《たるく》殿に任せよ。やる気を持たせれば百名の兵が二百、三百の力を発揮するものじゃ。但し其方が軸になってはいかんぞ。福智殿がすべての中心に在るように守《も》り立てるのが其方の役目じゃ。構えて立場を忘れるでないぞ」

禎嘉が心からの会釈を奈魚登に送る。

そして二人を乗せた第三船は禎嘉と蛙蘇が見守るうち船首を南へ向けて去っていった。


久しぶりに大地を踏んだ喜びもあって上陸した民と兵の集団は、元気に山道を進んだ。

先導を務める百名の兵は霧《きり》ノ伊理日子《いりひこ》配下の山者だけに、道にも詳しいのだが決して急がない。

足弱の女子供や年寄り、それに大きな腹を抱えた妊婦も居る。小頭の意呂日子《おろひこ》の気遣いも並大抵ではない。

「ひと休みしましょう」

何度目かの休憩時に禎嘉が問いかけた。

「意呂日子《おろひこ》殿。目指す地はどんな所ですか」

「はい。此処から十二里ほど奥へ入りますと雲の湧き出る所があります」

「ほう、其処の名は？」

「はい、ミカド。神の門と書きます」

「なに、神の門！」

禎嘉の眼の色が変った。

「意呂日子《おろひこ》殿。その近くに飛び抜けて大きい山はありませんか」

「さあ、何セ山ばかりですキのぅ。みな似たようなもんじゃが……あ、神門ン北の方に清水岳チ言うちィと高え山《たけ》があってですね、大山祇神《おおやまずみのかみ》を祀るお社が出来ちょります」

陽を受けて禎嘉の顔が興奮で輝いている。

「太白山と呼ばれる山はありませんか」

「ああ、それは諸塚山《もろづか》の事でしょ。清水岳の真北《ま》にあってですね。頂辺《てっぺん》に大杉が立っちょる山ですばい。あの辺では諸塚山が一番高うて、高千穂の峰の一つになっちょります。古老の人達は太白山と呼んどりますバイ」

何から何まで禎嘉が思い描いていた理想の霊地が、そのまま此処に在る――禎嘉が興奮と喜びに思わず立ち上がろうとしたとき、一人の女が転ぶように駈け寄ってきた。

「生まれます。赤ちゃんがもうすぐ……」

意呂日子《おろひこ》の対応は速かった。

「産屋《うぶや》を作れ。彼《あ》の草原じゃ。急げ！」

流石に山の者である。伐り取った太目の枝を柱に見立て、荷の中から薄縁《うすべり》を取り出して四囲を覆うと、忽《たちま》ち産屋が出来上がった。

心利く女共が指図して火を起こし、大きい鍋と釜で湯を沸かす準備を始める。

産婦と一緒に二人の女が産屋に入った。

三百余の民と二百の兵……いや、民も兵もない。五百を超す人間が固唾《かたず》を呑んで、新しい生命の誕生を待っていた。これ程の人数が居るとは思えぬ静寂が草原を流れている。

「オギャア……」

元気のよい産声が挙がった。

途端にワアーッと大きな歓声がどよもして人々が一斉にしゃべり出した。

一箇の小さな生命の誕生が、これ程までに大きな感動を呼び起こすものなのか！

禎嘉は此の草原を産野《うぶの》と名付けて、微笑みながらその名を日誌に認《したた》めたのである。

翌日一行は二つの川の分岐点に差し掛かった。美々川の本流と、支流の坪谷川である。

意呂日子《おろひこ》はためらわず坪谷川沿いの道を採り、間もなく広い川原のある場所に出た。

「も少し進んだら此の川ともお別れですキ、この辺りで身体を洗《あろ》たらどうでしょ？」

意呂日子《おろひこ》の提案である。ずっと歩きづくめの一行にひと息入れさせよう、との狙いもあったようだ。日中はまだまだ暑い。

昨日産湯を使ったばかりの赤ん坊も、躰《からだ》を拭いてもらいながら泣きもせず、心地よげである。禎嘉は此の地を児洗《こあらい》と命名した。

川の中ほどに入ると胸の辺りまでたおやかな水が浸してくれる。男も女も生まれたままの姿になって幼児のようにはしゃぎ回った。

「キャア……」

突然、耳をつんざくような女たちの悲鳴が川面に響いた。対岸から岸辺の草をかき分けて、次々に髭面の男達が姿を現わす。どうやら此の辺りを根城にする山賊のようである。

「よぅお前等《めえら》。生命まで取るたあ言わんキ、女ん子《おなご》を二十人ばかり置いていけェ。今日はそれで勘弁しちゃるわェ」

巨漢である。此の男が首領に違いない。漆黒の虎鬚《とらひげ》が顔半分を包んで、野彦のような太い声が女共をすくませる。

しかし、今日は相手が悪かった。

まず膳《かしわで》ノ小梨《おなし》が、水にも入らずに警護を続けていた十人の兵を従えて前に進み出た。

その時、横から落ち着いた声が掛かった。

「小梨殿。このような敵を相手に、兵が怪我してはなりませぬ。ここは我等が……」

玄武居士崇光《そうこう》である。

「戸畔《とべ》よ!」

「おおゥ!」白虎の戸畔が進み出た。

「見ての通りだ。ここはお主と俺でいけるのではないか」

「そうよな。二人で片づけるか」

「む。但し殺すなよ。脅すだけで充分じゃ」

「心得た!」

言い終った途端、二人は左右に奔《はし》った。

速い……疾い！　一本の黒い棒のようになって、ふっと消えた。山賊共は呆然自失、口をポカンと半開きにした儘である。

その時「グヮオオッ……」と、先ほどまで彼等が潜んでいた叢《くさむら》から、のっそりと巨大な獣が現れた。虎である。もちろん彼等が初めて目にする巨大な化物である。

「ガオオッ……」首を傾け赤い牡丹のような口に鋭い牙を見せて、今にも山賊共に飛び掛かる姿勢を見せた。

「ウワアッ、助けてくれェ」

飛沫《しぶき》を上げて逃げまどう山賊の群にあって流石は首領、傍の手下《てか》からむしり取るように奪った弓を、きりりと引き絞って虎に狙いを定めた。その瞬間、天空から黒い塊が落下した。それは首領の肩を無造作に摑み取り、再び天空へ舞い上がる。大鷲である。

山賊等はもとより民も兵も一斉に空を見上げた。鷲が黒点となって山の向こうに消えたとき、虎もいつの間にか姿を消していた。

気が付くと、山賊たちは一人残らず川原に引き据えられていた。護衛の兵も初めは十人程と思っていたのだが二百人は居るようだ。

「こんげ仰山《ぎょうさん》、兵が居ったんか」

「初めはみィんな裸じゃったもんねえ。判るはずがあろか」

「おまけに、あんヶな化物《ばけもん》が出て来《く》っとじゃキねえ。まッこッたまがったぞォ。喰い殺さるる所《とこ》じゃったわえ」

山賊の首領も最初の威勢はどこへやら、黙りこくって川原の石に眼を落としている。

小梨《おなし》が歩み寄ってその傍に腰を下ろした。親しい友と語り合うような態度である。

「ご存分に仕置《しおき》なされよ。但し部下達は我が命に従ったまでです。何卒生命だけは助けてやってくだされ」意外にも折り目正しい言葉であった。小梨は穏やかな眼差《まなざ》しで、

「これから、どうなさる？」

「考えては居りませぬ」

再び川原の石に眼を落とした。

蛙蘇《あそ》と禎嘉が近づいて来た。同じように腰を下ろしてゆっくりと話しかける。

「どうじゃな。我等と一緒に行かれぬか」

意外な言葉を耳にして、怪訝《けげん》そうな表情になった首領は無言で蛙蘇の温顔を見つめた。

「山賊商売というのは、人の物を横取りするのが仕事ですな。初めて他人の持物を奪ったとき、貴方がたは胸の痛みを覚えた筈じゃ。今その痛みは何処へ行ってしもうたのかな」

俯く首領の顔がわずかに歪んでいる。居並ぶ手下《てか》等の表情も固い。

「人の道に外れた此の商売が長続きせぬ事はようお判りのはず、どうせ止《や》めるのなら今日を境にお止めなされ。力があり余って困る者は、今度は守る側に回ったら如何かな」

語る蛙蘇《あそ》にも、傍に座す禎嘉と小梨の表情にも、敗者に対する高圧的な態度は微塵もない。首領

が、ガバと坐り直して平伏した。

「恐れ入りました。手前はもと大宰府の庁に仕えていた者で、韓良子《からこ》と申します。ご承知と存じますが、半島の状勢が厳しくなるにつれて、無理な徴兵と賦役に民は泣いて居ります。此れすべて下級役人が自己の成績を上げんが為、病母を抱える一人息子や家族を支える大黒柱まで徴募の網に掛け、長期の賦役に駆り立てているのが原因です。しかも上司と自己の身内については、賄《まいな》いを受け取ってこれを見逃しているのです」

話しているうちに腹が立ってきたのか顔面紅潮の髭面になってきた。

「この悪徳役人共に天誅を加えんと、官を辞して同志を募ったのですが」肩を落として、「いつの間にやら此の始末です。お嗤《わら》いくだされ。恥ずかしき限りです」

蛙蘇《あそ》と禎嘉は顔見合わせて頷《うなず》き合った。

人が生きる所には、かならずと言ってよいほど悪の種子も蒔《ま》かれている。

だれが、蒔くのか？

だれが、育てるのか？

究極は人の心が支配する――ことを、今この若者に説いてもすぐには納得すまい。

虎鬚に最初はだまされたが、肌も声もまだ若い。それにしても官を辞してまで一念を貫こうとしたその気概は見事なものである。

「韓良子《からこ》殿。その願い、我等が叶えて進ぜよう。今すぐという訳にはゆかぬが、一緒においでなさるか」

「えッ……ありがとうございます。して部下たちもお許し頂けるのですか」

「勿論です。心のままに為されよ」

蛙蘇《あそ》の言葉に、喜びを全身に表して韓良子《からこ》が手下《てか》達を顧みた。

「みんな、聞いた通りだ。俺はこの方たちのお供をして行く。お前達は家族の許へ帰れ。山塞にある物は皆で平等に頒《わ》けよ」

息を呑んだ手下《てか》達に向かって韓良子《からこ》は更に言葉を続けた。

「民を助ける為に起ち上がった俺が、お前達の家族の事に思いを致さなかったのは迂闊《うかつ》だった。勘弁してくれ。この通りだ」

頭を下げる韓良子の傍へ転がるように、たちまち十数人の手下が駈け寄った。

「お頭《かしら》ァ。俺共《おつどん》と別れて、あんたァ大宰府へ乗り込む心算《つもり》じゃろ！」

「抜け駈けはいかんばい！」

「そうじゃァ。初めッ約束通り、俺達ゃ死ぬも生きるも、皆一緒たい！」

「家族は居らん。帰る家も無か！　腐れ役人どもに一泡《ひとあわ》吹かさんと……何の為に今まで苦労してきたんじゃァ」

口々に叫ぶ手下《てか》等の声は、韓良子《からこ》に対する信頼を物語っていた。困り果てた態《てい》の韓良子が蛙蘇《あそ》を顧みると、満足気な微笑が在《あ》った。

「この者たちの心底《しんてい》見届けました。良いではありませんか。連れてゆきなされ。但し故郷《くに》に家族のある者は、なるべく帰るようにもう一度説得することじゃな」

結局三十二名のうち、二十五名が韓良子《からこ》と行を共にすることになった。

人数が、また増えた——


その日の夕方から冷たい雨が降り出した。次の日も無情の雨は止みそうにない。

「この峠を越えた所です。もうひと息じゃ」

意呂日子《おろひこ》の声に励まされて重い泥道を人々は進む。老人や子供等はすっかり顔馴染みになった兵の背に負われ、新たに参入したもと山賊達は兵の荷物を肩代りして担いでいる。天も根負けしたか雨も小降りとなってきた。

そして——先頭が停まり、続く一団も同じ場所に立ち止まった。峠の頂上である。

眼下に白い海が広がっていた。

たゆとう雲の波間に、幾つかの山の頂がまるで黒い島のように浮かんでいる。

いつしか雨は止み、陽が射してきた。

陽光を受けた白い波は七色に輝いている。

人々は言葉も出ない……

「此の地が、神門《みかど》と呼ばれている所です」

意呂日子《おろひこ》の声が、まるで霧の中から湧き出るようにくぐもって聞こえる。

「神の地ですな」

「正に……とうとう着きましたなあ」

禎嘉と蛙蘇《あそ》の短い遣り取りの中にも、魂が震えるような実感がこもっていた。

そして半刻後、疲れた一行は神社の広場や村人の家に分かれて、温い炊き出しを受けながら休息する事が出来た。この大人数の到着を、すべて見通していたかのように受け入れは万全で、村長《むらおさ》の指図も行き届いていた。

その村長《むらおさ》の家に――禎嘉と蛙蘇《あそ》を待つ痩軀《そうく》鶴の如き老人が居た。いや、老人と言ってよいのか、頭《こうべ》に霜を置いてはいるが、烱烱《けいけい》と光る眼光と精悍な風貌は、只者ではない。

その鋭い眼光がふっと消えて睡たげな細い目になった時、村長に案内されて禎嘉と蛙蘇《あそ》が姿を現わした。

三人が鼎座《ていざ》したとき、秋の陽が射し込んで部屋がすっと明るくなった。

「初めて御意を得ます。霧《きり》ノ伊理日子《いりひこ》と申しまする」

「おお……」異口同音であった。

「禎嘉です。此の度は数々の御高配を戴き、まことに有難うございます」

「蛙蘇《あそ》と申します。耆老《きろう》殿から御名前はかねがね……此の地でお目に掛かれるとは、思いませなんだ」

「いやいや。尊いお方を御迎えするのに、若い者《もん》だけに任せてはおけませんのでな」

「ひょっとして意呂日子《おろひこ》殿は貴方の……」

「はい。まァだ雛《ひよっこ》ですが、少しはお役に立ちましたかな」

「見事なお仕事ぶりでした。我等一同どんなに心強かったか……」

そこへ村長《むらおさ》が入ってきた。

「伊理日子さまァ。布施屋（緊急用の宿泊施設）はみんな出来上がっちょりますが……」

「おお、そうじゃった。禎嘉様。この長殿《おさ》が山を拓《ひら》いて邑《むら》を造る事を、気持よう承諾してくれましてな。しかしどのような邑《むら》になさるのか、此の地を御覧になっての事になろう、と……そう考えましてな。取りあえず長殿《おさ》のお許しを貰うて布施屋だけは、うちの者に造らせておきました。全部で五百人ぐらいじゃと、報《しら》せが入りましたのでな」二人は絶句した。それが一番の気掛かりだったのである。

五百人を越す大人数の宿泊施設はそう簡単に出来るものではない。まず村長《むらおさ》に頼み込んで、土地・建築用材の手配と仮屋が出来るまでの生活、それに……そんな二人の心配をニコと笑って意呂日子は打ち消した。

「大事ござりませぬ。お任せください」

半信半疑の儘ここまで附いてきたのだが、此れほどの準備が為されていようとは――言葉もなく、ただ頭を下げるのみの二人であった。村長《むらおさ》がにこやかに語る。

「この村はですね。山ン衆にゃ随分とお世話になっちょっとですよ。杉の枝打ちゃ間伐、人手がないとどうにもならん下草刈り。それに田畑《でんばた》の方でも、麦刈りや田植だけじゃ無《の》うて、病人の居る家は川から水バ汲んでもろうたり、荒れた畠の手入れまでしてもろて、寝たきりの婆さんも手ェ合わせて拝んじょります。おまけに此の川が大荒れになって暴れた時なんか、まあどれほど助けてもろた事《こつ》か！　この村は、山ン衆のお蔭で保《も》っちょるようなもんですばい」

「いやいや、こちらこそ麦やら米やら野菜なんども、しょっちゅう頒けてもろうてまッこツ大助かりですわい」

此の地では、人と人との助け合いが見事に根付いているようである。

「伊理日子殿。お借りしている兵は今しばらく此の儘で宜しいでしょうか」

「はい。邪魔にならんようじゃったらずうっと使うてやってくだされ」

「でもそれでは余りにも手前勝手で……」

「なァに。山で暮らすも一生、里に生きるも此れまた一生。どちらに生き甲斐を見出すかは、めいめいの心に任せる心算《つもり》です」

「御厚情まことに、真に忝《かたじけな》く存じます」

二人は再び手をついた。

「お手を、どうぞ御手を上げてくだされ。禎嘉様のお考えは、耆老《きろう》殿よりその一端を聞かせてもらいました。民の幸せなくして何の政《まつりごと》ぞや！　このお考えが根底にあるかぎり、神門《みかど》を手始めに、もっと広く大きい楽土も造れるのではありませんか。及ばずながら此の伊理日子もお手伝い致しまするぞ！」

「かたじけない。伊理日子殿」

誰からともなく伸ばされた手が固く握り合わされた。見つめ合う三人の眸に光が宿り、頬に笑みが浮かんでいる。知己を得た満足感が固い絆を作り上げたに違いない。

野にも山にも秋の陽が溢れていた。いつしか霧も消えて、布施屋を目指す人々の群《むれ》が白い往還を動き出した。いよいよ明日から、禎嘉の新しい邑づくりが始まる——

邑《むら》を造るということは、敵の侵入に備えて砦《とりで》を構築するという事、これは大陸・半島に於ける常識である。当然、山の頂上に集落を形成して矢倉や高垣など、敵の襲撃に備える防衛施設を築くもの、と誰もが思ったのだが、禎嘉の指示は全く違っていた。

神門の先住民との間に垣を作ること無く、道一つ隔ててお互い気楽に話せる近距離に、新住民の家を設営していったのである。

領民の中に瓦職人も居たのだが、地元と同じように茅・藁葺きにするよう禎嘉から指示が出ている。そうなると神門の先住民に教えを乞う事が多くなり、両者の交流は一挙に深まった。此の地に百済の村を造るのではなく、新旧の住民が共に楽しく暮らせる新しき村を造り上げようとする禎嘉の意図は、村長《むらおさ》をはじめ全ての人々の共感を得たのである。

心の結束がやる気を促して、邑《むら》づくり作業は面白いように捗った。

或る日、現場を見回っていた禎嘉と蛙蘇《あそ》の前に、崇光《そうこう》・戸畔《とべ》・意呂日子《おろひこ》の三人が改まった顔付きでやってきた。

「ホ、これはお揃いで……まあ其処ら辺りの切株にでも掛けてくだされ」

にこやかな蛙蘇《あそ》の額に汗が浮かんでいる。朝晩はぐっと冷え込むようになったものの、日中はまだまだ暑い。

年嵩《かさ》の崇光《そうこう》がまず口火を切った。

「禎嘉様の邑《むら》づくり、まことに見事なものと感服致して居りますが、住居の造成が終ればもうそれでお終《しま》いでございましょうか」

「と、申されますと……?」

「敵に備える態勢が出来て居らぬ、という事でござるよ」そのぐらいの事、言われなくともお判りであろう、と言わんばかりな戸畔《とべ》の語調である。

ニコと蛙蘇《あそ》の顔に笑みが浮かんだ。

「同感です。この問題は一邑《ゆう》の存亡を決する重要なものだけに、我が胸中の憂悶となって燻《くすぶ》って居りました」

この言葉を聞いた三人の表情が、灯心に火を点じたように明かるくなった。

「敵を此の里へ入れること無く、途中で全滅させるだけの防御施設が必要となります。どこに何を仕掛けるか。事は密なるを要す! 策が決まり仕掛《しかけ》が出来上がるまでは、たとえお仲間といえど口外無用です」

厳しい語調の後に笑みを含みながら、

「此方においでの禎嘉様は、このような戦事《いくさごと》はまことに不向きなお方でしてな。ま、此処は私共にお任せ願いましょう」

「はい。御苦労を掛けます」

苦笑しながらも禎嘉が大きくうなずいた。

「私を含めて此処に四人、それにもう二人、第一船の警備隊長小梨殿と、第二船に乗っていた伊沙《いさ》里《り》殿を加えてくだされ。幸い三日後には満月となります。月を賞《め》でながら最初の評定を致しましょうぞ」

もちろん三人に否はない。口許をほころばせて蛙蘇《あそ》が言った。

「遅蒔きの菽《まめ》は、早穫《はやど》りが出来るそうです」

雨が多いと聞いていた神門の空に、今日も秋の陽が高かった。


その翌日に異変が起こった。

「蛙蘇《あそ》さま、蛙蘇様……」

心憂を露《あら》わにした女の声である。

「おお、これは……真夜《まや》殿」

玄武居士崇光《そうこう》の娘、朱雀の真夜である。

表情が固い。土間に下り立った蛙蘇《あそ》にスッと近寄り、低い声で告げた。

「赤鴉《あかう》の永珍と黒鴉《くろう》の永宝が姿を消しました。昨夜半に宿舎を出たようでございます」

眉が微かに動いて、

「崇光《そうこう》殿は?」

「はい。二人の不始末は、最初に磐井街道で彼等を仲間に加えし我にも責任あり。と申しまして、すぐ後を追っています」

「鷲で行かれたのですな」

「はい。陸路は川沿いを中心に、小梨様の兵が今追うて居られます」

「分かりました。真夜殿、心配は無用です。獅子身中の虫が早目に逃げ出してくれたのは非常に結構な事でした。崇光《そうこう》殿が戻られたらな、月夜の評定は予定通りとお伝え下され」

真夜に微笑を送って、何事も無かったように蛙蘇《あそ》は山の方へ歩き始める。

風に枝葉が烈しく震えても、幹は毫も動かぬ巨木を見る思いで、真夜はその場に立ちすくんでいた。


一片の雲もない空に金色の月が浮かんで、丈《たけ》なす尾花の傍に立つ数人の人々を照らしている。部屋に灯《とも》は点されていない。

「いずこの土地に在《あ》っても、月は同じじゃ。美しいのゥ……」

感に堪えたように崇光《そうこう》がつぶやく。同じ思いの戸畔《とべ》と小梨《おなし》がゆっくりと頷《うなず》いた。誰もが月を仰いで飽かぬ風情である。

「どうも皆様。お待たせ致しました」

二人の男を従えて蛙蘇が姿を見せた。

「まずは何卒《どうぞ》、席にお着きくだされ」

風に乗って小丸川のせせらぎが聞こえる。灯《とも》が点されて部屋がパッと明かるくなった。

「さて、御紹介致しましょう。此方は土木の専門家で斉延《さいえん》殿といわれます。豊浦の地に、壮大な水城《みずき》を僅か九十日間で仕上げて、国造《くにのみやつこ》殿を驚倒させたお方です。またその隣に居られるのは合薬の専門家承均《しょうきん》殿です。およそ火薬を使う物であれば、すべて承均殿が実現してくださるでしょう。お二人とも赤卑狗《あかひく》の案内で昨日着かれたばかりです」

赤卑狗の来訪も初耳だった。

「で、赤卑狗殿は?」崇光《そうこう》が訊ねた。

「はい。この御二方を馬でご案内すると、すぐに空を飛んで筑紫の地へ向かいました。大唐・新羅の連合軍がいつ現れるか? 玄海灘の風雲急を告げて居りますのでな」

いよいよ来るのか! 粛然とした気が皆の双眸に溢れていた。

「蛙蘇《あそ》殿。今まで動かれなかったのは、此のお二人の到着を待って居られた訳ですな」

やや鼻白んだような表情で戸畔《とべ》が尋ねた。

「いや、それればかりではありません。永珍と永宝が逃げ出すのを待っていたのです」

「すりゃ、あの二人の事を初めから……」

「いいえ、それは判りませんでした。ただ、あの二人と言葉を交わす時、何か引っ掛かるものを感じていたのですよ」

「……」

「幸いあの二人は、邑《むら》づくりの仕事だけしか見て居りません。——神門に於ては、高垣も矢倉も無く、一気に攻め立てれば小半刻《こはんとき》ほどで制圧出来るでしょう——多分こんな具合に報告しているでしような。それにあの二人は往時に通った道しか知りません。今度来るときは必ずその道を通るでしょう。我等はそこで待ち伏せるか仕掛《しかけ》を施せば良いのです。さあ、始めましょうぞ」

土木の斉延と火薬の承均が加わって、その夜の評定は深更まで続けられた。


――寒い朝は葉末に霜を見るようになって、新しき村はようやく出来上がったが、月夜の評定によって造られた筈の防衛施設は、ヒソと沈黙を守っていた。

唯一の動きは、意呂日子《おろひこ》率いる山の兵百名と、小梨配下の兵百名が交替で訓練に出掛ける事ぐらいであったろうか。

新しき村は一見平和そのものの姿だった。

その完成とまるで符節を合わせたように、第二の邑《むら》から福智王がやってきた。

山者百名を束ねている達句《たるく》が十名の兵と共に道案内に当り、奈魚登と翠林が仲良く附き添っている。禎嘉も今日は満面に笑みを湛えて、久しぶりの我が子と対した。

「そうか。その地は比木《ひき》というのか」

「はい。ゆるやかな川の辺《ほとり》に広がる草原がありまして地味も肥えています。ちょっと手を入れれば、立派な畑地が出来ます」

「何故、今まで放置されていたのかな?」

「人が居ないのです。蚊口浦の港には漁師の家があるのですが、それも数十戸ほどで川上の方には全く人家がありません」

「それはまた、願ってもない良地じゃのォ。達句《たるく》殿が案内してくれたのじゃな」

「はい。達句殿には何から何まで一方ならぬお世話に相なりました」

「そうかそうか。後で父からもよく御礼申し上げよう。したが福智。そのような草原では敵に襲われた時、どうするのじゃ」

「はい。それも、忍城《おしき》殿が達句《たるく》殿と図って、ちゃんと準備して下さいました。その草原を見下ろす高地一帯は傾斜が急で、木城《きじょう》と呼ばれていますが、其処へ砦《とりで》を造って頂いたのです。しかも三ヶ所……」

「ふうム。草原を耕し山に住むという訳か。それは良いのぅ」


別の部屋では、奈魚登・翠林・達句《たるく》の三人が蛙蘇《あそ》の温容を前にしていた。

達句《たるく》は小柄ではあるが、体貌には柔惰《じゅうだ》のかけらも無い。それに粗野の匂いもなく、鋭気を内に秘めて懐《ふところ》の深さを感じさせる。

「達句殿。いろいろ御苦労を掛けました」

丁寧に頭を下げて
「時に、伊理日子殿には会われましたか」

「はい。木城の地に着いて三日目に突然お見えになって、我等にお話がございました」

「ホ、どのような?」

「お前達の根城は、この木城《きじょう》と定める。但し家族を山に残している者《もん》は、住み慣れた山へ戻っても宜しい。山に戻るも此処で暮らすもお前達の心の儘にせよ。懸思（恋人）の居る者《もん》は、此方へ呼んでやれ。女子《おなご》が居らんと、お前達ゃ身が保《も》たんじゃろ……そう言って笑いながら山へ戻って行かれました」

「うム、見事な裁量じゃ。して、貴方は？」

「はい。家族を呼び寄せて、この木城に骨を埋めるつもりです」

「さようか。御縁は更に深くなりますな」

「はい。今後共よしなに」

「こちらこそ」

蛙蘇《あそ》は次に、眸を若い二人に向けた。

翠林は一段と美しさを加えたようである。眸の潤いと口許の艶に加えて、項《うなじ》は白く光沢を湛えている。その透き通るような白さは、躰の隅々にまで及んでいるだろう。

梨花一枝、春雨を帯びる——の風情である。これが忍の道に生きる女とはな……涸れたはずの男の情念を奮い立たせるような翠林の美しさであった。

奈魚登は、久しぶりに蛙蘇《あそ》の前に在って、やや緊張の態である。

その昔——弓月君《ゆづきのきみ》が招じた今来《いまき》の技人《てびと》の中に、大陸から父に手を引かれた三歳の奈魚登が居た。間もなく父親の夭折に遭い、孤児となったのだが弓月の計らいで、子の無かった胡馬《こま》夫婦に預けられたのである。

年が明ければ奈魚登も二十四になる。儂《わし》もちょいと粋な裁量をしてやるか……

「奈魚登。お前もそろそろ身を固める時期が来たようじゃな」

「えッ」一瞬、絶句した奈魚登が目を見ひらいて大きく呼吸した。

「翠林殿が好きか」

単刀直入の言葉に、

「はい。好きです」

低い声ながら手をついてはっきりと答えた。

「ふム。翠林殿はどうじゃ」

羞《は》じらいと喜びで、頸《くび》の根まで赤くなった翠林が消え入るような声で、

「私も……」と、手をついた。

「よォし、判った。披露の宴は達句《たるく》殿。ひとつ忍城《おしき》殿と諮《はか》って頂いて万事よしなに」

「承知致しました」

達句《たるく》もニコニコ顔である。

「これ。いちゃつくのはまだ早い。今から、あんまり見せつけるな」

手を取り合って喜ぶ若い二人に、蛙蘇《あそ》の声も晴れやかであった。


その夜、蛙蘇は戸畔《とべ》の宿舎を訪ねた。

忍城《おしき》や戸畔《とべ》と同じく高句麗からやって来た鴨《かも》ノ三兄妹も、部屋は違うが同じ宿舎である。

自分の居間に寝そべっていた戸畔《とべ》は、時ならぬ蛙蘇《あそ》の来訪に慌てて飛び起きた。

それから一刻《とき》——

「オーイ、三人とも此方へ来てくれんかえ。大事な話があるんじゃ」

戸畔《とべ》の大声がまだ終らぬうちに、三人の姿が部屋の中に在った。蛙蘇《あそ》の来意が気になっていたのである。

「戸畔《とべ》殿。だいぶ長い話だったな」

「おおよ。流石は蛙蘇《あそ》殿、人を観る眼がおありじゃわい」

戸畔《とべ》は上機嫌である。

「此の場所に坐られてのう。儂《わし》の目を覗《のぞ》きこむようにして、こう言われた。『戸畔どの。貴方を見込んで頼みがあります』とな」

三人の兄妹は、目を大きく見ひらいて戸畔《とべ》を見つめている。

「大宰府に乗り込んでほしい——蛙蘇《あそ》殿はこう言われた。用件は分かるじゃろ?」

「韓良子《からこ》の一件だな」

「その通り! 徴兵・賦役《ぶやく》の令を受ければ、民は否応《いやおう》なく狩り出される。病母を抱えて居る一人息子であろうと、子沢山《こだくさん》の家を支えて立つ大黒柱であろうと、一片の通達でその家庭は壊される。これも、国の存亡に関わる時であれば致し方もない。しかし、しかしだぞ。絶対に許せんのは、下級役人共が賂《まいない》を受けて職務を壟断《ろうだん》して居る事じゃ。仮にも官に在《あ》る者が、賂《まいない》の有無によって目こぼしを塩梅《あんばい》するとは何事じゃ。その皺寄《しわよ》せは全部貧乏な良民に来る。韓良子《からこ》が怒るのも無理はない」

「それで蛙蘇《あそ》殿は何と?」

「韓良子《からこ》と二十五人の部下を連れて大宰府に行き、不正を直《ただ》せ！と――」

「え？　悪徳役人を殺すのでは……」

「いや、下級役人の首をいくら斬っても第二、第三の悪《わる》が又のさばってくるばかり、それよりも大物の頭を変えるに如《し》くはなし！　蛙蘇《あそ》殿は此のように仰せられた」

「すると大宰府最高位の帥《そち》？」

「いや、余り上の方は実情を何も知らぬ。主務を司《つかさど》る典《さかん》の上の大監《げん》か少監《げん》あたりに、清廉《せいれん》なる人物が居ればよし、これが悪の源ならば斬って下され。但しその前に、魂探《たまさぐ》り・魂変《たまが》えの術を施す事が出来れば、無益の殺生をせずに済みますがのぅ……蛙蘇《あそ》殿は此のように言うて居られた」

「魂探り？　魂変え？」

「他心通のことじゃ。人の心の中に入り込んでその実体を見極め、此方の思う方向に心を操るは、其方《そなた》達の持技《もちわざ》であったはず！」

「いかにも、他心通ならば我等の特技。なれど蛙蘇《あそ》殿が何故そのような事まで……」

戸畔《とべ》がニヤリと笑って、声を低めた。

「あのな。儂《わし》も今日はじめて知ったのだが、あの御仁は方士じゃ。それも一流のな」

「……」

「ともかく、此の仕事、我等に任せられる事になった。力を貸してくれるか」

一瞬の沈黙があった。

やがて鳥進《とし》の顔にじわーッと笑みが広がって、力強い声を発した。

「よォし、やろう！」

高句麗四人組の気持が一つになって、重ね合わされた四つの手首が、鋭気を映して小さく震えた。

13 弓月君《ゆづきのきみ》の方術

玄海灘の蒼いうねりが大唐・新羅《しらぎ》連合船団の黒い影を乗せて、遂に敵が姿を現わした。

艨艟《もうどう》千二百艘、新羅の執念と大唐の野心を帆にはらんで威風堂々、対馬北部の比田勝沖にまず碇を下ろしたのである。

乗員三十万、馬も二千頭は積まれている、と細作《おんみつ》からの報《しら》せが入っている。比田勝の沖に碇泊したのは、新鮮な水と野菜の補給を受けて、明日の決戦に備える為であった事は間違いないのだが……戦はその夜から始まったのである。

静かに静かに船が傾いてゆく。不寝番役の哨兵ですら気附かぬ程の小さな変化から、それは段々大きくなっていった。

まず、船底に寝ていた兵と繋がれていた馬が騒ぎ出した。通路を水が流れているではないか。ややッ、船底に穴が明いているぞ。大変だッ！　気が付いた時は、流れ込む海水の勢が奔流の如く強さを増している。人間もまともには歩けぬほど船も傾いてくる。

「敵襲だあッ」

「敵は海の中だぞッ」

「水を掻い出せェ。船が沈むぞ」

「明かりを増やせ。馬を解き放てェ」

様々な叫声が比田勝の海を飛び跳ねる頃、騒ぎの張本人である海人組二百名は、陸《おか》に泳ぎ着いて陸路を駆け、比田勝とは逆の大浦から走舸《はやぶね》に乗り換えて母船へ向かっていた。

「いやァ、面白かったのぅ」

「おおョ。じゃけんど船チ言うもんは、底に穴が明くと脆《もろ》いもんじゃのぅ」

「まこッちゃ。板子一枚その下はもう地獄の一丁目たい」

「俺共《おっどま》ァ地獄の案内人チ言ぅ訳か」

「そうよ。今頃はみな海の底たい。もぞなぎい（可哀そうな）事《こっ》ちゃ」

まず第一の作戦は成功した。大艦二百隻が戦わずして海底に沈んだのである。

走舸《はやぶね》から第一報が齎《もたら》されたのは、翌日の午前《ひるまえ》であった。

「本日早朝、敵船団出航す。大艦一千！」

長門の豊浦か？　或は筑紫を目指して若松辺《あた》りを狙うのか？　それが掴めない。筑紫の方は政府軍の艦船七百に任せて、那珂彦《なかひこ》の船団は豊浦《とゆら》沖の響灘《ひびきなだ》を受け持つ。

就中《なかんずく》那珂彦が直接率いる数十艘の船隊は、本隊から突出して敵を誘導する囮《おとり》集団となる。

その先頭を切って進む大船に弓月《ゆづき》は乗っていた。那珂彦と並んで、白髪白鬚《ぜん》の姿が彫像の如く船楼に在る。

見えた！　間違いない。

はるか西の海上に胡麻粒を撒いたような黒い影が、一面に海を覆って進んで来る。

豊浦上陸を目指すものと見た。もう囮作戦の要はない。那珂彦は八百艘を超える味方の全船に指令を発した。

「第一船隊は中央、第二・第三船隊は右と左に翼を張れィ。五弁の陣じゃ」

「那珂彦殿。残る二弁は？」

「押さえにござります。三弁の間隙を抜け出す敵船の前には倭寇の流れを汲む大隅・五島の衆が左翼に布陣し、右翼には金海湾から駈けつけてくれた海賊達が手ぐすね引いて待ち構えて居ります」

「ふム、なるほど。しかし見た所、後陣の船は海賊衆のものだけに皆型が小さい。合戦を始める前に、ちと敵船の数を減らしておきましょうかな」

「は？……」

「那珂彦殿。この船をな、敵船団の真正面に進めてくだされ」

「……」

那珂彦は一瞬絶句した。この一艘だけを敵の正面に置け、と言うのである。

だが弓月君に絶大の信頼を抱く彼は、言われた通りに船を動かした。

海を真黒に覆う敵船団は、既に船型が識別出来るまでに彼我の距離が縮まってきた。

船楼に立つ弓月は、敵船団に向かって何やら呪文を唱えながら、複雑に組んだ指を烈しく動かしている。

と、鼠色の空から真っ黒な雲が下りてきて、敵船団を覆い始めた。それと同時に弓月の手が高々と挙《あが》り、漲《みなぎ》る力を以て天心を指す！　その手がゆっくりと空中に円を画き始めた。

一千余艘の敵船団をすべて円の中に閉じ込めたのである。黒雲が円の中を颶風《ぐふう》に追われ、黒い奔流となって怒り狂う。

「おお！」

船に乗っている全員の声が挙がった。

雲は巨大な黒い柱となり、猛烈な勢で自転を続けながら海水と共に天と海をつなぐ。

竜巻である。しかも黒柱は三本！

独楽《こま》のように回りながら凄い速さで海原を縦横無尽に駆け巡る。疾い！

空が哭《な》き海が吼《ほ》える。轟々《ごうごう》と雲がなる。

竜巻の根元から吸い上げられた船は、天空に舞い上がりバラバラになって落ちてゆく。

船の破片か。人か。馬か。遠目には定かでないが、空中に放り出された黒い物がまるで蟻のように落ちてゆく影は見える。

「おお！」

再び声が挙がった。

目の前の海が、見る見るうちにせり上がってゆく。それは巨大な絶壁のように敵船団を蔽い隠した。此方の海域に変化は無い。

水の城壁は、どうやら宏大な円堤を形成しているようだ。その水はすべて円内の海域から吸い上げられて、外縁部の壁となっている。

ならば、敵船団は漏斗《じょうご》の底に在る！　だが浮かぶべき海を吸い取られた敵船は、周囲に聳《そび》える水の山脈を仰ぎながら漏斗の底で喘いで居るに違いない――那珂彦がそこまで考えを巡らせたとき、弓月の手が交叉された。

同時に、聳《そそ》り立っていた水の壁がドドゥッと一斉に崩れる。それは巨大な津波となって水無き船の悲哀を木っ端微塵に打ち砕いた。

奔騰する水は激流となって、弄ばれた船は木の葉の如く円の中心へ運ばれてゆく。其処には一千余艘の艦船が集まって、揉まれ、ぶつかり、覆《くつがえ》っていた――

津波がうねりに変って海面が元の高さに戻った時、真紅の旗を振って那珂彦が叫んだ。

「掛かれぇッ」

満を持していた日本船団が、一気に喚声を挙げて進んできた。

あれほどの衝撃を受けながらも、しぶとく生き残った三百艘に近い敵船が、懸命に陣型を立て直そうとしている。玄海灘の波濤を越えてやってきた大唐・新羅連合軍の闘志は、敵ながら見上げたもの！

「よォし、俺が引導を渡してやろう」

那珂彦の両眼が爛々と燃えてきた。

ひとり能く大半の敵艦を屠《ほふ》った殊勲の弓月は船室に横たわっていた。気力を使い果たしたか、土気色の顔は死人のようである。

附きっきりで介抱している渦彦が休みなく手足をこすり続けていると、ようやく弓月の顔にうっすらと赤味《みさ》が点してきた。

「渦彦どのか」

瞑目したままで物憂げな声が聞こえた。

「あ、お気がつかれましたか」

「うむ……状況は？」

「はい。弓月様の御力で、七百余艘が海の底に沈みました。残る敵を、今お味方が攻撃中でございます」

「七割、か……」

弓月の語調に、ほろ苦さが感じられた。それは、思惑通りにならなかった事への苦笑か？　それとも自己の力不足への憫笑《びんしょう》か？

いずれにしても此の老人は、全ての敵船を葬《ほうむ》り去る心算《つもり》であったに違いない。

「渦彦どの」

「はい」

「七割の船が沈み、海戦によって残る何割かを又失うことになれば、豊浦上陸は無い！」

「では？……」

弓月の眼に光が戻った。その四肢にも活力が満ちてきたようだ。

「これほどの打撃を受けた海域を、早く離れたい。こう思うのが人情であろう。日本船団が此処で攻撃を仕掛けても、敵は逃げるだけじゃろうて」

「魔の海域から逃れて、新たな海域を決戦場とする考えでございますな」

「左様。南へ逃げる事は敵にとって一石二鳥の行動となる」

「豊浦上陸を諦めれば、瀬戸内へ？……」

「その通り。那珂彦殿へ伝えてほしい。敵が南の海上で挑んできても、適当にあしらいながら急ぎ海峡を通過して、小月港の沖で待ち受けよ、とな。あの狭い海峡、敵に先んじられてはならぬ。しかと此の事をな」

「はい。すぐに伝えます。で、弓月様は？」

「馬手《うまて》殿や耆伯《きはく》と打合わせねばなりませんのでな。これから船を離れます」

「判りました。ではお気を附けられて」

足早に甲板へ駈け上がった渦彦が、那珂彦の許へ走り寄って耳打ちする。

「何ィ。小月へ？……」歴戦の那珂彦は、瞬時に弓月の意図を理解した。

「取り舵いっぱあい！」

日本船団はググウッと船首を南へ向けた。これを見て慌てたように敵船が追ってくる。

「第三船隊だけで相手をしてやれ。後は俺に附いてこい」手旗が忙しく打ち振られる。

日本船団を追う形になっていた敵勢の正面に、向きを変えた第三船隊が立ち塞がって、今度は逆に敵を追い捲《まく》る。

ゴーン、バリバリッ、シューッ……石弩《いしゆみ》が唸り火矢が飛ぶ。血風荒ぶ戦場を後にして、一羽の大鷲が悠々と飛び去っていく。

地上の争いを超越したかに見えるその姿が小さな点になって消えるまで、見つめる渦彦の眸は動かなかった。

14

大宰府作戦

大宰府ノ庁の中で実力者といえば、大監《だいげん》の職に在る徳良《とこら》であろうか。最高位の帥《そち》は大和から派遣される上級貴族である。同じく大和から附き添ってきた下級貴族の二人が、大弐《だいに》・少弐《しょうに》の高級職に就いている。この三人は、謂わば天下りの素人に過ぎない。

実際の仕事は監《げん》とその下の典《さかん》が握って居り、大監《げん》・徳良《とこら》の許へはすべての情報が集まってくる。大宰府の令は帥《そち》・大弐《に》・少弐《に》の連署で発せられるが、実状は印を預かる徳良《とこら》の意の儘、と言ってよい。

しかしそんな徳良にも苦手があった。大典《だいさかん》の君広である。何しろ仕事に詳しい。正義感の強い硬骨の士で、理の通らぬ事があれば、上司の徳良《とこら》が気押されるほどの厳しさで迫ってくる。何とも煙たい存在であった。

少典《しょうさかん》の筑海《つくみ》、これはもう徳良《とこら》にべったりの腰巾着《こしぎんちゃく》で、それ故に「頼りない」という感じを持たれているのだが、本人にはそれが判らない。上には弱く下には強い。何とも度し難き小人なのである。

「大弐殿《に》が申されるには、政府軍五万の兵はいま若松周辺に在り。磐井の領域と接して居るが故に、いつ戦の火蓋が切られてもおかしくない。念の為にもう三万が程、予備の兵を集めよ、との仰せじゃ」

「大監《げん》殿。これ以上の徴兵は到底無理です。豊前《ぶぜん》・豊後《ぶんご》は元より、筑後《ちくご》・肥前《ひぜん》に至るまですべて磐井の勢力範囲です。一体何処の土地から兵を徴せよ、と言われるのですか」

「そんな事は解って居る。そこを何とかするのが其方等の役目ではないか」

「大和朝廷の御威光が及ぶのは、この筑前《ちくしのみちのさき》のみ。肥後・日向、大隅などの力を借りるにしても、磐井の領域を越えねばならぬ。このような状態で更に追加の徴兵を強行するならば、民の怨嗟は道に溢れて大宰府崩壊の因ともなりかねませんぞ!」

「これ。何たる不吉な事を……」

「まあまあ、お二人とも」

筑海《つくみ》が中に割って入った。

「やつかれが思いまするに、今大宰府に於て訓練中の予備兵は、約五千人を数えまする。この数が少しでも増えてゆけば大弐《に》様も納得されるのではございますまいか」

「当てはあるのか」

「いえ、今の所はまだ……なれど一遍に三万という数を考えるよりは、ずっとやり易いと存じますが如何でございましょう?」

君広がニヤリと筑海《つくみ》を顧みた。

「筑海《つくみ》よ。取りあえず数百名程度なら今すぐにでも増やせるぞ」

「えッ。どこにそのような……」

「大宰府ノ庁に勤める者の身内じゃよ。其方何故これらの者を名簿から削った？　まさか賂《まいない》を受けて居るのではあるまいな」

「何条以《なんじょうも》てそのような……」

大袈裟に目を吊り上げてみせた筑海《つくみ》であったがチラと、徳良《とこら》の方に目を走らせる。

苦虫を嚙みつぶしたような徳良《とこら》の表情であるが、君広の正論に文句の附けようもない。

「まず名簿から削った名前を元に戻せ。儂《わし》の息子や甥っ子だけでも、十人近くは居るぞ。名簿を元の姿に戻し、結果を儂《わし》に報告せよ」

「畏《かしこ》まりました」

仏頂面《づら》ながらそう答えるしか無かった。正に藪蛇である。だが、此れらの遣り取りをじっと聞いていた黒い影の在った事は、だれ一人知らない。

娜大津《なのおおつ》（博多）と大宰府を南北に結ぶ広い往還が、月の下に白々と横たわっている。わずか五里ほどの道程の中に、右と左に分かれる細い枝道が幾つもある。その中の一つを東へ取ると、雑木林を抱えた小高い丘が迎えてくれる。何の変哲もない道である。

黒い影は丘の向こうに消えた。

雨露をしのぐだけの粗末な大小二つの小屋は、つい最近建てられたらしい。大きな欅《けやき》が小屋を守るように枝葉を広げている。

黒い影は小さい方の小屋に入った。

「おお、御苦労じゃったのう」

白虎の戸畔《とべ》である。

手早く装束を替えた黒い影が、囲炉裏の前にどっかと坐った。鴨ノ三兄妹の長兄鳥進《とし》である。火は無くとも囲炉裏という奴は、人の気持を落ち着かせてくれる。

「韓良子《からこ》を呼ぶか」戸畔《とべ》の問いに、鳥進《とし》が黙って頷《うなず》いた。阿梨《あり》が素早く隣へ走る。弟の鳥見《とみ》が歩み寄ろうとした時、ホトホトと、忍びやかに板戸を叩く音がした。

ハッと身構える三人の耳に、

「赤卑狗《あかひく》でござる」

聞き覚えのある渋い声だ。撥《はじ》かれたように鳥見《とみ》が走り寄って心張《しんば》りを外す。

いつもに変らぬ温容で赤卑狗《あかひく》が現れた。

背後に一人の男を伴《ともな》っている。

「我が配下の朱羅《ちゅら》と申します。お見知りおきの程を……」朱羅《ちゅら》が静かに一礼した。

どこにでもある平凡な顔だちの男である。強いて言えば、特徴の無いところが特徴、と言うべきであろうか。

「此の男、仲々の遣《つか》い手のようじゃ」

戸畔《とべ》は胸の奥でつぶやいていた。

「如何ですかな。此の地の住み心地は?」

一行を此処まで案内したのは赤卑狗《あかひく》である。そのとき小屋は既に出来上がっていた。

「お蔭で、すぐ仕事に掛かる事が出来ました。御礼申し上げる」三人が頭を下げた。

慌てて手を振った赤卑狗が、

「とんでもない。蚕《かいこ》棚式の粗末な寝小舎《ねごや》に、そのような礼を言われては此方が恥ずかしい。ま、仮住居の事ゆえ御辛抱くださいー」

そこへ阿梨《あり》が戻ってきた。小柄な女性の姿の後に大兵の韓良子《からこ》が神妙な表情で入ってくる。これで顔が揃った。

赤卑狗に会釈し、戸畔《とべ》が一同を見回した。

「明日から愈々《いよいよ》行動に移る。天誅を下す相手をしかと確認しておきたい。私利私欲に走り良民を苦しめて居《お》る元兇は？」

「少典《さかん》の筑海《つくみ》！」

異口同音に同じ名前が飛び出した。

「次なる者は？」

「徴税吏の当麻磨《たぎま》！」

これも全員の声が揃った。

「ほかには？」

「大監《げん》の徳良《とこら》！」

鳥進《とし》と韓良子《からこ》の二人である。

「もうないか？」

「……」

「よし、三人だな。では理由を言ってくれ。まずは少典《さかん》の筑海《つくみ》！」

「はッ」韓良子《からこ》が膝を進めた。

「二十五人の手下《てか》を、民衆の中に潜り込ませて聞き取った生の声です。筑海《つくみ》は民に接すること鬼の如く、その狡猾なること狐の如し！　大方の民は彼の事を鬼狐と称しています。大宰府に住む者で彼奴《きゃつ》の事を善く言う者など一人も居らんでしょう」

「そればかりではありません！」

怒りに震える女の声、阿梨《あり》である。

「眉目《みめ》よき女子《おなご》を見つけると外へ呼び出し、父を賦役《ぶえき》に出すぞ――弟は未だ年若なれど躰《からだ》は大人に近ければ、兵として役には立とう。徴するぞ――と脅すのです。父や弟を家に残したくば我が館にて仕えよ。奉公人の身内には徴兵・賦役を課す事は無い故に――そんな言葉で筑海《つくみ》の館には、今四人の女子達が囚《とら》われ同様の身となって居ります」

「その筑海《つくみ》の腰巾着となっているのが徴税吏の当麻《たぎま》麿です。笞《しもと》を手に良民を痛め付けるのみならず、一度目を付けたら喰いついて離れぬ執念深さを持って居ります。当麻《たぎま》麿と呼ぶ者は居りませぬ。鬼魔《おにま》と呼ばれています」

韓良子《からこ》の声に憤りが込められていた。

「大監《げん》の徳良《とこら》は如何に？」

「すぐ激発するが、肝心な時に自己の意見が述べられぬ。いや抑々《そもそも》、自分の考えというものが無いのだ。成り行き任せで、常に部下の顔色ばかり見ている一懦夫《だふ》に過ぎない」

「これは手厳しいのォ。日頃は温厚な鳥進《とし》の言葉とは思えぬわい」

「いや、見た儘を話しているだけだ。筑海《つくみ》の手からちゃんと賂《まいない》も行き渡っておる。それを咎《とが》めるでもなく、黙って受け取るのだから、話にもならぬワ！」

吐き棄てるように言った鳥進《とし》はプイと横を向いた。よほど腹に据えかねているらしい。

「大弐《に》の麻和訶《まわか》はどうじゃ？」

「上の役職に在る者は、民の実状を余りにも知らな過ぎる。最高位の帥《そち》は従三位というが飾り物で役には立たん。大弐《に》・少弐《に》の席に在る者は、毒にも薬にもならぬ連中だ」

これは鳥見《とみ》の言である。

「何と！　それでは満足な役人は居らんのか」

「いや、一人居る！」

鳥進《とし》が自信タップリの語調で言い切った。

「清廉潔白で仕事にも詳しく、仁慈の心を持つ者が一人居る」

「ホゥ、今度はいやに持ち上げたな。誰だ、それは？」

「大典《さかん》の書首君広《ふみのおびと》！」

「ウム、あの方なら民の評判も良く、情あるお方と慕われています」韓良子《からこ》である。

「よし、決まった。誅すべきは鬼狐の筑海《つくみ》と鬼魔の当麻麿《たぎま》、それに大監の徳良《げんとこら》じゃ！」

「しばらく、暫くお待ちください」

赤卑狗が両手を上げて皆を制した。

「二つだけ皆様に御判断願いたい事があります。お聞きくださいますか」

「赤卑狗殿。此処は打合せの場、遠慮は無用です。どうぞ」

戸畔《とべ》の言葉にうなずいた赤卑狗が、

「我等が大宰府へ来た目的は、良民の幸せの為に新しい官の体制を作り上げる事と考えて居ります。悪人共を全部殺してしまえば気は晴れるでしょうが、その君広殿とやらが独りだけで新しい体制が出来ますかな」

「……」

「大宰府の庁として君広殿に腕を揮《ふる》ってもらう場を与えなければ、今の儘では活動範囲も限られてしまう。改革の為には、上司の徳良《とこら》を生かして使わねばなりません」

赤卑狗は鳥進《とし》の眼をのぞき込んだ。

「貴方ならば、それが出来ると思うのですが如何ですかな」

素人の韓良子《からこ》が居るので口には出さぬが、他心通の技を使え、と言っているのだ。

微かな苦笑を浮かべて鳥進《とし》が答えた。

「分かりました。やってみましょう。どうも私の考えが足らなかったようです」

「いえいえ、とんでもない。何彼とお手数を掛けますなあ」戸畔《とべ》はもちろん話の内容はすべて呑み込んでいる。

「赤卑狗殿。もう一つのお話とは？」

「あ、それは此の朱羅《ちゅら》からお話し致します」

赤卑狗に促された朱羅《ちゅら》が丁寧に会釈した。

「ご承知の通り大宰府と娜大津《なのおおつ》（博多）を結ぶ往還はただ一本、僅か五里の道程です。昨夜手前が此の往還を見張って居りましたところ、足取りの速い不審な二人連れがやってきました。真夜中です。他に誰の姿もないので気を許していたのでしょう。二人の話はよく聞き取れました。一人の名は永珍、もう一人は、たしか永宝と呼んでいました」

サッと、緊張が座に流れた。神門の地より逃走した赤鵜《あかう》・黒鵜《くろう》の兄弟に違いない。

「奴等の動向が気にはなっていたが、矢張り現れおったか」

呻くような戸畔《とべ》の声を、赤卑狗のやんわりとした語調が受け流した。

「大事ございますまい。朱羅《ちゅら》が言うには、その夜二人は樹上で眠ったとの事。今回は多分大宰府の偵察《ものみ》だけが目的でしょう」

「ふム、それならば良いが、残る二十二名の忍《おし》の技人《てびと》等が何処に居るのか、二人を捕らえて吐かせる好い機会ではありますな」

「左様。飛んで火に入る夏の虫！　とは正に此の事です。だが戸畔《とべ》殿。忍《おし》の者達は半数に減って居りますぞ」

「な、何と言われる？」

「宇島《うのしま》で貴方がたと袂を分かち、敵となった二十四人の内、その半数の十二人はあれからすぐに密命を受けて大和へ向かったのです」

「密命？　それは……」

「天皇暗殺！」

初めて語気を厳しいものにした赤卑狗が、しかしすぐに声を和げて、

「此の十二名は、大和で待ち受けていた我が手の者が、ことごとく討ち果しました」

話しながら赤卑狗は、忍《おし》の技人《てびと》等を迎えて奮迅の活躍をしたに違いない黒卑狗《くろひく》と鹿女《かめ》の俤《おもかげ》を偲んでいた。

だがふっと気が付くと、座の一同シーンとなって此方を見つめている。流石の赤卑狗もやや狼狽気味に言葉を継いだ。

「あ、いや此れは失礼仕《つかまつ》った。ついこの前まで御仲間であったものを……」

「赤卑狗殿。感違い召さるな。宇島《うのしま》で袂を分かった二十四名は、もはや敵でござる。死んだとて何の感傷も無いが、それよりも我等が予《かね》てより不審を抱いている事があります。今宵は好い機会、是非お聞かせ戴きたい」

無言のまま赤卑狗は、戸畔《とべ》の眼を見つめて大きくうなずいた。

「高徳の士禎嘉《ていか》王の救出作戦では、その家族と領民達を収容する三艘の大船を待機させ、三百の警護兵まで分乗させた手際《てぎわ》の良さは、どうしても強大な組織が後に控えているとしか思えません。しかも筑紫の島だけでなく、大和にも同志の方々が居られるとなれば尚更のこと、大きな力を持つ組織の存在が感得できます。もうそろそろ打ち明けて下されてもよいのではござらぬか」

傍《かたわ》らから、鳥進《とし》もひと膝乗り出した。その表情にも真摯な気持が滲み出ている。

「赤卑狗殿。我等も同じ思いです。拠るべき土地を得た今、それを守り抜かんとする我等の気持を信じて下され。何卒真実を……」

灯が白く冴えて、赤卑狗《あかひく》の面《おもて》に人々の視線が貼り付いている。漸《ようや》く口が開かれた。

「分かりました。太宰府の一件が終ってから、と考えていましたが、それも五十歩百歩、今お伝えする事に致しましょう」

そして赤卑狗が話し始めた。


まず天《てん》の軍団誕生の意義を説き――半島に於ては、白村江《はくすきのえ》の海で果敢に夜襲を決行して新羅の大艦百六十艘の殆どを海底に葬ったこと――また百済の王城疏留《そるさし》城と熊津《ゆうしん》を、新羅《しらぎ》・大唐軍の手から奪回した事――そして今回日本占領を目論《もくろ》む千二百艘の大船団を、完膚なきまでに打ちのめしたこと――


赤卑狗の話の途中から、一同の顔は興奮に輝き、喜びに彩られていた。

「皆様に御異存なくば、これからは天の軍団の一員として動いて頂きたいのです」

「御念には及びませぬ赤卑狗殿。すべて了解致しましたぞ」戸畔《とべ》の声と共に全員が拳《こぶし》を力強く打ち振った。

「かたじけない。ならば作戦の総仕上げを」

新しい絆の下に、評定は深更まで続いた。

大宰府の街に陽は明かるい。だが連日の如く続けられる悪徳徴税吏の仮借なき取り立てに、良民達の表情は暗い。

「おゥ、汝《いまし》や俺共《おっどん》を舐めちょっとかァ！」

辺《あた》り構わぬ大声と共に、ビュビュッと鋭い鞭の音が今日も鳴り響く。

律令制度に定められた租《そ》・庸《よう》・調《ちょう》の課税法は、国政の基本として立派なものではあったが「法を生かすは人にあり！」その執行を掌《つかさど》る者の心延《ば》えに依っては、時に悪法ともなって良民達を苦しめる事にもなる――

大宰府地区の徴税吏当麻麿《たぎま》は、正に悪役人の典型であった。

今日も今日とて、賦役《ぶえき》に応じられぬ病身の若者を前に「労役に出られぬなら田租じゃ。お前《めえ》ん家《とこ》は四束四把じゃが、こんげ遅れたっちゃから十束は出せ。それも出来んチ言うなら、布団を引っ剝《ぺ》がして持ってゆくぞ。今日はそれで勘弁しちゃるわい」と、泣いて縋《すが》る母親を足蹴《あしげ》にして、その背に一鞭《ひとむち》くれようとしたその時、急にタタッとよろめいて、後へドスンと引っくり返った。

当麻麿《たぎま》は大男である。それが不様《ぶざま》に尻餅をついた形は見られたものではなかった。取り巻く観衆から遠慮がちに失笑が湧く。

髭面を朱に染めて大男が跳ね起きた。

怒りの眼《まなこ》で振り返ると、一人の若者が大男の前に恐れ気もなく近寄ってきた。鞭はいつの間にか彼の手に移っている。

髭男は、一度唾《つば》を飲みこみ、呼吸を整えて大声を張り上げた。

「何者《なにもん》じゃあ、汝《いまし》は……」

「名前か。別に聞かせる程の名は無い」

「何ィ！　汝《いまし》ゃァ、お役目の邪魔すっとか！」

「ほう、病人の布団を剝《は》いで、年寄りを鞭でいたぶるのがお役目かい」

観衆から小さな拍手が起こった。見上げるほどの大男を相手に、一見どこにでも居るような若者が、歯切れの良い啖呵を切って一歩も退かぬ構えなのである。

「こらァ、お前共《どま》あ何しちょっとか。狼藉者《ろうぜきもん》じゃ。早よう引っ括《くく》っちまえ」

呆気《あっけ》に取られて棒立ちになっていた五人の部下を怒鳴りつけた。

「おおッ」と答えて、五人の男たちが一斉に駈け寄ろうとした時、蛇のように鞭が宙をうねり、ビユビユッと二人の顔面を襲った。

そして最後のうねりは一人の足に巻き付く。男は一瞬空中へ浮かび、頭から地上へ落下した。

あっという間の出来事である。

残る二人が度胆を抜かれ、たたらを踏んで立ち止まると、

「どうだい。まだ来るかえ」

鞭は若者の肩に黒いとぐろを巻いている。慌てて二人は、首を横に振った。

「そうかえ。じゃ一仕事してもらおうか」

黒い蛇が再び宙を飛んで当麻磨《たぎま》の上半身にからみついた。あがけばあがくほど、それは身体を強く締め付ける。

「そこのお二人さん。お仲間を役所へ連れて帰ってくれ。親玉はもう動きがとれん。暫く此処で晒《さら》し者になってもらおう」

二人の男がフラフラになった仲間に肩を貸して、よろめきながら遠ざかってゆく。

「鬼魔《おにま》の旦那。鞭はこういう具合に使うもんだ。弱い者いじめはいけないよ」

にっこり笑って若者は立ち去った。

拍手してこれを見送る群衆の中に、目を光らせて見え隠れに若者の後を追う二人の薬売りの姿があった。


深い森の奥、木洩れ日がちらつく中に二人の薬売りは転がされていた。

気を失っている訳ではない。小心さを物語る目がきょろきょろと四囲を見回している。

「どうやら気が付いたようだな」

樹間から先ほどの若者が現れた。

「うぬッ、おのれ！　俺たちを此のような目に合わせ居《お》って……只では済まんぞ」

「はは……水が無くとも、元気は良いな。赤鵜《あかう》の永珍。黒鵜《くろう》の永宝！」

「なに、俺たちの名を何故《なにゆえ》？……」

かっと目を見張った二人が、口を半開きにしたまま若者の顔に眼を凝らした。そのまま沈黙の時が流れる……

「まだ判らねえらしいな」

にやりと笑った若者がクルリと背を向けて二、三度顔を撫でてから、再び振り返った。

「おおッ、鴨《かも》ノ鳥見《とみ》……」

「やっと判ったかい。久しぶりだ。これからお前達《めえ》に仕事をしてもらうぜ」

「なにッ」

摑み掛かろうとしたが、手が動かない。

「うぬ、これは……」

いくら力を入れようとしても、手は肩からぶらりと下がっているだけで、右も左も言うことを利《き》かない。

「はは……ちょいと、お呪《まじな》いをしておいたからな。なあに、心配は要らん。帰る時には動くようにしてやるよ」

いつも兄の鳥進《とし》を立てて、控え目な存在であった鳥見《とみ》が、此れほどに優れた術者だったとは……

怖《お》じ気をふるった二人は、もはや鳥見《とみ》の言葉に唯々諾々《いいだくだく》と従う操り人形でしかなかった。

どれほどの時が経ったのであろうか?

永珍と永宝がハッと我に返ったとき、二人は大宰府の街中《まちなか》に立っていた。

目の前をあの若者が足早に歩いてゆく。

その姿が松の木陰に忽然と消え失せた。

「うぬ、何処へ消えおったか?」

慌てて探しまくる二人の頭の中は、若者が鴨ノ鳥見《とみ》であった事も、ましてそれから起こった諸々《もろもろ》の出来事も、すべて完全に記憶を消し去られていたのである。

——蚕棚《かいこだな》の小屋に、太宰府組三十人が物々しく勢揃いしていた。赤卑狗も朱羅《ちゅら》を伴って姿を見せている。

「鳥見《とみ》殿。本日のお働き、お見事でございましたなあ」韓良子《からこ》である。鬼魔の当麻麿《たぎま》をきりきり舞いさせた時、見ていて溜飲《りゅういん》を下げた群衆の中に此の者達も居たらしい。

だが当の鳥見《とみ》は、片頬にチラと笑みを浮かべて頷いただけで、殆ど表情は変わらない。

「皆の衆。赤卑狗殿より、全体の戦況について、お話がありますぞ」

戸畔《とべ》の声で、水を打ったように一同静まり返った。

「日本占領を目論む新羅・大唐の連合軍は、三十万の兵と二千の騎馬団を千二百艘の艦船に積載して、七日前に対馬比田勝《ひたかつ》沖に到着、まず其処で錨を下ろしました。

新鮮な野菜と水を補給するのが目的ではありますが、海戦を前にひと息入れる狙いもあったのでしょう。

しかし、戦はその夜から始まりました。

我が方の遊撃隊によって、二百艘の大艦が船底に穴を明けられ、海底深く沈みました」

韓良子《からこ》を除く二十五人の男たちが、初めて耳にする壮大な海戦の幕明けであった。

「数は多少減りましたが、それでも一千艘に余る大船団は針路を東に取って、長門豊浦沖響灘《ひびきなだ》の海を真黒に埋めました。迎え撃つ我が船団は大艦五百と中型艦三百で、劣勢は蔽うべくもなかったのです」

一同の真剣な眼が赤卑狗に集中している。

「しかし茲《ここ》に、偉大なること神の如き方術の達人が現れて、敵船団の中に三個の大竜巻を現出させたのです。海を埋めた敵集団の中を大旋風は縦横に走り回り、何十何百の大船を天空へ吸い上げ、海面に落としました。

そして旋風が消えた後、しぶとく生き残った敵船に、今度は船の高さを遥かに超える程の大津波が襲って来たのです。海は奔流のごとく敵船を海底へ引きずり込み、一千余艘のうち七百余艘が海の藻屑となりました」

全員息を呑んで聞いている。

「残った敵は陣型を立て直して、魔の海域を逃れんとしましたが、そこへ我が船団がどっと突っ込みました。海は忽ち、石弩《いしゆみ》が唸り、火矢が飛び交う修羅場となったのです」

息を詰めて聞き入っている阿梨《あり》の白い横顔に、韓良子《からこ》がチラと眼を走らせた。

只一人の女性《にょしょう》が矢張り気になるのだろうか？

「戦の場は段々南へ移り、彼我の船団は折からの潮流に乗って、彦島の狭い海峡を通り抜けました。暫く進むと目の前に小月の港が見える……敵の残存勢力は僅かに二百余艘！　我が船団の損害も決して少くはありませんでした。双方とも戦に疲れてへとへとの状態だったと思われます」

「敵兵は上陸したのですか？」

恐《おそ》る恐るといった感じで一人が尋ねた。

「はい。上陸したというより、せざるを得なかったと言った方が良いでしょう。何しろ後から我が船団が迫って来ているのです。

此のような状態で兵馬を揚陸するのは大変な事です。揚陸を済ませた船はすぐに戦場へ取って返す。入れ替わり立ち代わり、死に物狂いで敵は向かって来ました。縦横に駈け巡る彼我の艦船は段々数を減らしてゆきましたが、敗色濃厚となった敵船五十艘がいきなり転舵して、南の方向へ逃げ出したのです」

赤卑狗の弁は熱を帯びてきた。

「我が方もその後を追って八十艘ほどの闘艦がすぐ南へ向かったのですが、周防灘へ出ると、ズラリと並んだ磐井の船団三百余艘が、連合軍の船団を迎えるべく待ち受けていたのです。東征を図る磐井としては、待ち望んだ連合軍の艦船がこんなに少いとは、思いもよらなかったでしょう。千数百の大船団を組んで瀬戸内を進み、大和朝廷を倒す事が磐井の悲願だったのですから——だが状況は大きく変りました。小月の港に背を向けて、逃げ込んだ形の五十艘は取りあえず収容したものの、磐井側は戦意を喪失、爾後《じご》の作戦も変更の已むなきに至ったのです」

「赤卑狗様。小月に上陸した奴等はどうなったのですか？」

「はは……そうでしたな。小月に揚陸された兵は二万、馬は数百頭を数えましたが、戦にはなりませんでした」

「と申されますと?……」

「十数名の隊長連中が漁師の家に集まって、作戦会議を開いたのですが、そのまま誰も出て来なかったそうです」

「?　……」

「余り声がしないので、兵の一人が恐る恐る入ってみると、全員首の後を刺されて死んでいたそうです。薄い煙が漂っていたそうですから恐らく薬煙も使ったのでしょう。指揮者を失った兵は藁人形と同じです。お蔭で多くの血を流さずに済みました。海上の戦に於ても、刃向かってきた敵船はことごとく撃破され、残る船も白旗を掲げました。新羅・大唐千二百の大船団は壊滅したのです」

オオッ！　という喚声と拍手が起こった。

「だが此れで終った訳ではありません。最初の目論見《もくろみ》が崩れた磐井が次に何を考えているのか、我等が知りたかった事を鴨の御兄妹が見事に探り出して下されました」

鳥進《とし》がゆっくり立ち上がった。

「薬売りに化けていた永珍と永宝の頭にある情報は、阿梨《あり》と共にすべて取り出しました」

聞き出す、のではなく、取り出す、という表現に皆度胆《どぎも》を抜かれている。

「磐井は東征を諦めました。面目を失った形の未斯訥《みしと》と卜湖《ぼくこ》が、捲土重来を期して磐井に新たなる策を献言したのです。その策とは、――東征はもう少し先に為されませ。磐井様が名実共に筑紫王《おおきみ》になられてからでも遅くはございません。日向・大隅など南部の諸国は、この未斯訥《みしと》にお任せ下さいませ。此れらの地を磐井王国の新しき版図として必ず献上致します。その間に筑前《ちくしのみちのさき》に在る政府軍を撃破して下さりませ。さすれば筑紫全土は貴方様のもの。力を付けて東征出来ますぞ――磐井は此の言葉に動かされました。

大牟田に在る弟の牟田別《むたわけ》に命じて、肥前・筑後からも兵を徴してまず大宰府を陥し、そこから一路娜大津《なのおおつ》（博多）を目指す。また磐井自身は、豊前・豊後の兵を以て東から攻め立てれば、逃げる所は海しか無い。政府軍に五万の兵あり、といえども、磐井王国には十五万の兵力あり。何条《なんじょう》以《も》て敗るる事があろうぞ！……というのが彼の思いです」

一同寂《せき》として声が無い。

「阿梨《あり》と私が別々の場所に於て取り出したる情報、万に一つも間違いはないと存じます。予想もしなかった海戦の大敗に、それまで大口を叩いていた未斯訥《みしと》は面目丸つぶれとなったが、磐井に対する手前もあり、これからは自分が指揮を執る、と言い出した。しかし彼は文官、実戦の指揮が出来るはずは無い。そこで二名の副将を選んで実戦の指揮を託す事になったのです。

あの日、海戦の場を逃れて磐井軍の船団に迎えられた新羅の大艦は五十艘。生き残りの乗員一万五千と三百頭の馬が未斯訥《みしと》の指揮下に入りました。乗員の中で最高位の来田見《くたみ》が請われて首席司令となり、副司令には忍《おし》ノ者を統《す》べる磐排別《いわおしわけ》が選ばれたようです。

総司令の未斯訥《みしと》は、磐井側から三千の兵を借り受けて、曲りなりにも連合軍一万八千の体制をつくり上げました」

磐排別《いわおしわけ》の名を聞いた時から戸畔《とべ》の眼が鋭さを増している。敵愾心が燃え上がってきたに違いない。鳥進《とし》は淡々と話を進める。

「一万八千の兵に、更なる訓練を施した後、未斯訥《みしと》の軍は霜月の朔日《ついたち》に六十艘の船団を組んで、中津の港を出発します」

「オオッ、よォし！」待ちかねたように、男たちの声が湧いた。

「永珍、永宝を案内人として、美々津の港から美々《みみ》川の流れに沿って神門を目指す。其処で兵馬を養いたる後に南の大隅を攻略する」

「独りよがりの戯言《たわごと》じゃ！」

吐き棄てるように韓良子《からこ》が言った。

「一日も早く戻って我等もお役に立とうぞ」

「おおッ」二十五人の男達が吠えた。

「お待ちくださいと」凜《りん》とした女の声が男共を抑えた。阿梨《あり》である。

「太宰府の総仕上げはどうなさるのですか」

ニッコリ笑った赤卑狗が、

「流石《さすが》は阿梨《あり》殿。ツボを外すことはありませんな。立派なものです」

「いえ、そんな……」羞じらいに頬を染めた阿梨《あり》の躰《からだ》から一瞬娘の色香が匂い立った。

「無益な殺生は好まぬが、今までの報告を聞く限り、鬼狐と鬼魔の二人には天誅を加えずばなりますまい。此の役目は韓良子《からこ》殿とその一党の方々にお願い致す」

男たちから喜びの声が挙がった。

「但し、首を刎《は》ねるのは二人のみ。部下の者を殺してはなりませんぞ」

「何故でござる。あの二人の言うがままに民を苦しめた奴輩《やつばら》を放っておくのでござるか」

「韓良子《からこ》殿」

赤卑狗の語調が少し革《あらた》まった。

「貴方も一度は官に仕えた身。お解りであろうが、宮仕えの幸・不幸は上に立つ者の人柄によって決まるもの。命を受けて心に染まぬ仕事をさせられた事は、韓良子《からこ》殿。一度もありませんでしたか」

俯《うつむ》いて聞いていた韓良子《からこ》が、チラと赤卑狗《あかひく》に目を走らせて再び頭を下げた。

「お恥ずかしい。赤卑狗殿」

今度はしっかりと目を見つめながら、

「仰言《おっしゃ》る通り、上役の器量如何で下の者達は夜叉にもなり菩薩にもなります。分かりました。鬼狐と鬼魔の素っ首刎《は》ねた後は一人も殺さずに……あのォ、足腰立たぬ程に痛め付けるのは構いませぬか」

「それはどうぞ、御存分に……」

笑みを含んだ声が返ってきた。

「多勢の見物人も集まることでしょう。最後の総仕上げこそ肝心！　そこで戸畔《とべ》殿に御願いがあります」

「赤卑狗殿の仰せならば、何なりと……」

戸畔《とべ》は上機嫌である。

「明日から始まる大宰府作戦、すべての采配を貴方にお願い致したい」

一瞬赤卑狗を凝視した戸畔《とべ》が、すぐに小さく首を振って韓良子たちを顧みた。

「至らぬ者じゃが俺に附いてきてくれるか」

「お願い申す！」

韓良子《からこ》の大声と共に二十五人の男達が頭を下げた。鴨ノ三兄妹も大きくうなずく。

「では赤卑狗殿。大宰府組三十名は、しかとお預かり申した」

「かたじけない。手前はこれから神門の地へ飛びます。一万八千の敵襲を連絡して、迎え討つ準備がどの程度出来ているのか、それを見定めて参ります。此処に居る朱羅《ちゅら》を残してゆきますので何卒後はよしなに……」

「心得ました」

一同に会釈して赤卑狗が外へ出ると、朱羅《ちゅら》がスッと後に附いてきた。

月明の夜である。耿耿《こうこう》と下界を照らす白い光の中を、巨大な鳥が天空へ舞い上がった。折から、月に懸かった薄い雲の端を掠《かす》めて、大鷲は南の空へ消えてゆく。

「ううム。俺も飛翔の術を身に付けておけば良かったなあ」

肩をすくめて、ぼやくような朱羅《ちゅら》の小さな独り言は、黒い枝葉を伸ばして傍らに立つ欅《けやき》の大樹だけが聞いていた——

「まァた鬼魔の奴が来よったぞォ」

「今日は手下《てか》が多いじゃねえか。ひい・ふう……十人も居るぞ。アレレ、今日は鞭バ持っちょらん。ウム昨日の事で懲《こつ》りたっちゃろ」

「ハハハ……鞭でグルグル巻きにされチ蓑虫ン事《ごつ》なっちょったもんねえ」

弥次馬の私語《ささやき》が聞こえる筈は無いのだが、凄い眼で人々を睨みつけながら、肩を振って鬼魔の一団が歩いてゆく。一番賑やかな辻で連中は足を止めた。露店の商売人を一人ひとりつかまえて訊いている。

「おい。昨日この辺りで当麻磨《たぎま》様に乱暴働いた若え奴《わけ》を知らんか。何ィ、嘘つけィ！」

乱暴な奴は商人の胸ぐらつかんで責め立てる。声は上から降ってきた。

「鬼魔の旦那よ。探し物は俺かえ」

高い松の枝に腰かけて、足をぶらぶらさせながら昨日の若者が笑っている。

「うぬッ。其処に居ったか。動くなよ」

どっと駈け寄った男達を平然と見下ろして呵呵《かか》大笑、小気味よい啖呵が飛んだ。

「ホゥ今日は十人かえ。そんな人数じゃどうにもなるまいよ。帰《けえ》れ帰れ！」

「おのれ若僧。下りて来い」

「いやだね。用があるなら上がってきな」

「何ィ。俺共《おつどん》が怖《おじ》いとかァ」

若者の腕を知らぬ新顔の手下《てか》が喚くと、

「ハハ……お前《めえ》たち小者が相手じゃどうにも張合いが無い。せめてなァ、鬼狐の筑海《つくみ》でも連れてきな。奴が来たら、俺も此処から下りてやるよ」

「うぬッ、ほざきおって！」

切歯扼腕、髭面を朱に染めて怒ってみても手の届かぬ所ではどうにもならぬ。

観衆が段々増えてきた。

「銅羅《どら》を打て。筑海様《つくみ》の御出馬を仰げ」

傍に居た二人が走り出す。その後を追うように、銅羅の音が響き渡った。何事ならんと弥次馬が集まってくる。もうどうにも引っ込みがつかなくなってきた。


やがて三十人ほどの部下を引き連れた筑海《つくみ》が姿を現わした。一通りの話は聞かされていたらしく、馬にまたがり武装している。何が何でも若者を搦《から》め取るべく、部下達の携えている武器が物々しい。剣や戟は元よりのこと短弓を持つ者が数人、投網を抱えている奴が三人居る。中でも変った武器を手にしている兵に、観衆の目が集まった。

一丈ほどの長い柄の先に、鉄の枝が生えている。それは幾つにも枝分かれして、まるで葉をむしった笹竹そっくりだ。その中心部は身体を突き通す鋭利さを備えており、まことに厄介な代物《しろもの》である。

「あれは狼筅《ろうせん》チ言うて、匈奴《きょうど》で使われちょった武器じゃ。長さはあるし堅牢じゃから、剣ではとても歯が立たんぞ。あの若え衆《わけ》も今日はやられるかも知れんのォ」

どこの土地にも物知りは居るものである。此の物知りの男は、恐らく中華の地から来たものに違いない。

「うゥむ、それに四十人が相手じゃキのォ。いくらあの男が強うても無理な話じゃろ」

取り巻く人々すべてが同じ思いを抱いたのだが、若者の方は一向に頓着が無い。

「ホゥ。いろいろ道具を揃えてきたな。鬼狐と呼ばれているのは、お前さんかい」

「黙れッ。少典《さかん》の筑海《つくみ》様を見下ろすとは何たる無礼！　下りてこいッ」

大男の当麻麿《たぎま》が上を見上げて怒鳴った。四十名の部下達に護られた筑海《つくみ》は、松に近づいて馬上から珍しげに若者を見上げている。

「いいとも。先刻《さっき》の約束だからな」

若者は枝の上に立ち上がった。ニヤリ、と笑ってポーンと跳び下りる。当麻麿《たぎま》の頭上を越えて一旦着地した若者が、もう一度跳んで軽々と馬の背に舞い下りた。あっという間の出来事である。

筑海《つくみ》の後ろにまたがった若者は、右手を筑海《つくみ》の首筋に当てている。まさかそれが、松葉だとは誰も思わない。チクリとした感触に狼狽した筑海《つくみ》が、悲鳴に近い声を出した。

「動くな。みな動くでない」

若者が後ろから何かささやく。

「武器を下に置いて、みな退れェ」

筑海《つくみ》の金切声が又聞こえた。

剣・戟・短弓・投網・それに狼筅《ろうせん》等の武具を下に置いて、兵達が後ろへ退る。

「オーイ、みんな出て来ォい」

若者が大声で叫ぶと、観衆の中から露店の陰から、大勢の男等が姿を現わした。

その中の何人かは、物騒な狼筅《ろうせん》と短弓を束にして括《くく》り、遠くへ放り投げる。黒い顎鬚《あごひげ》の逞しい男が一人、馬の傍へ歩み寄った。

「久しぶりだな。筑海《つくみ》」

声を掛けられたが思い出せない。まじまじと、鬚男の顔を見つめている。

「ハハ……鬚があるから判らんか。ならば名乗ってやろう。二年前、汝《いまし》の讒言《ざんげん》により官を去った韓良子《からこ》だ。上にへつらい私欲を貪《むさぼ》る汝の悪業は、天人倶《とも》に許さざる所。民に代ってこの韓良子が汝の素っ首刎《は》ねてくれる。馬から下りよッ」

声と共に筑海《つくみ》の躰《からだ》は地上に投げ出されて無様《ぶざま》に転がった。

「おお、韓良子《からこ》様じゃ」

「あのお方には御恩があるんじゃ。ようこそ戻って下された！」

「髭で判らんかったが、間違《ちげ》え無《ね》え。本物《ほんもん》の韓良子《からこ》様じゃァ……」

どよめく民の声に喜びが溢れていた。

「剣を取れ筑海《つくみ》。尋常に勝負してやる」

凛然たる韓良子《からこ》の前に、しかし筑海《つくみ》は剣を取らず這いつくばった。

「許して下され韓良子《からこ》殿。私が悪かった」

途端に囂々《ごうごう》たる民の声が湧き起こった。

「だまされたらいかんど、韓良子《からこ》様ァ」

「鬼魔を使うて俺共《おっどん》を苦しめた張本人じゃ」

「其奴が生きちょったら、まァた同じ事《こつ》の繰り返しじゃァ」

この時、筑海《つくみ》は大失敗をやらかした。

「うるさい。虫けらども！」と、いつもの癖がつい出て、怒鳴ってしまったのだ。ハッと気がついて首を縮めたがもう遅い。さっと顔色を変えた韓良子《からこ》が、大剣をギラリと抜いた。と、そのとき大男の当麻磨《たぎま》が速い足どりで、二人の間に割って入った。

鬼狐を庇うように立った鬼魔の手に大剣は握られているが、血の気の引いた顔に脂汗を流し、目ばかり光らせている。

韓良子《からこ》の傍に一人の壮漢が歩み寄った。剽悍《ひょうかん》な面《つら》がまえと引き緊まった身体の男は、副将格の安比留《あびる》である。

「お頭《かしら》。此奴はそれがしが……」韓良子《からこ》が頷《うなず》くのを見て、無造作に鬼魔へ近づいてゆく。鬼魔の口から、悲鳴にも似た叫びが出た。

「こらァ。何をボケッとしちょっとか。早よう剣バ取らんかいッ」

撥《はじ》かれたように、当麻磨《たぎま》の手下《てか》五人が慌てて剣を拾った。しかし後の五人は動かない。顔見合わせて黙したままである。

筑海《つくみ》の部下三十人は、一人も動かない。

「五人だな」

「そう、五人だけじゃ」

「では、我等も五人だけ……」

声高にしゃべりながら、五人の男が嬉しそうに観衆の中から出て来た。

ギョッとなった手下達《てか》が身構え直した時、グェーッと異様な声が聞こえた。

いつ安比留《あびる》の剣が抜かれたものか、白光と共に股間から胸まで裂かれた鬼魔の身体が、朽木のように倒れてゆく。

怯えと興奮で狂人のようになった筑海《つくみ》が、剣を滅茶苦茶に振り回しながら韓良子に斬り掛かったが、白刃一閃！　血煙を上げて首が飛んだ。ワーッと歓声が上がり拍手が起こる。

意気阻喪した鬼魔の手下等は、白木の棒にこっぴどく痛め付けられている。

手を出さなかった三十五人の兵達は、歩み寄る韓良子《からこ》の前に平伏していた。

その頃大宰府ノ庁では、大監《げん》の徳良《とこら》と対座している君広が、心中首をかしげていた。

数日前から徳良《とこら》の様子がおかしいのだ。

いつもの徳良とは確かに違う。威丈高《いたけだか》な言動が影を潜め、温い人間味を漂わせている。

彼の半ば腐りかかった魂に、清冽な真水を注入した鳥進《とし》の技とは勿論知る由もない。

「君広。儂《わし》は官を辞する事にしたよ」

「えッ。何故に？　……」

「儂《わし》はなあ。今までの自分が恥ずかしゅうてならん。其方も気付いていたとは思うが、筑海《つくみ》と当麻麿《たぎま》、あの二人は官の恥じゃな」

「……」

「民に接すること鬼の如く、怨嗟の的となって居る。また官に納むべき財を横領して私腹を肥やすなど、言語道断の所業もある。二人は追放する事にしたよ」

「追放、でございますか」

「うム。既に帥《そち》殿をはじめ大弐《に》・少弐《に》の各位にもお許しを得ておる。そして其方《そなた》にはどうしても受け取って貰わねばならぬ物がある」

厚手の金鳳紙に鮮かな墨色で書かれた文字が君広の眼を射た。

――大監の職に任ず――

帥《そち》・大弐《だいに》・少弐《しょうに》の連署も見える。

「これは？……」

驚く君広に徳良《とこら》がニコと微笑んだ。

「実はな。過ぐる夜に一人の神仙が枕頭に立たれて、こう言われたのじゃ。――徳良《とこら》よ。重き荷を負うたまま思い煩《わずら》うことを止めよ。野に下れ。其方の学識を活かして、貧富を問わず志ある若者を育てる学府を作るのじゃ。此れこそ我が使命！と心得よ――その言葉を聞かされて、儂《わし》は生き返る思いであった。今まで苦労を掛けた其方には、更に重き荷を負わせる事になるやも知れぬが、儂《わし》の再生を祝うつもりで此の辞令受けてくれぬか」

心の持ち方が変れば、人間はこんなにも大きく変るものなのか、と君広は思った。

温和な話しぶりではあるが、輝く眼の中に徳良《とこら》の決意が読み取れる。

「分かりました。お受け致します」

ただ一言ではあったが万感のこもった語調であった。

「忝《かたじけな》い！」

その時、一人の侍臣が急ぎの足どりで姿を見せた。

「申し上げます。只今ご門前に、先年官を辞されました韓良子《からこ》殿が見えて、お目通りを願って居られますが……」

「何ッ。韓良子《からこ》が？」

すっくと立った君広が、満面に笑みを湛えて徳良《とこら》を顧みた。

「此の部屋へ通しても宜しいですか」

「かまわんとも。此処はもう其方《そなた》の部屋ではないか」

一礼した君広がすぐ侍臣に命じた。

「お通し申せ。失礼の無いようにな」

待つほどもなく髭の韓良子《からこ》が現れた。その後から戸畔《とべ》がゆっくりと入ってくる。

「おお、韓良子《からこ》！」

「大典《さかん》さま。お久しぶりでございます」

「うむ。後の御仁は？」

「はい。此方のお方は……」

戸畔《とべ》が手で合図して韓良子《からこ》を押さえ、徳良《とこら》と君広に丁寧な拝礼を施した後、徐《おもむ》ろに口を開いた。

「お許しを得ず罷《まか》り出でまして、失礼の段は何卒御容赦くだされ。私は天《てん》の軍団の一員にて、戸畔《とべ》と申します」朗々たる声音である。

「天の軍団……おお！」

徳良がさっと立ち上がって、

「まず、此方へどうぞ」

自ら戸畔《とべ》を席に招じた。君広に促されて、韓良子《からこ》もその後に続く。

「天の軍団につきましては、高市皇子《たけちのみこ》様よりわざわざ御使者を賜わりまして、詳しく伺って居ります。この度の国難を見事に防いでくだされました事、厚く御礼申し上げます」

戸畔《とべ》は心の中で幸せを噛みしめていた。

母国高句麗は新羅に併呑され、働く場を求めて流れてきた、謂わば亡国の民である。それを一国の高官が、かくも丁重に辞儀してくれるのは、何といっても天の軍団あればこそ、である。此の国に来たのは間違いではなかった……しみじみとその思いを反芻《はんすう》しながら、言葉少なに、

「恐れ入ります。では韓良子《からこ》殿。先程の顚末《てんまつ》を貴方からお話し下され」

「はい」

少典《さかん》の筑海《つくみ》と徴税吏の当麻磨《たぎま》を誅伐するに至った経緯《いきさつ》が、包む事なく韓良子《からこ》の口から語られた。

「以上で報告を終りますが、仮にも官にある者に殺を加えましたる事。もし此のまま私が姿を消せ

ば、大典《さかん》様にも必ずや御迷惑が及ぶと存じまして、然るべき処罰を頂く為かくは参上致しました」

簡にして要を得た韓良子《からこ》の報告であった。聞き終った徳良《とこら》と君広は、笑みを湛えた目を見合わせた。

「然るべき処罰をのぅ……徳良《とこら》さま。私が与えて宜しゅうございますか」

「どうぞ。思い通りに為されよ」

「では……」君広は厳然と令を下した。

「韓良子《からこ》。本日を以て其方を、大宰府ノ庁・少典《さかん》の職に任ずる」

「えッ」韓良子《からこ》は我が耳を疑い、傍に在る戸畔《とべ》はニヤリと笑った。

「官に在る者に殺を与えし我が罪は？」

「官に在る者？　誰の事じゃ」

「筑海《つくみ》と、当麻磨《たぎま》……」

「ああ、その二人なら既に徳良《とこら》様より追放の令が下っておる。官とは何の関係も無い」

君広が韓良子《からこ》の肩に手を置いた。

「実はな。儂《わし》も先ほど大監《げん》の辞令を頂いた。如何にすれば此の重責を全《まっと》う出来るか、思い惑うて居ったのじゃが、天の佑《たす》けか、其方が姿を見せた。お蔭で儂《わし》の迷いも吹き飛んだぞ。官に復して儂《わし》を助けてくれ。頼む！」

「はッ。有難き仰せ……」とは言ったもののすぐには答えられない。

「韓良子《からこ》殿。何を躊躇《ためら》って居られる？　今のお言葉、冥加《みょうが》の至りではござらぬか。有難く受けられよ」

「しかし……」

「しかしも糸瓜《へちま》もない。したが君広様。ここまで附いてきた二十五人の忠実な部下達も、共にお召し抱え頂けますか」

「もちろん結構です」

「それ、お許しが出ましたぞ。韓良子《からこ》どの。先ほど其方《そなた》の姿を目にした民衆の喜びの声を、今一度思い出されよ。あれこそ、天の軍団が理想とするところではないか」

「かたじけない。戸畔《とべ》殿」

感激屋の韓良子《からこ》はもう目を潤ませている。

大宰府作戦は、茲《ここ》に完了した。

15

雲海の朝

雲が流れてゆく。さして高くはないが、山の連なりがその下に涯しなく続いている。遠近《おちこち》が美しく紅葉し、流れる水は清澄である。

往還の幅は狭く、切り立つ崖も多い。だが急坂を下りた所には、意外に広々とした川原が待ち受けて居り、兵の休憩と馬に水を飼う絶好の場所にはなった。

「山ばかりじゃのぅ」

輿《こし》から下りた未斯訥《みしと》が、四囲を見回しながら溜息まじりに言う。

「さようで……港の邑《むら》を後にして二日間、ここまで一軒の人家もございませなんだ」

これも吐息まじりに卜湖《ぼくこ》が応《こた》える。

「しかし此の地は鴉《からす》の多い所じゃのォ」

「はァ、今朝から又ズンと増えましたなあ。百羽は楽に超えておりましょう」

「うム。鳴きもせずに只そっぽを向いて止まっているだけじゃが、これほど多いと何やら無気味に思えるわい」

そこへ将軍達がやって来た。

「総司令。お疲れは出ませぬか」

「いや。儂《わし》は輿に揺られているだけじゃから左程の事もないが、其方等こそ此の狭い道を馬で進むは苦労であろう」

「我等は武人ゆえ慣れて居ります。いよいよ明日は敵地へ入りますので、少数なれど騎馬三百を先頭に威風堂々神門《みかど》へ乗り込みます」

「うム。総司令とは言え、文官の我《あ》が出しゃばる気は毛頭ない。戦の方は宜しく頼む」

「心得ました」

来田見《くたみ》は全軍を三つに分けた。

先鋒となる第一軍は、騎馬三百を含む七千の兵力が新羅の猛将碩奴毛《おおのも》の指揮下に入る。数次の合戦にも未だ負けを知らぬ武将である。

中軍は名目上の総司令未斯訥《みしと》を中心に置いてはいるが、事実上の采配は来田見《くたみ》が執る。

殿軍《しんがり》の第三軍は磐排別《いわおしわけ》を指揮官として磐井から借り受けた三千の兵と、全軍の輜重隊《しちょうたい》がその傘下に入る。

最初自軍が殿軍《しんがり》に回された事に不満の色を見せていた磐排別《いわおしわけ》であったが、行軍を続ける内に段々機嫌が直ってきた。

わずか一間余の道幅では、騎馬の一列縦隊は已むを得ない。兵は二人並んで歩けるものの、一・二軍だけで一万五千の大軍が行進する姿は、身体を伸ばし喘ぎながら進む大蛇《おろち》の様相である。後方から此れを見る磐排別《いわおしわけ》の顔には、意味不明の笑みが浮かんでいた。

「来田見《くたみ》は平原の戦しか知らんようじゃな。山岳戦に馬は無用のもの。それを先頭に配するとは……騎馬隊は全滅するぞ」

「副司令。来田見《くたみ》様に進言なされては？」

「もう遅い。遅いのじゃよ。敵の攻撃が始まれば今に全軍雪崩を打って退却して来るぞ。第三軍はこれ以上進むな。この川原に味方を受け入れ、敵を此処で阻止せねばならぬ。第一隊は右斜面へ、第二隊は川を渡って左の山に潜れ。儂《わし》の下知があるまで動くなよ」

此の処置は、実《まこと》に当を得たものであった。第一隊は意呂《おろ》が率い、第二隊は五十手《いとで》が指揮して、三千の兵は両側の山に潜んだ。

磐排別《いわおしわけ》の両脇には、数々の修羅場を踏んできた忍《おし》の姉妹、美奴《みの》と香糸《こし》の二人が主の命を待つ猟犬のように、眼を光らせている。

——先頭を行く案内役の永珍が足を止めた。周囲の山々より一段高い峠の頂上である。

「どうした？」

碩奴毛《おおのも》が近づいてきた。

「はあ。川が細うなっとるのが、ちと気になりましての。前に見た時は、もっと太い流れじゃったような気がするトですが……」

「雨が少なかったんじゃろう」

「そうですな。ホレあそこに頂上が平べったい台地になっちょる山が見えますな。あれを越ゆると、もう神門ですばい」

「オオ、そうかそうか。愈々《いよいよ》我等が征服者として彼の地に入る。正に武人の本懐じゃな」

この辺りから道幅も広くなっている。

上機嫌の碩奴毛《おおのも》は騎馬兵を二列縦隊に組み替えた。徒歩の兵達も二列から四列の隊形になって進んでくる。

「見よ永珍。二つの山と谷間《あい》に繋がる大軍勢の偉容を……此れを見れば、余程の愚か者でもない限り刃向かう奴は居るまい！」

「はァ、そんなら良《え》えんですがのォ。何やら静かすぎて、どうも気味が悪いですなァ」

永珍の危惧は当っていた。


小半刻後――それまで明かるい陽射しを送っていた初冬の空が、突然暗くなった。

天空を黒い雲が蔽い、それがザワザワと蠢《うごめ》いている。と見る間に、その雲が黒い雪崩のように人馬目掛けて落下した。鴉《からす》である。

翼を畳んで一直線に急降下する隼《はやぶさ》の姿そのまま、鴉たちは馬の目を狙った。

上下左右・縦横に乱舞するこの黒い襲撃を受けて、人も馬も乱れに乱れた。

道は狭い。山の斜面を横倒しになって辷《すべ》り落ちる馬はまだしも、目を潰され乗り人《て》を失った馬は狂ったように走り出した。

道なりに前方へ走った馬は、数ヶ所に張られていた縄に足を取られ、つんのめる形で転がり落ちる。そのすべての馬が脚を折って谷底に横たわった。

人間の横暴を怨むが如く、茶色の眼を天空へ向けたまま、四肢を震わせて訪れる死を待つより他《ほか》なかったのである。

乗っていた殆どの人間は馬の下敷きになっていた。

だが半数以上の馬は、前方でなく後方へ走ったのである。

一旦棹立《さおだ》ちとなり、瞬時に向きを変えて鴉の少ない後方を選んだのは、馬の本能が為せる業であったろうか。既に両眼をやられている馬も多い。

正に盲滅法の勢いで、鴉の攻撃から逃れんと、二百頭に近い馬が後方に向かって奔る。

四列になって進んで来る兵達は、驚く暇もなかった。奔騰する急流に呑まれるように、十数丈《じょう》下の谷底に落ちてゆく。人も馬も宛《さなが》ら蟻のように、無数の黒点がバラバラと転がり落ちていった。

兵の叫喚、馬の悲鳴、雪崩のような悍馬の狂奔は止まる所を知らず、第一軍の兵八割を谷底へ落とした。そして徐々にその数を減らし、勢いも衰えながら、第二軍の中程まで走り抜けて漸く取り押さえられたのである。

総司令の未斯訥《みしと》は、山の斜面に這い上ってやっと難を免れた。

下を覗けば死屍累累《ししるいるい》、まだ息のある兵たちの呻き声が地鳴りのように聞こえてくる。

谷底の一隅に、新羅《しらぎ》の猛将と謳われて神門《みかど》への一番乗りを夢見ていた碩奴毛《おおのも》の、朱に染まった身体がくの字に折れ曲り、そのすぐ傍に永珍が馬の下敷きになっている。

将軍の来田見《くたみ》は九死に一生を得ていたが、このまま軍を進める訳にもいかなかった。戦わざるうちに戦意を喪失した兵をまとめて、先ほど休憩した川原まで一旦引き返す事にしたのである。

そこには皮肉な笑みを浮かべて二人の女兵と共に、磐排別《いわおしわけ》が待っていた。

「来田見《くたみ》殿。災難でしたな」

将軍の顔に苦渋の翳《かげり》がある。無言で一瞬、磐排別《いわおしわけ》の顔を見つめたが、やがて深々と頭を下げて、
絞り出すような声音で応えた。

「磐排別《いわおしわけ》殿、申し訳ない。愚かなる我が采配で、大切な兵七千余人を失うてしもうた！」

──将軍は誠実なお人のようだ。素直に自分の非を認めて居られる。よし、ならば──

「何を言われる。鴉が馬を襲うなど誰が予測し得ましょうや。正規の戦法ではないのですから、決して貴方の責任ではありません。敵方に居る忍《おし》の技人《てびと》は八名、我が方には永珍を除いても尚十一名の忍《おし》ノ者が健在です。敵が鳥獣を使うならば、我が方もそれに対抗出来る術者は控えて居ります。どうぞ自信を以てお進み下さい」

この男には珍しく、真摯な言葉が磐排別《いわおしわけ》の口から発せられた。

漸く気を取り直した来田見《くたみ》が、

「忝《かたじけな》い。なれど道は狭隘《きょうあい》。同じように進めばまた先程の二の舞になる恐れが……」

「いや、此度《こたび》は第三軍の兵三千が山に入って両脇を固めます。道なき所を行くので、進軍の速度は遅くなりますが、鴉の攻撃は無くなるでしょう。それに念の為、我が隊の忍《おし》ノ者五名を貴方の軍に入れて、要所を固めます。どうぞ安心してお進み下さい」

「数々の御配慮、忝《かたじけな》い。鴉さえ居なければ、もう御門《みかど》の地は目前じゃ」

「いや、もう一つ懸念すべき事があります」

「え、それは？　……」

「崖落としです。この狭い道が数町にわたって崩れるような事があれば、それこそ大半の兵が再び谷底です。南北両側の斜面に配した我が手の者が、仕掛けてある箇所を全て見つければ問題は無いのですが、とにかく此の狭い道を安易に進むのは危険です」

「では、いっそのこと谷間《あい》を進んでは如何でしょうな。行軍速度は遅れても、谷底ならばそれ以上落ちる気遣いはない」

来田見《くたみ》が引き攣《つ》ったような笑いを浮かべた。危うく谷底へ転落しそうになった先程の恐怖が甦ってきたようだ。

「そうですな。だが輜重車《しちょうしゃ》は道のある所しか進めませんから当然本道を行くことになりましょう。これは変えられぬ……本隊は谷底を行きますか。両側の山に分け入る二隊を合わせれば四路を進む形となりますな。ふム、これは存外面白い作戦になるかも知れん」

「磐排別《いわおしわけ》殿は何れの道を？　……」

「拙者は兵五百を率いて輜重隊と共に本道を進みましょう。両側の山に分け入る遊撃隊の指図をするにも、本道が便利と存じます。本隊の指揮と、総司令未斯訥《みしと》様のお守《も》りの方は何卒宜しく」

「ハハ……心得申した」来田見《くたみ》の顔に漸く笑いが戻った。

その夜は全軍、川原附近で野営した。明朝早く出発すれば明かるい内に神門へ着くであろう、という永宝の進言が容れられたのである。永珍亡き後、ただ一人の案内人永宝の言に反対する者は居なかった。尤《もっと》も一万余の大軍が野営出来るほど川原は広くない。両側の山にも入らねばならぬ。

磐排別《いわおしわけ》は、北側の山を行く意呂《おろ》隊千二百名と、南側の五十手《いとで》隊千三百の兵に命じて先行させた。今日中に出来るだけ進んでおけば、明日は速度を落として、崖落としと鴉に対して慎重な眼配りが出来るであろう。

「陽のある中《うち》は歩き通せ。其方等が全軍の目となるのじゃ」

北と南の山中を進む二千五百の兵を見送って、磐排別《いわおしわけ》は美奴《みの》と香糸《こし》を顧みた。女ながら二人とも手練《てだ》れの術者である。

「其方等は御苦労じゃがの。明朝空を飛んで意呂《おろ》隊と五十手《いとで》隊の後を追ってくれ。異状が起きたら、輜重《しちょう》隊と共に在《あ》る我に知らせよ」

全ての指図を終えて磐排別《いわおしわけ》は、今にも泣き出しそうな空を見上げた。

山間に夕闇が近づいている。

やがてポツリと冷たいものが落ちてきた。

「悪いものが……」

磐排別《いわおしわけ》は顔をしかめて空を見上げた。川原では来田見《くたみ》と未斯訥《みしと》が、そして山の中を進む意呂《おろ》も五十手《いとで》も、一様に眉をひそめていた。

その夜、風まじりの雨は氷雨となり、果ては雪を交えて遠征の将兵の背を濡らした。

身体の芯まで冷えきって眠りもやらず朝を迎えたが、頼みの陽光は姿を見せず、皚々《がいがい》たる白雪に山も谷も覆われていた。雪はまだ降り続いている。

「お頭《かしら》。今から出発します」張りのある若い声が磐排別《いわおしわけ》を振り向かせた。

「おお、美奴《みの》。香糸《こし》。二人とも此の雪を衝いて行くか。苦労を掛けるな。意呂《おろ》と五十手《いとで》の隊を見付けたら、もうひと息足を、いや羽を延ばしてくれ。神門の様子を少しでも摑んでおきたい」

「はい。心得ました」

目礼した二人の女忍が数歩離れた灌木の茂みに隠れた。と見る間に、バサバサッと音がして、二羽の隼が雪空高く舞い上がった。それを目で追いながら、

「出発じゃあ」磐排別《いわおしわけ》の大声に、

「おお!」と応えた五百の兵と、百二十台の輜重車《しちょうしゃ》が、歩き難くなった雪の道を一歩一歩踏みしめながら進み出した。

積雪は尺に近く、ふくらはぎの下部まで雪に埋まる。歩き難いこと夥《おびただ》しい。上り坂も大変だが、下り坂は道が辷《すべ》り易くなっているので、更に始末が悪い。一歩誤れば谷底である。五百の兵の半数は腰に曳き綱を付けて輜重車を援けた。

「ううッ、寒い!」

「見よ。川に氷が張っちょるばい」

「宇島《うのしま》の冬も寒《さみ》いけんど、今頃雪が降るような事《こた》あ無えのう」

「まこっちゃ。もちっとましな防寒具があればのう……」

寒さに震える兵達の言葉に士気の片鱗すら感じられない。これも当然であったろう。

二つ目の峠に立った時、先頭を行く磐排別《いわおしわけ》が突然立ち止まった。

「弓ッ！」鋭い叫びと共に、傍の兵から弓をもぎ取ると、矢を番《つが》えてきりりと引き絞った。黒い小さな点が礫《つぶて》のように飛んでくる。

その後を大きな黒点が、これも目を見張る速さで追ってくる。

翼が見えた。鷲である。

矢が放たれた……

大鷲は一瞬身を翻《ひるがえ》して矢を躱《かわ》し、そのまま天空に翔上《かけあ》がった。

そして此方の陣を偵察するように、悠々と上空を旋回し始めた。

「うぬッ。崇光《そうこう》の奴《やつ》！」

切歯扼腕《せっしやくわん》、眥《まなじり》を決して大鷲の姿を睨んだものの、これでは手の打ちようが無い。

ふと気がついて顧みると、礫《つぶて》のように飛び込んできた隼は既に元の姿に還って、美奴《みの》が片膝ついていた。まだ肩で息をして居り、顔の色が蒼い。

「香糸《こし》はどうした？」

「はい」唇をふるわせた美奴《みの》が、

「大鷲に捕まりました」

「彼奴《きゃつ》か」

厚い雪雲の下を悠然と飛んでいる大鷲を、腹立たしそうに指《さ》した。

「いえ、鷲は二羽居たのです」

「なにッ！」

もう一羽は崇光《そうこう》の娘真夜《まや》であろうか？

いや、そんな事はあるまい。その鷲が、先に香糸を捉えたという事は、崇光《そうこう》以上の術者であるに違いない。

「お頭、香糸《こし》の事も気になりますが、それよりも此の雪空、この寒さ、みな幻戯《めくらまし》でございますぞ」

「なにッ、何と言うた？」

「あと二つ峠を越えればもう神門《みかど》の地です。其処には陽光が射し、正に小春日和！　雨の降った跡もございません」

「ううむ。真か、それは……」

「美奴《みの》が此の眼で、しかと見届けて参りましたものを……」

「ううむ」

磐排別《いわおしわけ》は此のとき初めて覚《さと》った。

彼の磐井殿《か》でさえ一目も二目も置いていたという禎嘉王とやらは、一体どのような聖者なのか？　……宇島《うのしま》の館で熱っぽく誘った忍城《おしき》の表情を彼は想い出していた。

風の忍城《おしき》ほどの男を、あそこまで傾倒させる何か？　を持っているに違いない。

しかも八人の忍《おし》ノ技人《てびと》だけでなく、遥かに大きな力が背後に附いているようだ。この戦、禎嘉王とやらを抹殺せねば、勝利とは言えぬぞ――

肚を決めた磐排別《いわおしわけ》が、霏霏《ひひ》として舞う雪片に目を遣った。

これが幻戯《めくらまし》ならば恐るべき技！　感嘆の意を込めて厚い雪雲を見上げたその時、異様な地響きが身体に感じられた。

どどどどッ、ゴオーッと押し寄せた轟音は山間に谺《こだま》し、濁流と化して谷を襲った。

「洪水だあッ」

谷底を行進していた来田見《くたみ》の本隊は、逃げる所も無い。

山のような濁流は浪また浪を重ねて、瞬時の間に八千余の将兵を呑み込んだ。

今は亡き永珍が、

「前と較べて川が細うなっとるのが気になります」と、先鋒の指揮を執る碩奴毛《おおのも》に語ったのは、まさに正鵠を射た言葉であったのだ。川の水を堰《せき》止めておいて、一気に押し流したに違いない。

本隊が通り過ぎた後の谷間に、いつの間にか巨大な井堰《いせき》が姿を現わし、押し寄せる奔流をガッキと喰い止めている。兵が通り過ぎるまで雪の下に隠れていた此の巨大な井堰を、どのようにして引き起こしたのか？

隼となって偵察に飛んだ美奴《みの》が、溜息まじりに報告した内容である。

谷は湖と化し、寒さに震えていた兵たちはすべて奔流に呑まれ、水底に沈んだ。

未斯訥《みしと》も卜湖《ぼくこ》も、そして来田見《くたみ》も、例外ではなかったろう。

土木の達人斉延《さいえん》の、神業《かみわざ》とも言うべき偉業であった。

実質上の総司令となった磐排別《いわおしわけ》が生き残りの兵を集めた。

「輜重車は此の場に捨てよ。神門《みかど》はもう目の前じゃ。糧食は彼の地にたっぷりあるぞ」

「おお！」と、身軽になった事を喜ぶ兵達の歓声が山間に谺《こだま》した。

「水の中には五体満足の兵も居る。よいか。全員で救い上げるのじゃ。此処まで共に来たお仲間を見捨てるでないぞ」

身軽になった輜重兵を合わせて千人の兵が、手分けして救出作業を始めた。

幸い峠の上は大きな樹も少ない。磐排別《いわおしわけ》は其処に火を焚かせた。

「荷を下ろして車を壊せ。作業が終ればちと早いが食事にしようぞ」

車を壊して薪にする兵の顔に笑いが戻ってきた。食を前にした楽しみと、暖に触れる喜びが交錯して小さなゆとりが生まれている。

「お頭《かしら》。敵の動きを見て参りましょうか」

美奴である。

「いや、その要はあるまい。両側の山に意呂《おろ》と五十手《いとで》の隊が居る。任せておこう」

その両側の山に異変が起こった。

まず南側を進む五十手《いとで》隊の前面に、火が噴いた。灌木の林に囲まれた炭焼小屋が発火源であった。炭焼小屋だけに、周囲には薪が山と積まれている。

小屋の中には、煙硝が大量に置かれてあった。それだけでなく、周囲の灌木にはたっぷりと油が撒かれ、枯れ柴《しば》があちこちに積んであったのだ。雪の降った痕跡は全く無い。

最初に小屋が火を噴き、兵たちの周囲は忽ち炎の海となった。

今来た道を戻ろうと、押し合いへし合い、兵達は逃げようとしたのだが——後方からも新しい炎が迫ってきた。

風がぐるぐる回っている。ようやく火の輪を逃れて、ホッとひと息つこうとした少数の兵達に向かって、樹上から矢が飛んできた。煙に巻かれ、火に焼かれて、炎の外へ逃げ出す事は一人として叶《かな》わなかったのである。

いや、例外があった。燃え残った叢《くさむら》の中からガサガサと這い出して来たのは何と五尺余の大百足《むかで》である。黒い身体を揺らし、薄茶色の足を忙しく動かして、煙と炎、そして矢の攻撃から少しでも遠去かろうとしている。

しかし頭上を旋回中の鷲の眼から逃れる事は出来なかった。

忽ち急降下した大鷲の鋭い爪が百足の頭と胴をがっしと摑み、その嘴《くちばし》は百足《むかで》の身体を事もなげに切り裂いた。大鷲が飛び去った後には、血まみれになった五十手《いとで》の死体が燻《くすぶ》っていた。

北側の峰にも殆ど同時に火が奔《はし》って、山が燃え上がった。

その後の成り行きは南側と大同小異であったが、一つ違う所は指揮官の意呂《おろ》が、身体のあちこちを燻《くすぶ》らせながらも、命からがら逃げ出して磐排別《いわおしわけ》の前に姿を現わした事である。

「意呂《おろ》、無事であったか」

「お頭《かしら》、申し訳ない！」

泣かんばかりの表情で雪の上に跪《ひざまず》いた意呂《おろ》の傍に駈け寄り、その身体を抱え起こした磐排別《いわおしわけ》が声

をうるませて、

「何を言う。あの火攻めに耐えられる者があろうか。誰の責任でもない。千の兵よりも、一人の其方が戻ってくれた事の方が、俺は嬉しいぞ！」

これは実感であったろう。

宇島《うのしま》の館で風の忍城《おしき》等と袂を分かった時、磐排別《いわおしわけ》配下の忍《おし》ノ者は二十三名であった。その後、天皇暗殺の密命を帯びて大和へ向かった手練《てだ》れの十二名は、誰一人帰らなかったのである。

今日も今日とて、鴉の襲撃が永珍を谷底に落とし、永宝と共に本隊へ回した五人の部下は雪まじりの奔流に呑まれ、隼となった香糸《こし》は大鷲に捕らえられた。

そして山に入った五十手《いとで》は猛火に襲われて未だに還らず、残る忍ノ者は僅かにこの三人だけである。

よし！　最後の意地を見せてやろう……唇を嚙んで磐排別が立ち上がった。

——一方神門の陣営では、禎嘉王《ていかおう》と蛙蘇《あそ》を取り巻いて最終の打合せが行われていた。

そこへ、

「遅くなりましたあ」元気の良い声と共に福智王が現れた。

「おお福智、お前一人か」一瞬慈父の顔になった禎嘉が声を掛けると、

「いえいえ、ちゃんと見えて居りますよ」

身体を横にずらせて大仰《おおぎょう》に道を明けた。そこへ奈魚登《なおと》と翠林《すいりん》が、照れ臭そうに入ってくる。

「ほう、若夫婦の御入来じゃな」

謹厳な禎嘉がニコニコ顔でつぶやくと全員が一斉に手を叩いた。婚礼以来、二人が皆の前へ揃って姿を見せるのは初めてである。

「奈魚登、兵は？」

蛙蘇《あそ》の厳しい声である。

「はい。霧の伊理日子《いりひこ》様が御手配下された山の者三百名、達句《たるく》殿の指揮ですぐ部署につきました」

「よし判った。此方へ座れ。福智殿は父上の御傍に……」

席を指示した蛙蘇《あそ》がゆるりと向き直った。

「さて御一同。只今までの状況を此処でお知らせしておきましょう。崇光《そうこう》殿と赤卑狗《あかひく》の鷲が敵の上空を旋回し、真夜殿の鷹が小回りを利かせて詳しい情報を入手して頂いたお蔭で、敵軍の現状がすべて判りました。まず本道を進んできた主力の一万五千は、鴉の襲撃で大混乱に陥り、半数に近い将兵が崖から転落して再起不能となったのです」

「蛙蘇《あそ》殿。磐排別《いわおしわけ》の軍はその中に？」戸畔《とべ》が勢い込んで質問を発した。

「いや、彼の兵三千は両側の山に潜み、進む事はなかったのです。これは敵ながら見事な采配でした。しかし退却してきた八千余名の兵は鴉の来襲と転落の恐怖に怯えている。そこで敵の指揮官は、最も安全と思える谷間《たにあい》を侵攻路に選びました。人間の考えというのは底の浅いものですな。この作戦は我等の思惑通りでした。満々と湛えた水を一挙に落とし、下流域では雪の下から巨大な堰《せき》を瞬時に出現させて奔流を見事に受け止めた――此れは斉延殿の神業《かみわざ》なくば叶わぬ作戦でした。

片や小癪にも我が陣営を探りに飛んできた二羽の隼は、赤卑狗《あかひく》が一羽を捕らえて戻ってきました。香糸《こし》と申す女忍兵でしたが、仲々口が固く通常の取調べでは埒《らち》が明かぬと観て阿梨《あり》殿にお願いしたのです」

一同の目が自然と阿梨《あり》に向けられた。頬を染めて俯《うつむ》くその姿に微笑を誘われながら、再び視線は蛙蘇《あそ》に戻る。

「いやァ。鴨の一族に伝わる他心通の技、まっこと見事な物《もん》ですわい。敵の情報を取り出《いだ》したる後、以前の記憶を消してから魂変えを致しましたので、香糸《こし》と申す女忍兵は、もう我等と同心と考えても宜しいでしょう」

その時、崇光《そうこう》の娘真夜が入ってきた。

「蛙蘇《あそ》様。只今戻りました」鷹となって敵状を偵察していたのである。

「御苦労でしたな真夜殿。敵はまだ此方へは向かっておらんでしょう」

「はい。仰せの通り今は後退して、堰《せき》の辺りで水に浮かぶ味方の兵を、全員で救出に当っています」

「ふム。一人でも多くの兵を磐排別《いわおしわけ》も欲しい所じゃろう。恐らく火を焚いて衣服を乾かしているでしょうな」

「その通りでございます。でも、蛙蘇《あそ》さま。生存者は大した数ではございません。四百名そこそこかと存じます」

「四百余り……そうですか。これで敵の兵力が全部摑めましたわい。お手柄でしたな」

「いえ……」賞められて少しはにかみながら、父崇光《そうこう》の後に座った。

「さて両側の山中に於ては、火術の妙を遺憾なく発揮された承均殿の英知と、風を自在に操って敵兵の逃げ道を絶った忍城《おしき》殿の技が、虎の子の兵二千五百を全滅させました。百足《むかで》に変身して逃れんとした五十手《いとで》は、崇光《そうこう》殿の鷲が見事に仕止めて下された。残る忍《おし》の者は僅か三人となった訳です。水から救い出された者を含めて、敵の残存兵力は略《ほぼ》千五百人ぐらいでしょう。これに対して我が方は今日到着した新顔の三百を加えて、総勢五百人となりました」

敵の千五百に対して味方は五百……

彼我の兵力差を知らされて、禎嘉父子は眉をひそめたが、残る全員はニヤリと笑った。

「躰《からだ》をほぐすには丁度良い数ですな」顎《あご》をなでながら、戸畔《とべ》がつぶやいた。

「左様——その程度ならば、我が方の損傷も殆《ほとん》ど有りますまい」伊沙里《いさり》である。

禎嘉父子は啞然となり、蛙蘇《あそ》は破顔した。

「ではそろそろ掛かって頂きましょうかな」

一同は立ち上がった。緊張も気負いも無く隣にでも出掛けるように、飄々《ひょうひょう》たる足取りでそれぞれの持ち場へ散っていった。

立ち上がった禎嘉と福智が、無言で縁側に立つ。蛙蘇《あそ》は瞑目のまま動かず、広い庭では筵に薬草を干している加耶《かや》の傍で、一匹の大きな白犬が欠伸《あくび》をしながら陽光の暖かさを楽しんでいた。

——磐排別《いわおしわけ》が輜重隊《しちょうたい》の護衛に附けた五百の兵は、実は選《え》りすぐりの精兵であった。親衛隊とでも言うべきか、自らの直属の兵として、宇島《うのしま》で鍛え上げておいたのである。

兵糧運び専門の輜重兵などは、余り戦力にならない。正に玉石混淆と言えよう。水から生き返った四百の兵は玉なのか？　石なのか？　磐排別《いわおしわけ》は、その四百余人を親衛隊五百の中へ組み入れる事にしたのである。石であろうが何であろうが、此れを玉にせねばならぬ。

それにはまず気持を切り替えて士気を昂揚揚させておく必要がある。

「お前達はあの奔流にもよく耐えて、見事に生き返った。強い運が其方等にはあるのだ。この隊には、微塵《みじん》の和珥《わに》、槍《ほこ》の猪酒《いさか》、杖術《じょうじゅつ》の朱里《しゅり》等、いずれ劣らぬ万夫不当の武術家達が居る。彼等がどんなにすばらしい御味方であるか、其方等にもひとつ見せてやろう。和珥《わに》よ。微塵《みじん》の技を皆に披露してやってくれ」

大鷲が南の峰の上空を悠然と飛翔している。

それを横目で見ながら和珥《わに》を促した。

生乾きの衣服を纏うた兵達が、好奇心に目を瞠《みは》る中を、和珥が軽い足取りで進み出た。切子玉《きりこだま》形の分銅を附けた長さ四尺程の鉄鎖《てつさ》三筋、円型の環に五本の指を入れてどう操るのか、鉄鎖が自由自在に伸縮する。

山肌に突き出ている大岩にビュッと一筋の鉄鎖が伸びた。と見る間に亀裂が走り、次の分銅の連続打撃に岩はたまらず砕け散った。凄い武器である。人の頭に当れば脳漿《のうしょう》は飛散するであろう。此れを巧みに左手で操り、右の手はいつの間にか大鎌を握っている。

口をあんぐり開けたままの兵達から、ようやく気が付いたように拍手が起こり、それがすぐ大きな音に変った。

此れで兵達の士気も揚がる！　磐排別《いわおしわけ》の目は神門《みかど》の方角に注がれていた。

此の峠道を下れば、次の山はさして高くはない。頂上は平らで山というより丘である。村人が集う場所ではなかろうか。周囲は灌木と茂みに蔽われているようだが、その頂きは平らな草原の台地になっている。

「決戦場はあの丘だ！」千五百の兵を背に磐排別は確信した。


道がまた狭くなっている。兵は二列でしか進めない。当然行軍速度は遅くなっている。

「この辺りは雪が降っちょらんねェ」

「まこっちゃ。どしたもんじゃろかいのぅ」

「雪ん中と較《くら》ぶっと、歩き易いじゃねえか。ほれ、もぅ其処は上り口じゃガ」

長い列の先頭が上り坂に差し掛かった時、朗々たる吟詠が頭上から聞こえてきた。

すばらしい声である。だが上空に在るは、悠然と飛翔する一羽の大鷲のみ。

山雨　来たらんと欲して
　風　楼に満つ――

吟詠は一節だけで、その声は雲に消えた。

大鷲は羽をかしげて向きを変えると、たちまたち南の峰を掠《かす》める黒点となった。

その点も完全に消えた時、突然異様な音響と共に、斜面に在った大木が頭上に倒れかかってきた。驚く暇もなくブォーン、グォオッと唸りを挙げて大小の石が兵達に飛びかかってきた。弾着は正確である。バリバリバリッと枝をへし折り、地に転げ回って兵達を倒してゆく。鮮血が飛び、叫声が山間《やまあい》に溢れた。

南の山の中腹に姿を現わした数台の石弩《いしゆみ》から、一抱えもあるような岩や人頭大の石が、次々に風を切って襲い掛かってくるのだ。しかも、それだけではなかった。

「ややッ。敵は連弩《れんど》を使って居るぞ」

先頭を行く磐排別《いわおしわけ》と意呂《おろ》が目を瞠《みは》った。

十連発の弩《ど》である。しかもその中に火箭《かせん》が混じって発射されてきた。それも、只の火箭ではない。命中と同時に爆発するのである。

――漢代の書『淮南子《えなんじ》』には含雷吐火《がんらいとか》の術なる語が見える。また三国時代に馬欣の考案した「爆杖」なる火器の事が『事物起原』に記述されている。

火術の達人承均《しょうきん》が此れ等の鉄砲原理を研究し、更に工夫改良を加えて遂に試作品を完成させたものに違いない――

唸りを挙げて襲いかかる大小の石、火箭の連射、それに鉄砲まで撃ち込まれては抗する術《すべ》も無い。狭い山道は地獄の様相を呈した。

しかしその中から、磐排別《いわおしわけ》を守って数十人の集団が、灌木と草枯れの台地に登り立ったのは見事な程のしぶとさであった。

台地に立てば、神門の村が一望の下に見渡せる。長閑な山村の佇まいである。美奴《みの》の隼が舞い上がった。鷲の影に気を配りながらの偵察《ものみ》であろう。磐排別《いわおしわけ》を中心に半円を描いた最後の生き残りは、その数六十。微塵の和珥《わに》、杖術の朱里《しゅり》の顔は見えるが、槍《ほこ》の猪酒《いさか》の姿は無い。

恐らく石にやられたのであろう。狭い山道に在っては、生死の境は正に紙一重である。その境目には「偶然」しか存在しない状況であったのだ。

隼が戻ってきた。着地と同時に白煙が叢《くさむら》を蔽って、美奴《みの》がスッと立ち上がった。

磐排別《いわおしわけ》の傍へ寄って何事かをささやく。

その報告を聞きながら磐排別の顔にジワーッと笑みが広がった。

「そうか。禎嘉の館を突き止めたか。警備の兵は居らんのじゃな」

片膝をついて横に控える意呂《おろ》に、

「俺は禎嘉の首を貰いに行く。彼奴《きゃつ》の生命を絶てば、一万八千の霊も浮かばれよう。此処の采配は其方に任せる！」

意呂《おろ》が眼を光らせて此れに答えようとしたとき、天空から一条の白光が台地に疾った。

ハッと身構えた一同の前に、白光を受けた灌木が美しい銀色に輝き出した。小さな枝や葉末に至るまで銀の光彩を放っている。

また一筋……今度は紫の光である。

続いて、金色の稲妻が台地に疾った。

もう誰も口を利く者は居ない。夢見心地のまま、光り輝く三本の木を見つめている。雲が低く垂れ込めて四囲は薄暗い。その中で光る枝葉を煌《きら》めかせている三本の木は、こよなく美しい見物《みもの》であった。


銀色の枝を潜って、男と女が現われた。

颪の忍城《おしき》と、翠林《すいりん》である——

紫の光暈《こううん》を背に、鴨の三兄妹——

そして金色に輝く木蔭から姿を見せたのは玄武居士崇光《そうこう》と娘真夜《まや》。横に凝然と立つ髭の男は白虎の戸畔《とべ》である——


「久しぶりだな。磐排別《いわおしわけ》」

渋味を帯びた忍城《おしき》の声が掛かった途端に、三つの光は消えた。八つの影が、神門《みかど》の前に立ちふさがる形となっている。

「これ以上の殺生は我等の好む所にあらず。兵を連れて疾く帰れ！」

忍城《おしき》の凛然たる声に一瞬シーンとなった兵の群から、一人の大男が進み出た。

「何を片腹痛い。此の兵達は、鍛え抜かれた精兵《せいびょう》ぞろいである事を知らぬか。多寡の知れた小人数、相手にするも大人気ないが、まず一騎打ちが所望じゃ。大口を叩きたくば此の俺を倒してからにせい！」

杖術の朱理である。もう一人、此れも大男が進み出た。微塵《みじん》の和珥《わに》である。

「一騎打ちとは面白い。俺も乗るぞ」

ニヤリと笑った磐排別《いわおしわけ》が、

「二人だけでよかろう。じゃが俺には顔見知りの者ばかりでどうも変り映えがせぬわい。此の地には新顔の武術者は居らんのか！」

その言葉が終らぬ中に、新しい声が横手の茂みから聞こえた。

「新顔がお望みか。さてさて、余程の浮気者と見えるの」

声と共にゆったりと、二人の男が台地に姿を現した。赤卑狗《あかひく》と朱羅《ちゅら》である。

八つの影に会釈して、

「あなた方にお任せする約束でしたが、只今お聞きの通りひょんな事になり申した。お許しくだされ」八つの影がうなずくのを見て磐排別《いわおしわけ》の方に向き直った。

「二番目の戦は、我等のうち何《いず》れかが相手をする。異存は無いか」

「無い！」和珥《わに》が答えた。

鉄輪《かなわ》を嵌《は》めた五尺余の杖《じょう》を手に、のっそりと朱理が進み出た。

これに対して七つの影が「我こそ！」と、自信の足どりで一歩前に出たのだが、八番目の影はそのままスルスルと進み、更に歩んで朱理と相対した。

その小柄な身体は……真夜《まや》である。

「うぬッ。汝は女ではないか」

「そうじゃ。私が男に見えるか」

「なにッ。この杖が身体のどこに触れても、汝の骨は砕け散るぞ」

「承知！　お前の杖術とやらを、とっくりと見せてもらおうか」

「小癪なッ」黒い突風が真夜を襲った。

キエーッ……手にした杖が唸《うな》りを生じて真夜の影を裂いた。疾《はや》い！　誰もが朱に染まって倒れる真夜の姿を思い浮かべたのだが、杖は空間を流れていた。

小柄な身体は化鳥《けちょう》のように、声も無く舞い上がっている。シュシュッと閃光のように繰り出される朱理の杖を、化鳥は高々と飛んで躱《かわ》している。杖端の一撃を浴びれば肉は裂け骨は断たれよう。しかし胡蝶のように軽やかな舞いを見せる真夜に杖は擦《かす》りもしなかった。

恐るべき飛跳の術である。北から跳んで南へ向かうかと見れば、しなやかに身をくねらせて東へ降りる。足が地に着いたかと思えばもう次の跳躍に移っている。そして――飛燕と化した真夜の手から、一筋銀色の光が奔った。杖の動きが止まり、ガクッと膝をついた朱理が、そのままゆっくりと草の中に崩折れてゆく。その項《うなじ》に深々と銀色の短剣が打ち込まれていた。

シーンと静まり返った台地に、風のそよぎも無い。軽い会釈と共に朱羅《ちゅら》が進み出た。左手に微塵《みじん》を提げた和珥《わに》も軽やかな足取りで兵達の中から出てきた。

鈍い光を放つ大鎌を右手に持っている。

「ほう、変った得物じゃな」
「おおさ、鎌と分銅、汝が望む物を喰らわせてやるぞ！」
「ふム。どちらも余り欲しくはないのう。これは困った。ま、物は試しじゃ。ひとつやってみるか……」無駄口を叩きながら朱羅《ちゅら》の指先が微妙に蠢《うごめ》いている。両腕が、胸の前で交差された。だが指先は動きを止めない。

分銅の附いた三筋の鉄鎖をビュッビュッと交互に伸縮させながら和珥《わに》が近づいてきた。そして大鎌を振り上げようとした時、思わず目を丸くして唸り声を挙げた。

朱羅《ちゅら》の躰《からだ》が薄墨色にぼやけてゆく。その影が三つ・四つと増えてゆき、遂に八人の朱羅が草枯れの野に立った。と見る間に、八つの影が和珥を中心にグルグルと回り始めた。速い！　まるで独楽《こま》のようだ。疾い！

「うぬッ。分身の術か！」

以前に一度だけ、此のような術を使う男と立ち合った事がある。しかしそれは、三つの影が左右に動くだけの単純なものであり、吐く息の在処《ありか》が容易に識別出来る、今にして思えば未熟な術者であった。もちろん分銅に頭を割られて和珥《わに》の前に屈したのである。

だが此の男は違う。旋風の速さで走りながら他の影を操っているのだろうが、中心に居る和珥《わに》にとっては、灰色の渦に巻き込まれたような感覚である。ヒュヒュッ、ビュッと放つ分銅も、ただ空を切るばかり。徒労と焦燥の中で、和珥《わに》は敗北を予感した。

やがて影の一つが舞い上がったと見るや、強烈な蹴りの一撃が和珥《わに》の顎《あご》を砕き……

影の手に移った大鎌が、和珥《わに》の首を高々と宙天に飛ばしていた――

再びシーンとなった兵等の頭上に磐排別《いわおしわけ》の太い声が落ちた。

「勝負は此れからぞ。宇島《うのしま》の猛訓練を思い出すのじゃ。相手はわずか十人ぞ!」

「おおッ」

喚声を挙げた兵達が一挙に進んできた。

よほど訓練されているらしい。一人の敵に数人が槍《ほこ》を揃えて、同時に喚《おめ》き掛かる。

此れを見て、戸畔《とべ》がすぐに鳥見《とみ》と組んだ。六尺の棒を揮いながら鳥見《とみ》がバタバタと敵を倒してゆく。横から鳥見《とみ》を狙う兵の槍《ほこ》は戸畔《とべ》の豪剣に断ち割られる。

台地は忽ち血風荒ぶ修羅の場と化した。

妹の身を気遣ってか、鳥進《とし》は阿梨《あり》の傍を離れない。しかし阿梨の剣も仲々のもの、一人二人と次々に斃《たお》している。

真夜《まや》に劣らぬ胡蝶の舞いを見せているのは翠林《すいりん》である。鋭く風を捲く忍城《おしき》の豪剣と組んで、既に六人を倒した。

槍《ほこ》を揃えて同時に突き掛かる敵の集団戦法は確かに効果的であったが、同じような戦法を相手にも執《と》られるとその威力は半減した。

鋭い剣戟の中にヤアッ、オオッと雄叫びの声。グサッと肉に刺さる陰微な音。呻き声に混じる断末魔の悲鳴……

それらが其処彼処《そこかしこ》に交錯して、黄昏間近の台地は鮮血に彩られながら、そろそろ終盤の時刻《とき》を迎えようとしていた。

「赤卑狗《あかひく》殿。磐排別《いわおしわけ》が……」

戸畔《とべ》の叫びにハッと気付いて神門《みかど》の方角を望むと、二匹の獣が疾風の如く走ってゆく。どうやら隼《はやぶさ》が先導しているようだ。

「しまった。朱羅《ちゅら》、後を頼む！」

声を掛けてタタタッと後へ退り、躰《からだ》を丸めて地に伏すと、紅の煙がパッと上がって一羽の大鷲が飛び立った。

「俺も行こう！」

一陣の白煙と共に忽然と現われた巨大な獣が、土煙を上げて鷲の後を追った。

美しい縞模様の体軀がしっかと大地を摑んで駆ける。速い！　疾い！

「虎は千里を奔る」と謂う。

禎嘉の館は、一見どこにでもある農家のようだが、普通より一回り大きい建物で、庭も百人ぐらいは屯《たむろ》する広さがある。

物憂げに寝そべる大きな白犬の傍で、加耶《かや》が筵に広げた薬草を束ねている。

座敷には中老の二人が対座し、手前に若い福智の姿も見える。何故か障子が全部取り払われて中の様子が丸見えであるが、敵の襲撃に備えての事であろうか。

突然白犬がムクッと起き上がった。両の耳をピンと立てて微かに唸っている。

「シロ、どうしたの」

加耶の声に座敷の三人が顔を向けた。

唸り声が大きくなった。往還の方を向いて毛を逆立て、牙を剝《む》いている。

加耶がスッと立ち上がった時、猛然と躍り込んできたのは何と仔牛ほどもある巨大な狼である。

ハッと立ちすくんだ加耶を撥《は》ね飛ばし、ウヮオッと飛び込んできたシロの攻撃を垂直に跳び上がって躱《かわ》した。そして座敷の方へ突進した瞬間、ギョッとなったように動きを止めた。——禎嘉が二人居る!?……

間髪を入れず福智の礫《つぶて》が飛んだ。狼の眉間を狙ったのだが、少し逸れて目に当った。

ギャオッ、と跳び上がった狼の後肢の付け根に、宙を跳んだシロの鋭い牙が打ち込まれて、流石《さすが》の狼が体勢を崩した時、ガオーッと凄まじい咆哮と共に重量感のある巨体がぶつかってきた。大きな牙が狼の頸にガシッと打ち込まれ、鋭い爪は無造作に狼の鼻面を切り裂いた……虎である。

後肢の付け根に牙を打ち込んだシロは烈しく首を振って骨を裂き、躍り上がって柔かな腹を狙うと、忽ち肉を喰いちぎった。

庭に姿を現わしてから、わずか数呼吸の間である。金毛の狼は、遂に息絶えた——だが闘争は此れだけではなかったのである。

——旋風のように躍り込んできた金毛の狼が立ちすくんだ加耶を撥ね飛ばし、垂直に跳び上がってシロの攻撃を躱《かわ》した時、続いて駈け込んできた灰色の狼が唸りを挙げて加耶に襲いかかっていたのである。

仰向けに倒れた加耶の胸に太い前肢を掛けて、爛々と光る狼の眼が一瞬、加耶の顔を覗《のぞ》き込む形となった。その瞬間、加耶の唇から細い銀光が飛び、狼の眼に吸い込まれた。

ギャオッと跳ね上がったその時、座敷から放たれた飛礫《つぶて》が今度は鼻面《づら》に命中した。鼻は獣の急所である。たまらず前肢を折った灰色の頸部へ、素早く跳ね起きた加耶が、短剣を深々と突き刺し力を込めてえぐった。

ガクッと頭を落とし、四肢を震わせている灰色の目に、もう生色は無かった。


第三の襲撃は空からであった。

「禎嘉の生命を絶たねば一万八千の霊は浮かばれんぞ……」吼えるような磐排別《いわおしわけ》の声がまだ耳に残っている。

隼に化身した美奴《みの》は、高い樹の梢に止まって地上の惨劇を見つめていた。金狼と灰色が共に血へどを吐いて息絶えるのを見届けて、隼は樹上を放れてスーッと舞い上がった。

速い羽搏《はばた》きを上空でつけて後は矢のように飛ぶ――狙いは禎嘉王である。

が、そのとき上空から黒い飛礫《つぶて》が真一文字に美奴《みの》の隼を襲った。

辛うじてその体当りを躱《かわ》し、体勢を立て直した隼が目にしたものは……何と、同じ隼ではないか。しかも胸の横斑《はん》と癖のある羽搏きには見覚えがあった。

「香糸《こし》……」幼い頃から苦しい時も悲しい事も、共に分け合って育った可愛い妹である。どうして見違える事があろうぞ。

今朝早く偵察《ものみ》の途次にあの子が大鷲に掠《かす》められて独りぼっちになった私は、どんなに悲しかったことか。なのに……「何故私に向かってくるのか。気でも狂ったのか、お前は……」

躊躇《ためらい》はあったものの、香糸《こし》の隼が本気で向かってくるのを感じて美奴《みの》も肚《はら》を決めた。

技倆《まさ》は美奴《みの》が勝っている。羽と羽がからみ合い、卍巴《まんじともえ》の中から一方が優位に立った。

鉤のある嘴《くちばし》が頸部に鋭く打ち込まれ、香糸《こし》の隼は真っ逆様に落ちていった。

それを目で追いながら、美奴《みの》には香糸《こし》との別れを思うより、大仕事を前にして昂ぶる心を静める事の方が重要であった。

巨大な二匹の獣を斃して恐らくホッと一息入れているはず……よし、今だ！　美奴の隼は真一文字に突っ込んでいった。だが——誰も居ないはずの縁に、キラリと光を見たのが美奴の最期となった。白刃一閃！　隼の頸はシュバッと切り落とされていたのである。

座敷の三人が見守る中、無人の縁に灰色の靄《もや》が立ち込め、見る見る内にそれは人影となって赤卑《あかひ》狗《く》の姿が現れた。

座敷の方へ目礼して剣を納め、何事も無かったように庭へ出てゆく。

隼は、遂に鷲には勝てなかった——

血振いしたシロが、ゆっくりと二本肢で立ち上がった……と見る間にシロの影が薄れて、奈魚登《なおと》の凛々しい姿が現れた。

庭に下り立って目を丸くしている福智の傍へ、加耶《かや》が小走りに近寄った。

「福智様。先程は貴方のお蔭で、私……」

黒い眸がじっと福智を見つめる。

「福智の奴め。我等よりも加耶殿の方が気になったと見えますな」

「左様さよう。年寄りの事など二の次三《つぎ》の次と後回しにする若者が、最近増えて参りましたな。嘆かわしい事です」

「アッ、いえ、そのような……」

真っ正直な福智が慌てて弁解しようとするのを、加耶が袖を引いて抑えた。目が優しく笑っている。ハッと気付いた福智が、小さくうなずいて縁側に近寄った。

「あのォ蛙蘇《あそ》様。そろそろお顔を元に戻して頂けませぬか。二人の父上から睨まれているようで、どうも落ち着きませぬ」

「オオそうじゃ。忘れておった」

蛙蘇《あそ》がクルリと後を向いたその隙に、加耶の手を引いて庭の土にピタリと座った。

「父上。この加耶さんを妻に申し受けたいのです。何卒お許しください」

後向きになっている蛙蘇《あそ》が禎嘉を見た。

二人が同時に笑みを浮かべたことを、平伏している若い二人は知らない。この唐突な願いを、二人の親父は予測していたようだ。蛙蘇《あそ》がクルリと向き直った。

「加耶も、それで良いのじゃな」

「はい」頬を染めてはっきりと答えた。

二人の親父が顔見合わせてうなずく。

「よォし許す。加耶さん、頼みましたぞ」

禎嘉の明るい声に喜びの二人が抱き合った途端、蛙蘇《あそ》の声が飛んだ。

「これ、まだ早い！　何をいちゃついとる。禎嘉様。座敷へ戻りましょう。どうも若い者は慎みが無《の》うていかん。困ったものじゃ」

赤卑狗《あかひく》が白い歯を見せている。

庭に一羽の鷹が舞い下りた。翠林である。台地の決闘は終ったらしい。

「あなた。お怪我は……」

奈魚登の無事な姿を見てホッとしたらしく、全身に喜びを表してその胸に取り縋る。

生死の境を越えた二人の抱擁は、他人の目を意識する余裕も分別も捨て去っていた。

「くだらん。何処も彼処も、目の毒ばかりじゃ。赤卑狗《あかひく》、早よう障子をはめてくれ」

意地悪爺さんを演じながら往還を見た蛙蘇《あそ》が、打って変った明かるい声を張り上げた。

「お、これはこれは。禎嘉様。我等年寄り組に強力な御味方が来られましたぞ」

待つ程もなく精悍な風貌の老人が、確かな足取りで姿を見せた。霧ノ伊理日子《いりひこ》である。

久しぶりに顔を合わせた三人であったが、話題は矢張り今日の戦の事が中心になった。

「何しろ百人に近い敵に対して此方はわずか八人、という事を聞きましての。いくら何でもそれは危ない、と意呂日子《おろひこ》の奴が相談に来よりました。万が一という事もありますからな。じゃが、余り出しゃ張る訳にもゆかず、伊沙里殿《いさり》にもお願いして、二手に分けた兵を丘の陰に潜ませておいたのですよ」

「それは大層ご迷惑を掛けましたな」

「いえいえ、伊沙里殿は初めから『気休めに過ぎませんぞ』と笑うて居られたのですが、意呂日子《おろひこ》の奴が余りに心配するので、ならば戦闘の状況を見学するつもりで——と、漸く腰を上げてくださりました。

但し自分が合図するまでは、絶対に動いてはならぬ。下手に動けば八人の矜持《きょうじ》を傷つける事になる！　と、固く念を押されましてな」

「それで、貴方も行かれたのですか」

「はい。千載一遇の機会と存じましてな、山の者が使う隠れ笠、これは笠の上に草を取り付けたものですがの、それをかぶって初めから息を呑んで見て居りましたわい」

「ハハ……伊理日子殿もお若い」

「敵方から、まず一騎打ちを所望《しょもう》した強者《つわもの》が二人居りましての」

「ほう、一騎打ちを？　……」

「おや、何も聞いて居られませんか」

赤卑狗《あかひく》が苦笑いしながら、

「こちらの方も一騒動ありましたので、まだ話して居りません」

「それは丁度良い。では私が詳しくお話し致しましょう。いやこれはァ楽しい夜になりそうじゃわい」伊理日子は興奮未だ醒めやらぬ様子である。そこへ意呂日子《おろひこ》が姿を見せた。

「親父殿。後片附けは明日から取り掛かります。段取りだけは付けておきました」

「うむ、それで良い。お前も今日見たことを席に座ってお話し申せ」

「意呂日子《おろひこ》殿。いつも苦労を掛けますな」

禎嘉が優しくねぎらった。

「いえ、何ほどの事も出来ませぬ」

意呂日子《おろひこ》が席に着くのを待ちかねたように伊理日子の話が再開された。

「最初の相手は、杖《じょう》を遣《つか》う大男の朱理という奴でしてな。五尺余の杖をシュシュッと手繰《たぐ》れば、掌《て》の中へ隠れてしまうような早業で、仲々の遣《つか》い手でした」

「ほう、此方は誰が?」

蛙蘇《あそ》が身を乗り出してきた。どうやら血が騒ぎ始めてきたらしい。

「真夜《まや》殿ですよ」

「え、あの崇光《そうこう》殿の娘御が?……」禎嘉が気遣わしげに眉をひそめた。

「はい。相手が相手だけに、忍城《おしき》殿か戸畔《とべ》殿が出られると思ったのですが、敵も意表をつかれたのでしょう。『うぬッ。汝《いまし》は、女ではないか』と吼《ほ》えるように叫んで、睨みつけました」

代って意呂日子《おろひこ》が話を継いだ。

「そうじゃ。私が男に見えるか！　と、小気味のよい啖呵が、私共の居る所まではっきりと聞こえました」

「ほう、相手は怒ったでしょうな」

「怒りました。この杖がどこに触れても骨は砕け散るぞうッ！　と吼《ほ》えて――」

「うむ。して真夜《まや》殿は何と？」

「承知！　お前の杖術とやらを、とっくりと見せてもらおうか――と」

「うムうム。一歩も引かぬ構えじゃな」

「小癪《こしゃく》な！　キェーッと棒が唸った時はヒヤリとして、思わず首を縮めましたが――」

「いやあ、その軽いこと速いこと！　正に飛燕の如く、杖はかすりもしませなんだ」

感に堪えたような伊理日子の話しぶりだ。

「やがて朱里の動きが止まり、その大きな躰《からだ》がゆっくりと倒れてゆきました。項《うなじ》に深々と、銀色の短剣が打ち込まれて居たのです」意呂日子《おろひこ》が締め括《くく》った。

少しの間、沈黙が座を支配した――

伊理日子が、何かを思い定めたように敷物を横にずらせて、禎嘉と蛙蘇《あそ》の前にピタリと両手をついた。

「霧一族の頭領として、御二方にお願い致したき儀がござります」

禎嘉も蛙蘇《あそ》も、この改まった口上に驚いた表情で、伊理日子の顔を見つめた。

次にどんな言葉が飛び出すのか、まったく見当がつかない。

「九重・阿蘇・霧島の山系に生きる山の者は二千余名、就《なかんづく》中国見岳・国見山と名乗る山岳の幾つかには、神に仕えて忍の道を修むる者が栖《す》んで居ります。山の者の幸せを願う頭領として、後継ぎの意呂日子《おろひこ》を早く一人前に育て上げねばなりません。その為にもそろそろ身を固めさせねば、と考えて居りましたが」

ここで伊理日子はちょっと言葉を切った。蛙蘇《あそ》と禎嘉の顔を等分に見ながら、わずかに身を反らして、

「いやあ……先ほど、真夜殿の妙技を見せて貰《もろ》うて、心が定まり申した。これ程の女性《にょしょう》が意呂日子《おろひこ》と添うて下さるなら霧の一族万々歳でござる。じゃが此れは、飽く迄も此方だけの虫の好い考え——この話を纒めるには、どうしてもお二方の御力なくば叶いませぬ。唐突な話で申し訳もございませぬが、何卒、何卒お力を賜りますよう、伏して御願い申し上げます」

再びピタリと手をついた。意呂日子《おろひこ》も同じ姿勢である。

禎嘉と蛙蘇《あそ》が顔を見合わせた。

神門《みかど》の地へ着くまで、そして着いてからも霧の一族には一方《ひとかた》ならぬ恩義を蒙っている。それを思えば、二つ返事で引き受けるのが当然であるが、あの、ちょっと気難しい所もある父親崇光《そうこう》が、この唐突な話にどう出るか少からず不安である。

それに当の真夜の気持は？……

「意呂日子《おろひこ》どの」何気ない調子で蛙蘇《あそ》が訊ねた。

「真夜殿と貴方は、既に幾度も逢うて居られますな」

一瞬、目を見はった意呂日子《おろひこ》であったが、稍《やや》俯きながらも、はっきりと答えた。

「はい。赤鵜の永珍と黒鵜の永宝が逃亡した朝、お父上の崇光《そうこう》様は空から追うてゆかれました——

あの兄弟を仲間に入れたは、我にも一半の責任あり、と言われた由。その誠実な御人柄に打たれまして、私も十名の部下を率いて真夜殿と共に後を追ったのです」

蛙蘇《あそ》は想い出していた。二人が逃げた朝、それを知らせに走り込んで来た真夜の、心憂を露《あら》わにしたあの声と表情を……

「結局二人を捕える事は出来ませなんだが、それから時々真夜殿とは、お会いする機会がございました」

「崇光《そうこう》殿はそれを……」

「はい。多分ご存じだったと思います」

ニコと笑って蛙蘇《あそ》が立ち上がった。

「禎嘉様。参りましょう。どうやら足許が見えてきた感じがしますわい」

「参りましょう。伊理日子殿は積徳のお人。崇光《そうこう》殿も亦《また》誠実の士。結び付く縁《えにし》を感じさせるお話ですな。此れは」禎嘉もすぐに応じて立ち上がっている。

「では一足お先に、私は崇光《そうこう》殿の館へ！」

二人の来訪を事前に告げておく心算《つもり》であろう。いつもながら赤卑狗《あかひく》の心利きたる振舞いである。

戦《たたかい》済んだ神門《みかど》の宵は、家々の灯火さえも何やら一入《ひとしお》明るく感じられた。

――十日後。神門《みかど》の邑《むら》は祝一色に彩られた。

福智と加耶、意呂日子《おろひこ》と真夜、この二組が同時に挙式するに際し、禎嘉の発案で広場は村民集いの場となった。膳《かしわでの》小梨《おなし》配下の兵達も今日ばかりは平服に着替えて、集いを楽しむ若者の顔になっている。もちろん、全村民も晴れ着姿である。

「若い娘がこれ程仰山《ぎょうさん》居ったとは……」

「いつもは野良着姿じゃからねェ。遠目にゃ判らんとですよ。みんな嬉しそうじゃねェ」

「あちこちで恋の花が咲くぞォ。こりゃァ」

式を終えて広場にやってきた伊理日子が、これも正装の村長《むらおさ》と楽しげに話している。

祭と同じように店を出している数軒の屋台も、大勢の客で天手古舞《てんてこまい》である。

だが広場の一角に、周囲の談笑とは異質の空気を漂わせている十数人の集団があった。その中心に、蛙蘇《あそ》と禎嘉が立っている。

娜《な》の大津に駐屯する五万の政府軍と、これに対して東・南・西の三方から総攻撃を掛けた磐井軍十五万との決戦はどうなったのか。その結果を持って赤卑狗《あかひく》が飛んでくる事になっている。

特に敵南方軍の針路には大宰府がある。

勇猛な韓良子《からこ》達が加わったとはいえ、たかだか一万足らずの兵で何が出来ようぞ。

ひょっとして大宰府は全滅の憂き目に遭ったのでは？　……心憂を胸に、戸畔《とべ》・鴨ノ兄妹と忍《おし》城《き》・崇光《そうこう》・伊沙里・朱羅《ちゅら》、それに奈魚登・翠林の若夫婦も等しく空を仰いでいる。

「見えたッ」

朱羅《ちゅら》と伊沙里が同時に叫んだ。

北の峰の遥か上空に、胡麻粒ほどの黒点が二つ、それが見る見るうちに大きくなり、鷲の姿となった。蛙蘇《あそ》が小首をかしげている。赤卑狗と一緒に飛んできたもう一羽の正体が掴めずに居るらしい。

ふわりと、二羽の大鷲が着地した。同時に藍色の煙が湧いて、姿を現わしたのは、何と弓月君《ゆづきのきみ》ではないか。

蛙蘇《あそ》が走り寄って片膝ついた。それを見て禎嘉が目を丸くしている。すぐに赤卑狗が近寄って、禎嘉に耳打ちした。

「おお、あのお方が……」

うなずいて歩み寄ろうとしたとき、弓月が壮者の足取りで近づいてきた。禎嘉の数歩前で足を止めた弓月と禎嘉の間に、慇懃《いんぎん》な拝揖《はいゆう》と丁寧な辞儀が交わされる。

「禎嘉王で御座《おわ》しますか。弓月と申します。何卒お見知りおきの程、願いまする」

「禎嘉にござります。此度《こたび》は蛙蘇《あそ》殿を通じまして一方ならぬ御世話に相成り、御礼の申し上げようもございませぬ」

目と目を暫し見交わした二人に深い笑みが広がった。一同がそれをじっと見つめている。山の風も足を留め、明るい陽を受けた柿の木も此の清々しい出会いに見とれていた。

その夜、赤卑狗は戸畔《とべ》を同道して鴨ノ兄妹の館を訪ねた。夜分の訪問を詫びて、徐ろに赤卑狗が話し始める。

「此度《こたび》私は筑前《ちくしのみちのさき》へ赴いたのですが、途次に大宰府へ寄ってみました。韓良子《からこ》殿達の現況を見ておこうと軽い気持でした。所が下へも置かぬもてなしを受け、しかも韓良子殿から大事な相談を持ち掛けられたのです」

大宰府は兄妹にとっても思い出の地である。韓良子は誠実な人柄と民の信望の上に立って、今や大典《さかん》に任ぜられ大監君《げん》広と共に押しも押されぬ実力者となっている。それを支える少典《さかん》には副将格の安比留《あびる》が就いて、大宰府は本当に住み良い街になったと言う。

「あの時、大宰府に留まれ、と叱って下された戸畔《とべ》殿の御厚情と、陰に陽に見事なお働きを為された三兄妹の御恩は、決して忘れるものではございませぬ……韓良子殿は此のように言うて皆様に感謝して居られました」

暫し沈黙の時間《とき》が流れた。大宰府で起こった数々の出来事を、それぞれに反芻しながら目の前の空間を見つめていたのである。

「それで、大事な相談とは？」鳥進《とし》が静かに促した。

「はい」赤卑狗が三兄妹の顔を等分に見ながら、今度はズバリと言った。

「阿梨《あり》殿を嫁に欲しい、という事です」

一瞬言葉も無く、驚きに打たれた全員の眼が阿梨に集まる。

あ……と、びっくりして小さく口を開けたその白い顔にポッと赤みがさし、戸惑うように視線が空をなぞって、やがて俯いた。

「韓良子殿は嫌いですか。阿梨殿」

優しく問いかけた赤卑狗の声がまだ終らぬうちに、阿梨が小さく首を振った。

「いいえ」微かではあるがはっきりと聞こえたその声に、戸畔《とべ》がホッと小さな溜め息をついて二人の兄を見た。勇猛を以て鳴る戸畔《とべ》も、こういう事は至って苦手らしい。

「赤卑狗殿。彼の御仁は全てを貴方に託されたのですか」鳥進《とし》が訊ねた。

本人が何故来ないのか、という小さな非難が言外に込められている。

「いいえ。阿梨殿のお気持をまず伺って、正式には大安吉日を卜《ぼく》して、親代わりの兄君達に御願いにあがる手筈になって居ります」

鳥進《とし》が納得したように頷いて阿梨を見た。

「お受けして良いのだな」

「ええ。でも、私が居なくなったら兄上達が食事の支度など……」

「馬鹿言うな。見そこなっちゃいけねえよ。お前《めえ》が居ないからって俺たちが困るもんか。そんなこと言ってると婆《ばばあ》になっちまうぞ」

明かるい調子の悪たれ口は鳥見《とみ》である。

「大宰府庁の大典《さかん》といえば大層な官職じゃ。韓良子殿も立派になられたのォ」

戸畔《とべ》の沁々《しみじみ》とした声音である。

暫くの間、太宰府の思い出話に花が咲いた。

だが赤卑狗は、明朝弓月君の供をして出立せねばならぬ。頃合いを見て二人が辞去すると、鳥進《とし》が後を追うように姿を見せた。

「そこまでお送り致しましょう」

星明りの下を三つの影がゆっくり進む。

「本当にありがとうございました。実を申せば、此の十日間というもの妹の顔を見るのが辛かったのです。翠林殿の婚礼を皮切りに、加耶殿、そして真夜殿が良縁に結ばれ、親しい仲間内では阿梨だけが取り残されてしまいましたのでねえ――」

戸畔《とべ》も赤卑狗も無言でうなずいた。

「家の中では普段と変わらぬ明るい妹でしたが、水を汲みに出た時など川の向こう岸をぼんやり眺めている姿を、何度も目にしています。兄として何とかしてやりたいと思うていたのですが、此ればかりはどうも……」

「そうじゃァ。相手が居らぬ事にはのう」戸畔《とべ》が同感の溜め息を洩らした。

「十五年前、私の家族は戦乱に追われて山中に小屋を結び、細々ながら何とか暮らしていたのです。或る夜、腹を空かした賊が押し入り、父は僅かの食糧と私達を守らんとして、兇刃に斃れました……」

いつの間にか三人とも足を止めていた。星明りの中に川の瀬音だけが聞こえる。

「母は狂ったような賊達に犯され、刺し殺されました。子供だけは助けて！　と叫び続けた母の声が、まだ耳に残っています」

聞いている二人が眉をひそめた。息を呑んで鳥進《とし》を見つめている。

「母の願いが賊の心に届いたのでしょうか。私達は殺されはしませんでしたが、その時妹はやっとよちよち歩き、二歳でした。鳥見《とみ》も五歳、幼い弟妹を抱えて私は途方に暮れました。

二人の手を引いて、とぼとぼと里の方へ下りていったのですが、そこで二人の坊様とお逢いしたのです。その坊様たちも兄弟でした。泣きじゃくりながら語る私の話にじっと耳を傾けて、話が終るとお兄様の方が阿梨を抱き上げ、私を手招きしてくれました。鳥見《とみ》は弟の坊様に引き取られる事になったのです」

初めて聞く兄妹の悲惨なまでの身の上話に、赤卑狗・戸畔共に声も無い。

「それから十三年間、山ひとつ隔てた御兄弟のお寺で、私達は別々に育てられたのです。学問は元より、武術・忍《おし》の道に至るまで全てお坊様に教えて頂きました。育ての親であり師匠でもある御兄弟のお勧めに従って、私達が旅に出たのは私が二十歳になった時のことでした。それから四年の間、動乱の戦野を生き抜いては来たものの、心安らかな時は一日とて無かったのです」

鬱屈した心の吐け口を、今ようやく見出したかのように鳥進《とし》の言葉は烈しかった。

「ところが、此の地に来て我等兄妹は初めて心の平安を得る事が出来ました」

「ほう。それは？　……」

「蛙蘇《あそ》殿は慈父の如く、また戸畔《とべ》殿は兄のように接して下さりました。加うるに先ほどの吉報、どれほど嬉しかった事か。我等兄妹、孤独にあらず！　一心同体の仲間が居る心強さを、改めてヒシと感じました」

「鳥進《とし》、俺も嬉しい。これからもな。心一つに苦楽を共にしてゆこうぞ」

「戸畔《とべ》殿」二人の手が固く結ばれ、その上から赤卑狗の手もしっかと合わされた。

「鳥進《とし》殿。日取りが決まったら、すぐにまた飛んで帰ってきます」

「はい。何分宜しく……」

新たな気持に結ばれた絆は、更に固く揺るぎないものになっていた。


その頃、禎嘉の館では今までに無い変った顔ぶれの席が設けられていた。

弓月を中心に禎嘉・蛙蘇《あそ》・霧ノ伊理日子、それに火術の承均と土木の斉延を加えた卓と、奈魚登・翠林、それに式を挙げたばかりの福智・加耶、意呂日子《おろひこ》・真夜の新婚組が別の卓に顔を揃えて若々しい匂いを放っている。

若手組は初めの内こそ神妙な顔付きで座っていたが、軽妙な弓月の話術に気もほぐれたか、卓の下ではちゃっかりと手を握り合っているようだ。

謹厳な禎嘉も、口うるさい蛙蘇《あそ》も、弓月の手前怒鳴りつける訳にもゆかず、蛙蘇《あそ》などは嚔《くしゃみ》の一歩手前のような顰《しか》めっ面で若者たちを見据えている。それを横から弓月が面白そうに眺めるので、余計に始末が悪い。

「蛙蘇《あそ》。風邪でも引いたか」

「あ、いえ。不謹慎な若者たちを窘《たしな》めようと存じまして……」

「良いではないか。寸刻たりとも離れたくないのじゃ。のぅ皆さん。そうでしょうが」

「はいッ」六人の声がピタッと揃った。

蛙蘇が苦笑して禎嘉と伊理日子を顧みたとき、赤卑狗が入ってきた。

弓月と蛙蘇《あそ》の間に立って阿梨《あり》と韓良子《からこ》の件を報告する。別に内緒話ではないので一同の耳にもよく聞こえたらしく、若手組に喜びのざわめきが起こった。蛙蘇《あそ》も破顔一笑！

「そうかァ。良い事も重なるものじゃのォ。赤卑狗、其方も忙しくなるぞ」

「はい。覚悟して居ります」

赤卑狗も笑いながら応じる。その時小さく手を挙げた霧ノ伊理日子が、

「蛙蘇《あそ》殿。一つ御願いがあります」

「どうぞ、何なりとお話しください」

弓月に会釈した伊理日子が、若手組の方へ目を遣りながら話し始めた。

「此の筑紫の島には遠近《おちこち》に温泉《いでゆ》が沢山あるのですが、就《なかんずく》中霧島の山峡《やまあい》に三宝の湯と呼ばれる温泉《いでゆ》の里があるのです。古来より中華大陸では人体に三宝あり！と謂《い》われ、人間に与えられた精・気・神！この三つの力を高めてこそ身体は理想的な状態になる、と説かれています」

中華の地より来た斉延と承均が、大きくうなずいている。

「精とは！五体の活力源を指し、足腰の力と共に子孫を残す母胎となるもの。気とは！森羅万象全《すべ》てのものに与えられた活力です。気の不足は病の因となる。片や精を積み蓄えれば気自《おのずか》ら生ず！気と精は深い関連を持っているのです。神とは！心の活力と申せましょうか。目に映る現象や耳に入る事柄は同じであっても、感じる心は人それぞれに異なるもの。心の在りようが気に働き、精を強める——この三宝に感応する温泉《いでゆ》が霧島の山峡にあるのです」

「ホゥ、それは正に神泉と言うべきですな」

「左様《さよう》。次代を背負うべき、其処なる三組の若夫婦を、その神泉に招きたいと思うのですが、如何

でしょうな」

「ほう、それはまた……」

「はい。此の地を巡る戦も既に終って、此れからは緑を仰ぎ土と親しむ生活が愈々《いよいよ》始まります。生涯の伴侶を得て今新らしく出発せむとする若者達に、我等からの餞《はなむけ》として細《ささ》やかながら、温泉《いでゆ》の旅を贈っては如何かと……」

「うム、それは良い」

弓月が同意してニコリと笑う。禎嘉と蛙蘇《あそ》も深々と辞儀して感謝の意を表した。

「蛙蘇《あそ》殿は、斉延・承均・伊沙里の皆様方と明日にも此の地を離れる御予定とか……それが真ならば是非ご同行くだされ。年甲斐もなく別れが辛うござってな」

蛙蘇《あそ》が無言で静かに頭を下げた。心の琴線に触れるものがあったようだ。

弓月が蛙蘇《あそ》を顧みて、呟《つぶや》くように言った。

「其方《そなた》、筑紫の地に来て何年になる?」

「はァ、四年を過ぎた辺りかと……」

「ううム。女房殿にも、淋しい思いをさせたことじゃ」

「何の! うるさい爺《じじい》が居らんで、せいせいしとりますじゃろう」

「父の熊《くま》置《ぎ》が亡くなって二年か」

「はい」

「死に目にも会わせてやれなんだ」

「とんでもない。家を出る時、親子の別れは既に済ませてござります」

「手下《てか》の鴉《からす》は？」

「は？……」

「鴉じゃよ。手懐《てなず》けた数は如何程ぞ？」

「はい。約二百羽、というところで……」

一座が急にざわめいた。

新羅の第一軍七千が碩奴毛《おおのも》を将とし永珍を案内役に立てて、騎馬に依る神門《みかど》入城を夢見ていた時、突然出現した鴉軍団の攻撃が馬の暴走を誘発して、七千の兵をことごとく谷底へ葬った緒戦の大勝利を思い出したのである。

そうか。あれは蛙蘇《あそ》様の技だったのか。

知っていたのは赤卑狗だけであった。

「鴉たちに、別れは済ませたのか」途端に蛙蘇《あそ》が苦しげな表情になった。

「まだ済ませて居りませぬ。ううム、私としたことが……抜かって居りましたわい」

弓月がニヤリと笑った。

「蛙蘇《あそ》よ」

「はい」

「其方《そなた》、伊理日子殿の御厚情を戴いて皆様と共に温泉《いでゆ》へ行け。其処でゆるりと三宝を養ってから船に乗ればよい。伊理日子殿。近くに良き港がありますか」

「はい。霧島からは薩摩の海が近いとじゃが桜島が時々火を噴きよりますのでな、油津《あぶらつ》が良《え》でしょう。日向灘に面した港です」

「判りました。蛙蘇《あそ》よ。荒海にビクともせぬ大船を那珂彦に手配させよう。今度は往復ともその船じゃ」

「往復？……」

「うム。家に戻ったらな。すぐ荷支度をして女房殿を此の地に連れてくるがよい」

愕然として、蛙蘇《あそ》が弓月を見つめる。

「老妻と二人で余生を送るのも良かろうが、此の地には心を許し合える友が二人も御座《おわ》すではないか。其方にとっても縁《えにし》の深い土地であり、此れほどの良き朋友《とも》は二度と得られるものではない、と儂《わし》は思う。共に啓発し合うて、夢の郷《さと》を実現してくれ」

弓月の優しさに胸打たれて、蛙蘇《あそ》は俯いたまま顔を上げることが出来ない。

代わって禎嘉と伊理日子が、

「弓月様。御高配感謝致します」

「これで再び、心の張りが出来ました」

声に喜びが溢れ、目が輝いている。

「いえいえ、お二方の存在があったればこそ、蛙蘇《あそ》も此処まで大過なくやり遂げることが出来たのです。日本国占領の無謀な夢を抱いた大唐・新羅の連合船団は全滅し、片や磐井の野望も潰《つい》えました。天の軍団も此れで目出たく解散することが出来ます。後は此の神門のように、一人ひとりの人間を大切に、お互いが助け合って生きる夢の郷《さと》を、この国だけでなく半島・大陸にも増やしてゆく──それが天の軍団の願いなのです」

その願いはそのまま禎嘉の志でもあった。

「白虹《はくこう》日を貫くが如き兇変はもう起こりますまい。しかし数十年、或いは百年以降に民を苦しめる大乱が起これば、再び天の軍団結成の事態になるやも知れませぬ。人の生命は移り変わるとも志は厳として伝わりましょう。何卒皆様のお力で、次世代に伝わる良き芽を育ててくだされ。お願い致します」

清涼の気漂う静けさの中で全員が拝揖《はいゆう》した。


「あの……弓月様」

福智が恐るおそるといった感じで立ち上がった。加耶が慌てて握っていた手を放す。

「筑前《ちくしのみちのさき》の政府軍を三方より襲撃したという磐井の勢《ぜい》は、十数万の大軍であったと聞いていますが、其の方の戦闘は……」

「あァ、あれですか」弓月がニヤリと笑った。

「あれは戦にはなりませんでした」

「?.?……」

双方合わせて二十万に及ぶ激突が「戦にはならなかった」というのは、一体どういう事なのか？　全員が次の言葉を待った。

「東から娜《な》ノ大津（博多）を目指した磐井の本隊六万余はまず飯塚の西方八木山峠に本営を置き、北端の犬鳴峠まで山道を真っ黒に埋めてヒタヒタと潮の寄せる如く、ゆっくりと進んできたのです。南方からの侵攻軍は磐井の弟牟田別《むたわけ》を将として、筑紫野道の要衝小郡《おごおり》に布陣しました。その勢《ぜい》五万余、太宰府まではさしたる山もなく、約半日の行程です」

戦の話になると、若手組の緊張度はぐんと高まってくる。

「西からの軍勢三万余は、肥前国唐津・長崎からの応援部隊で、磐井の直轄軍ではない。この軍勢が虹の松原まで進んできた。政府軍は三方から完全に包囲されたのです」

愈々《いよいよ》話は核心に入ってきた。年寄り組も、拳を握って身を乗り出している。

「三方からの軍勢が攻撃態勢を整え、明日は愈々《いよいよ》決戦！　と両軍が臍《ほぞ》を固めました。ところが其の日の午《ひる》過ぎ、真っ黒な雲がまず犬鳴峠の上空を覆い、山上から立ち昇った黒い気と合体して大竜巻となったのです。轟々と唸りを上げながら人も馬も天空に吸い上げ、黒い旋風は八木山峠に向かいました。総帥の磐井をはじめ、帷幕の重臣達もことごとく天空に舞い上がり、五体ばらばらになって落ちてきたのです。かくて、東方からの第一軍は頭を落とされた青大将となり果てました」

ホウッと深い溜め息が一同の気持を表していた。しかしまだ三分ノ二が残っている。

「南方の第二軍が本営を置いた小郡《おごおり》の山々に低く垂れ込めていた灰色の雲が、突如騒がしくなりました。金色に奔る稲妻が雨を呼び、十数ヶ所の雷撃が磐井の軍を襲ったのです。

大将の牟田別《むたわけ》をはじめ重だった将は、全て黒焦げの死体となりました。後は烏合の衆となり、五万余の大軍は散《ち》り散《ぢ》りになって消え失せました。虹の松原に陣取っていた第三軍が、この報を受けてどうなったかは、お話しするまでもないでしょう」

「弓月様」今度は意呂日子《おろひこ》が手を挙げた。

「その竜巻と雷で、お味方の被害は無かったのでしょうか」

「はい。物すごい竜巻でしたが、良い塩梅《あんばい》に味方の陣には何事もなく……雷も同様です。いやァ、正に天佑神助でしたわい」

ケロリとした顔で澄ましている弓月から目を逸らして、蛙蘇《あそ》と赤卑狗が、こみ上げてくる笑いを懸命にこらえている。

「蛙蘇《あそ》。何がおかしい？」

「は、いえ……結構な竜巻でございました」

「うム、儂《わし》もそう思う」

外の気配に耳を傾けた弓月が、

「降ってきたようじゃの」

赤卑狗が立って雨戸を一尺ほど開けた。宵の星明りはいつしか消えて、暗い夜空から落ちる静かな雨が地面を濡らしている。

「弓月様。この雨が止めば明日は見事な雲海が見られるかも知れません」

「ほう、それは楽しみじゃの」

禎嘉も伊理日子も、そして若手組の面々も、大竜巻と雷撃が弓月の業であることを察知して、畏敬の眼差しでその後姿を見つめている。会合は終った——

翌朝、赤卑狗の言葉通りに神門《みかど》の空は真白な雲海に覆われていた。地上から山の頂は見えない。恐らく雲海の上に顔を出して、白い海に浮かぶ黒い島のように、雲の上は幻夢の世界となっているであろう。波に煌めく陽光が今日の晴天を約し、人々の幸せを寿《ことほ》ぐように七色の虹が随所に現われているに違いない。二羽の大鷲が羽音も高く飛び立った。

翼を振って人々に別れを惜しむ、と見る間に鷲は矢の如く雲海に姿を消した。

「意呂日子《おろひこ》。其方は皆様を案内して先に出発してよいぞ。儂等《わし》はゆるりと行くでな」

「はいッ」伊理日子の言葉に元気よく答えた意呂日子《おろひこ》が、駈け戻って皆に伝える。

奈魚登・翠林、福智と加耶、それにヒタと意呂日子《おろひこ》に寄り添う真夜《まや》等、三組の若者達が丁寧な会釈をした後、嬉々として出発した。目指すは、三宝の温泉《いでゆ》である。

「現金な奴じゃ。声まで弾《はず》んで居るわい」

苦笑しながら伊理日子が振り返ると、これ亦《また》ニヤリと笑って蛙蘇《あそ》が応じた。

「無理もない。霧島までの道中、日頃うるさい親父達と一緒では息が詰まろうというもの。御覧なされ。あの嬉しげな足取りを」

禎嘉も笑みを浮かべてうなずく。

「では我等も、ゆるゆると参りましょうか」

斉延と承均、それに再三の勧誘を受けて漸《ようや》く応じた崇光《そうこう》と、伊沙里が後に続いた。

雑談を交わしながら、村の入り口に聳える一本杉まで来ると、大樹の陰から待ち兼ねたように四つの人影が現れた。

「皆様。行ってらっしゃいませ」

明かるい声の阿梨に続いて、鳥進《とし》・鳥見《とみ》の兄弟と、今日ばかりはニコニコ顔の戸畔が、ゆっくりと近づいてくる。

「お、これは……お見送り忝《かたじけの》うござる」

謹厳な禎嘉が、立ち止まって頭を下げる。

伊理日子がスル〲と前に進み出た。

「阿梨殿ォ。この次は貴女が主役じゃ。日を改めて、韓良子殿とゆっくりおいでなされ。待って居りますぞォ」

一瞬はにかんだ阿梨の顔は美しかった。

此の間に戸畔《とべ》は崇光《そうこう》の袖を引いて、路傍の柿の木の下に引っ張ってきた。

「崇光《そうこう》。お主、太宰府へ行かんか」

「何、どういうことじゃ」

「実はな。先ほど朱羅《ちゅら》殿が来られたんじゃ。赤卑狗殿の使者としてな」

「何、赤卑狗殿の？」

「うム、赤卑狗殿はな。太宰府に武術師範を置きたい、という韓良子の願いを容れて、すぐに朱羅《ちゅら》殿を走らせてくれたという訳じゃ。自分は弓月様のお供をせねばならぬ。神門《みかど》で御本人と顔を合わせる事があろうとも、軽々に立話で済ませられることではない。然るべき形を踏まねばならぬ。正式に大宰府の使者として神門へ発て！　とな……」

「ふうム。赤卑狗殿らしい配慮だな」

「韓良子が阿梨殿を貰い受ける為に鴨ノ兄弟を正式に訪ねる日取りも決まったぞ。来月の八日、とのことじゃ」

「ホゥ、それは重ね重ね目出たい。その帰途にお主も同行する訳じゃな」

「早まるな崇光《そうこう》。別に、俺が行くとは言っとらんぞ」

「何？　……」

戸畔《とべ》がニヤリと笑って、自分の鼻をちょいとつまんだ。

「なあ崇光《そうこう》。この神門は、鴨ノ兄弟に任せようではないか」

「……」

「お主や俺がいつまでも居ると、若い者たちに甘えの気持が出るのではないかな。とは言え、我等とてまだまだ壮年の域じゃ。望まれるを幸い太宰府へ出向いて、夢の郷《さと》をもう一つ築き上げる心算《つもり》で動いてはどうかの。耕すべき土は何処《どこ》にでもあるぞ！」

崇光《そうこう》は戸畔《とべ》の眼をじっと見つめた。微笑みが自然に湧いてくる。

真夜《まや》を嫁に出して男やもめになった淋しさを気遣ってくれているのだ。高句麗と大唐、国は違っても幾多の修羅場を共に潜り抜けてきた戦友である。黙っていても、その気持は手に取るように分かる。

「かたじけない……」

「何を、水臭い！」

言葉の遣り取りはこれだけであったが二人の手は、しっかりと握り合わされていた。

「耕すべき土は何処にでもあるぞ！」

戸畔《とべ》の言葉が崇光《そうこう》の胸の中をグルグルと駆け巡り、熱い血を滾《たぎ》らせている。

雲海もいつしか霽《は》れて、陽光輝く神門《みかど》の空はこよなく美しかった。


その頃、二羽の大鷲は、清水岳の頂上にある大杉の枝で翼を休めていた。

「弓月様。この後《あと》私共が為すべき事は？」

「うむ。今の帝の御寿命は恐らくあと十年！　大海人皇子《おおしあまのみこ》様の時代には気さくに舎人《とねり》たちと語り合って居られたあの闊達な御気性が、どうも最近微妙に変化してこられた事が、ちと気になるの」

「それは、どのように？」

「うむ。黒卑狗《くろひく》の報告に依れば、天皇の存在を、侵すべからざる人神の域にまで高めようとされているようじゃ」

「人から神へ？……」

「そうじゃ。人為的に高められた此の地位を巡って、帝の没後又々皇室の内紛が起こるじゃろうて」

「では、再び軍団の結成を？」

「いや。権力者の欲望に民が捲き込まれる事が無ければ、構うことは無い。じゃが、異国の外圧が高まれば、すぐにでも決起出来る力を蓄えておかねばならぬ。人の育成！　これこそが最も肝要なのじゃ」

颯颯と秋の梢を日向の風が渡っていく。

脚の附け根に残る僅かな白い柔毛《にこげ》を風になぶらせながら、弓月の鷲がつぶやいた。

「帝の没後数年の内に、儂《わし》の生命も絶えるであろうよ」

愕然とした赤卑狗《あかひく》は言葉も無い。

「紫の霧もな。寿命尽きたる者には効かぬ。じゃが心配するな。我が精神を引き継ぐ若い肉体が既に呼吸を始めておる。時が来れば、その者の躰《からだ》に移るまでのことよ」

「では、私共は？……」

「うむ。其方をはじめ、十人程の者は、少くとも後《あと》三十年の生命を、今の力のまま保ってもらわねばならぬ。紫の霧を吸ってな……」

暫くの間、樹上に沈黙が続いた。

「では、行こうか」

鋭い鷲の眼が、更に炯炯《けいけい》と光を増して北の方角を睨んでいた。


（完）

あとがき

古代史の分野は実に面白い。

晦冥の初期もさることながら、仏教の伝来以降蘇我氏の台頭辺《あた》りから、如実に現われ始めた人間臭さには一驚を禁じ得ない。

政権の周辺に蠢《うごめ》く権謀術数の陰に、多くの血が流された事実を垣間見るに及んで、際限の無い人間の欲望とどす黒い妄執に唖然たらざるを得なかった。

薄鼠色の雲の切れ目から、チラリと覗く明るい青空を見たい——そんな気持で書き上げた物語である。

同じ文字文化を有する中国・韓国・日本が心から許し合える関係を「天の軍団」が現代に在ればば、きっと実現してくれるものを、と空を見上げながら夢想する昨今である。

参考文献

鈴木　武樹著『消された帰化人たち』（講談社、一九七六）
井上　秀雄著『古代朝鮮』（日本放送出版協会、一九七二）
佐々木信綱著『万葉集選釈』（明治書院、一九二六）
福永　武彦訳『古事記』、『日本書紀』、『風土記』、『日本霊異記』（河出書房新社、一九三二）
豊田　有恒著『倭王の末裔』（角川書店、一九七七）
井上　　靖著『額田女王』（新潮社、一九七二）
松本　清張著『壬申の乱』（講談社、一九八八）
岡田　英弘著『倭国』（中央公論新社、一九七七）

著者プロフィール

都甲 まさし（とこう まさし）

昭和３年（1928）宮崎県に生まれる。宮崎師範学校卒業。５年の教職生活を経て実業界へ転身。

昭和39年より、コーンフレークス初の国産品シスコーンの開発・普及に取り組む。昭和58年に独立。縁あって韓国圓光大学校総長の委嘱を受け、圓佛教聖歌の日本語訳を手掛ける。昭和61年より奈良市に於て、底辺の子供を救う為の学習塾を経営。平成６年より不登校生の教育を始め、48名の不登校生徒に進学・大検合格の道を開く。

平成11年閉塾。現在に至る。

天の軍団

2002年５月15日　初版第１刷発行

著　者　都甲 まさし
発行者　瓜谷 綱延
発行所　株式会社 文芸社
〒160-0022　東京都新宿区新宿1-10-1
電話　03-5369-3060（編集）
03-5369-2299（販売）
振替　00190-8-728265
印刷所　株式会社 フクイン

ISBN 4-8355-3818-8 C0093